KB215062

구도자에게 보낸 편지

구도자에게 보낸 편지

헨리 데이빗 소로우 · 류시화 옮김

오래된미래

류시화

시인. 시집으로 〈그대가 곁에 있어도 나는 그대가 그립다〉〈외눈박이 물고기의 사랑〉과
잠언시집 〈지금 알고 있는 걸 그때도 알았더라면〉 산문집 〈삶이 나에게 가르쳐준 것들〉
인디언 추장 연설문 모음집 〈나는 왜 너가 아니고 나인가〉 인도 여행기 〈하늘호수로
떠난 여행〉〈지구별 여행자〉가 있다. 옮긴 책으로 〈마음을 열어주는 101가지 이야기〉
〈영혼을 위한 닭고기 수프〉〈티벳 사자의 서〉〈조화로운 삶〉〈달라이 라마의 행복론〉
〈인디언의 영혼〉〈용서〉 등이 있다. www.shivaryu.co.kr

Letters To A Spiritual Seeker

by Henry David Thoreau
ⓒ 2004 Bradley P. Dean editor
Korean Translation Copyright ⓒ 2005 The Ancient Future Publications

Korean edition is published by arrangement with
W.W. Norton & Company, Inc. through Eric Yang Agency.
All rights reserved.

Wood EngravingsⓒMichael McCurdy

차 례

월든 호수에서 보낸 편지

나는 지금 월든 호숫가에 와 있습니다. 이른 시간이라 호수는 침묵과 고요에 잠겨 있습니다. 일찍 잠에서 깬 새들의 날갯짓이 수면을 스치고, 그 파문이 내 안에까지 번지는 걸 느낍니다. 소로우의 표현을 빌리면, 자연에 정신이 깃든 시간입니다. 어제까지만 해도 산만하고 세속적이던 내가 이 호숫가에 서 있으니 갑자기 영혼이 되살아난 것만 같습니다.

　잠시 후, 소로우가 오두막에서 걸어나와 아침 목욕을 하기 위해 호수로 나옵니다. 그는 이른 새벽 호수에서 목욕을 하는 것으로 하루를 시작하곤 했습니다. 그 스스로 말하기를, '그것은 종교적인 행위이며, 내가 행한 일들 중에 가장 좋아하는 것 중의 하나'였습니다. 150년 전의 그의 영혼이 내게 말을 겁니다. 그의 영혼은 투명해서 이곳의 풍경과 이미 하나가 되어 있습니다. 위대한 정신의 소유자가 살던 장소에 갈 때마다 느끼는 것이지만, 그곳의 풍경은 그 사람의 영혼을 살아 있을 때의 모습 그대로 간직하고 있습니다. 그는 언제나 그곳에 현존해 있었기 때문입니다.

　미국 동부 매사추세츠 주에 위치한 이 월든 호수는 보스턴에서 가까운 콩코드 시 근처에 있습니다. 예나 지금이나 콩코드는 작은 마을에 불과합니다. 소로우는 이곳에서 태어나고, 생애 대부분을 이곳에서 보냈습니다. 당시 하버드 대학을 졸업하고 마을 사람들의 눈에 무의미하게 숲이나 방황하는 현실도피자로 보이던 소로우의 삶에 두 가지 특별한 사건이 있었습니다. 하나는 그가 월든 호숫가의 숲에 작은 오두막을 짓고 살기 시작한 일이고, 또 하나는 부당하게 전쟁을 벌이고 인디언과 흑인을 차별하는 미국 정부에 저항하기 위해 세금 납부를 거부한 일입니다. 그 결과 그는 감옥에 끌려 가는 수모를 당해야만 했습니다. 월든에서의 생활은 19세기에 출간된 가장 위대한 책으로 꼽히는 그의 대표작 〈월든〉을 탄생시켰고, 감옥에 갇힌 사건은 〈시민의 불복종〉이라는 또 다른 명저로 이어졌습니다.

　소로우가 2년 2개월에 걸친 월든 숲에서의 생활을 마치고 다시 콩코드의 집으로 돌아왔을 때, 그의 앞으로 특별한 편지 한 통이 배달됩니다. 하버드 대학 신학부를 졸업한 해리슨 블레이크가 보낸 편지입니다. 블레이크는 편지에서 자기 자신을 영적인 추구의 길 '가장자리에서 떨고 있는 사람'이라고 표현하며 소로우에게 도움을 청합니다. 이에 소로우는 '누구나 이 세상에 홀로이며, 따라서 누구의 소개 편지도 없이 홀로 신과 마주할 것'을 충고합니다. 이렇게 시작된 두 사람의 편지는 소로우가 생을 마칠 때까지 13년 동안이나 이어집니다.

그들의 관계는 평범하게 출발하지만 시간이 흐름에 따라 풍요롭고 깊은, 영적인 토론으로 발전합니다. 소로우는 생계 유지, 물질주의, 홀로 있음, 종교, 그리고 내면의 침묵에 대한 자신의 사상들을 펼쳐 나갑니다. 비록 편지들 중 어떤 것은 내용이 짧고 일상적이지만, 많은 편지들이 그의 독립심, 수행, 자연과의 교감, 그 자신만의 삶을 추구하고자 하는 바람 등 소로우가 가장 중요하게 여기는 원칙들을 다루고 있습니다.

〈바가바드 기타〉와 〈우파니샤드〉를 비롯해 중요한 인도 경전들을 늘 곁에 지니고 살았지만, 소로우는 드러내 놓고 영적인 사람은 아니었습니다. 그는 영적인 체험은 지극히 내면적인 일이기 때문에 대중에게 말해서는 안 된다고 믿었습니다. 따라서 〈월든〉에서는 그의 영적인 모습이 수많은 암시를 통해 나타날 뿐입니다. 하지만 이 편지들에서는 '무엇이 진정으로 가치 있는 삶인가'에 대한 메시지가 직접적으로 드러나 있습니다. 블레이크는 진지하게 소로우의 가르침을 따르면서 또 다른 질문을 던지고, 소로우는 그에 맞춰 답변을 하고 있습니다. 아쉽게도 블레이크의 편지는 이 책에 실린 한 통을 제외하고는 남아 있지 않지만, 소로우의 편지만으로도 블레이크가 어떤 질문을 했는가 짐작할 수 있습니다.

무엇보다, 이 편지들에서 나를 감동시킨 것은 진정성입니다. 진지하고 열심히 삶을 살아가는 소로우의 모습이 더없이 인상적입니다. 소로우는 블레이크에게 삶에 있어 무엇이 중요한가를 말해 주고 있습니다. 소로우의 삶 전체가 그것을 보여 주는 하나의 좋은 예입니다. 그의 일과를 살펴보면, 소로우는 매일 4시간이 넘게 매사추세츠 부근을 산책합니다. 수 년 동안 그는 하루도 거르지 않고 꾸준히 산책을 합니다. 그리고 어느 날 그는 밤에 산책을 나가서 늘 다니던 익숙한 풍경을 바라봅니다. 그가 그렇게 한 이유는 다른 시각에서 그 산책길을 보기 위해서였습니다. 익숙한 풍경을 낯설게 만드는 것, 그는 삶을 하나의 실험으로 여겼습니다. 그 실험은 살아 있는 동안 계속되는 것이었습니다. 그는 남의 발자국으로 다져진 길을 거부하고, 자신의 발자국이 만든 길마저도 좋아하지 않았습니다.

대중들로부터 떨어져 나와 순수하고 소박한 삶을 얻으려고 노력한 소로우 같은 이들은 혼자서 그 길을 가야만 했는지도 모릅니다. 힌두 경전에 이런 말이 있습니다. '만일 당신이 당신과 함께 갈 친구나 스승을 찾지 못한다면, 홀로 여행하라. 마치 자신의 왕국을 버린 왕처럼, 숲 속의 코끼리처럼.' 소로우는 그러한 코끼리였습니다. 숲 속에 부지런히 그의 길을 만들고 있는. 우리 사회가 잃어버린 길을 혼자서 찾고 있는.

13년 동안의 여정 속에서 열정적인 추종자에게 쓴 이 편지들은 소로우의 모든 면을 보여 주고 있습니다. 자연주의자, 방랑자, 강연자, 토지 측량사, 사회 비평가, 실용주의 철학자, 괴짜 예술가, 다정한 친구, 그리고 구도자. 월든 호수의 맑은 샘물로 목을 축이고 야생 사과를 맛있게 먹어 본 사람이라면, 옹이가 많아 울퉁불퉁하지만 재치 있고 강렬한 가르침으로 가득한 이 편지들을 읽는 기쁨을 누리게 될 것입니다.

〈헨리 소로우, 정신의 삶〉의 저자 로버트 리차드슨이 말했듯이, 이 책을 덮고 있는 앞표지와 뒤표지 사이에는 보다 나은 삶으로 향하는 길이 놓여 있다고 감히 말씀드릴 수 있습니다. 소로우가 월든 숲으로 들어간 이유에서 밝힌 것처럼, 이 책은 생의 마지막 날에 이르러서야 자신이 진정으로 살지 못했음을 깨닫길 바라지 않는 모두를 위한 것입니다.

해가 숲 위로 떠오르자 호수는 살아 있는 것들의 움직임으로 생기를 띠기 시작합니다. 지금 지구는 가을입니다. 일찍 찾아온 동부의 가을이 온 정열을 다해 나무들을 붉게 물들여 놓았습니다. 소로우는 가을의 색조를 특히 좋아해 〈가을의 빛깔들〉이라는 긴 산문을 쓰기도 했습니다. 황금빛으로 변한 자작나무들 뒤에 가려진 듯 서서, 소로우가 내게 묻습니다. 삶을 잘 살고 있는가? 나는 대답합니다. 헨리, 당신은 거기서 잘 지내고 있소?

지난겨울 이곳에 왔을 때는 눈이 무릎까지 와서 길을 덮고 호수는 두껍게 얼어 있었습니다. 호수 한가운데서는 누군가 얼음에 구멍을 뚫고 낚시를 하고 있었습니다. 소로우는 겨울이면 도끼로 얼음을 깨고 물속을 들여다보곤 했습니다. 그리고 '강의 물 흐르는 소리를 듣는 자는 무슨 일이 있어도 완전히 절망하지 않는다'고 썼습니다.

류시화

순례자에게 밤이 서둘러 어둠의 그림자를 데리고 길 위로 걸어오듯이,
그대의 집과 영혼에 대해 생각하라. 그대 삶의 소멸되어 가는
날들에 아직 남아 있는 것이 무엇인가를 생각하라.
그대의 태양은 성급히 서쪽으로 여행하고, 그대의 아침은 지나간다.
그대에게 다시 태어날 기회는 주어지지 않는다.
– 〈콩코드 강과 메리맥 강에서의 일주일〉

진실한 영혼 소로우에게
〔1848년 3월, 블레이크가 소로우에게〕

당신의 글(소로우가 잡지에 발표한 산문)을 읽고 전에 당신이 하는 말을 들었을 때 받았던 강렬한 인상이 다시금 내 기억 속에 떠올랐습니다. 지난번 콩코드에서 당신을 마지막으로 만났을 때, 당신은 우리의 문명 사회를 떠나는 것에 대해 진지한 어조로 말했습니다. 그래서 내가 물었습니다. 당신 친구들이 속해 있는 이 사회가 그립지 않겠느냐고. 당신의 대답은 매우 단호하고 본질적인 것이었습니다.

"아니오. 난 아무것도 동경하지 않습니다."

그 대답은 내 안에 실로 깊은 인상을 남겼습니다. 그것은 흔들림 없는 확신을 갖고 완전히 마음을 비운, 이 우주 안에서 평정과 조화를 이룬 사람의 모습이었습니다. 나로서는 엄두도 낼 수 없는 일입니다. 하지만 당신에게는 그것이 너무도 자연스런 일처럼 보였기에 나는 그저 당신이 존경스러울 뿐이었습니다. 당신은 이 세상의 어떤 것도 동경하지 않는다고 잘라 말할 수 있는, 내가 아는 거의 유일한 영혼입니다. 당신을 알게 됨으로써 나는 보다 진실하고 순수한 삶을 향해 눈뜨게 될 것입니다.

신이 지금 이곳에 존재한다는 당신의 철학이 내게 새로운 의미를 갖고 점점 분명하게 다가옵니다. 우리는 다만 매 순간 온 마음을 다해 그를 맞이해야 합니다. 그러면 신은 자신의 존재로 우리 영혼을 채울 것입니다. 우리가 할 일은 오직 신을 향해 우리의 영혼을 열어 두는 일일 것입니다. 그 밖에 우리가 해야 할 일이 무엇이 있을까요?

내가 당신 삶의 의미를 제대로 이해하고 있다면 이런 것이겠지요. 당신은 이 세속적이고 물질적인 사회로부터, 모든 무의미한 제도와 관습, 상투적인 삶의 올가미로부터 멀찌감치 벗어나려는 것입니다. 그리하여 매 순간 신과 함께하는 단순하고 신선한 삶을 이끌어 가려는 것입니다. 낡은 형식 안에서 새로운 삶을 호흡하는 대신, 당신은 내면적으로 또 외적으로 완전히 변화된 삶을 살기 원합니다.

나로서는 당신의 그러한 태도가 더없이 고귀하게만 느껴집니다. 비록 나 자신은 그런 삶으로부터 아득히 멀리 떨어져 있지만.

부탁하건대, 지금 이 시간 내게 말씀해 주시기 바랍니다.

행동을 절제하고, 생활을 간소화하고, 무엇보다 지금 여기에서의 존재를 위해 영혼을 활짝 여는 당신을 존경합니다. 소란스럽고 천박한 배우들의 세상에서 한걸음 물러나 '나는 단순히 존재할 뿐'이라고 말하는 영혼은 고귀한 사람임에 틀림없습

니다. 과연 내가 지금 곧 나 자신을 진리 위에 세워 둘 수 있을
까요? 나의 욕망들을 최소화시킨 채로……, 나는 이 순간 자연
과 사람들에게 보다 가까이 다가가야 합니다. 그러면 삶은 무
한히 풍요로워질 것입니다. 그러나, 슬프게도, 나는 가장자리
에서 떨고만 있습니다.

해리슨 블레이크로부터

월든 호수에서 바라본 눈 내린 겨울산

하버드 대학을 졸업하고 교사, 목수, 측량 기사를 거쳐 아버지의 연
필 공장 일을 돕던 헨리 데이빗 소로우는 미국의 독립기념일인 1845
년 7월 4일, 손수레에 단출한 짐을 싣고 월든 숲으로 들어갔다. 그때
그의 나이 28세였다. 몇 달에 걸쳐 손수 지은 방 한 칸짜리 미완성 오
두막에 가구 몇 점을 들여놓고서 소로우는 자신이 이상으로 여기는
삶을 실천하기 시작했다.

　그는 문명을 등지고 숲으로 들어간 이유에 대해 자신의 대표작
〈월든〉에서 이렇게 말하고 있다.

　"내가 숲으로 들어간 것은 삶을 내 자신의 의지대로 살아 보기
위해서였다. 다시 말해 오직 삶의 본질적인 문제들만을 마주하면서,
삶이 가르쳐 주는 것들을 내가 배울 수 있는지 알고 싶어서였다. 그

리하여 마침내 죽음을 맞이했을 때 내가 헛되이 살지 않았다고 깨닫고 싶었기 때문이다. 산다는 것은 그토록 소중한 것이기 때문에 나는 진정한 삶이 아닌 삶은 살고 싶지 않았다."

세상의 소음으로부터 멀리 떨어진 곳에서 소로우는 직접 밭을 갈며 사색과 독서, 산책으로 채워진 하루하루를 보냈다. 더불어 그곳에서 첫번째 저서 〈콩코드 강과 메리맥 강에서의 일주일〉 원고의 대부분을 썼으며, 〈월든〉의 전체적인 초안도 완성했다. 그가 살아 있을 때 출간된 책은 이 두 권뿐이며, 우리가 알고 있는 다른 작품들은 모두 그의 사후에 출간된 것이다. 그만큼 소로우가 가졌던 소박하고 자연 친화적인 정신은 더 많이 소유하기를 원하고 더 발전된 물질 문명을 희망하는 동시대인들로부터는 그다지 환영 받지 못했다.

1847년, 소로우는 2년 2개월 2일에 걸친 월든 숲에서의 생활을 정리하고 부모의 집이 있는 콩코드 시내로 내려왔다. 숲에서 나온 이유를 그는 다음과 같이 말했다.

"나는 숲에 들어갈 때와 마찬가지의 중요한 이유로 숲을 떠났다. 내 앞에는 살아야 할 또 다른 몇 개의 삶이 남아 있는 것처럼 느껴졌으며, 그래서 숲에서의 생활에는 더 이상의 시간을 할애할 수 없었다. 자신도 느끼지 못하는 사이에 얼마나 쉽게 어떤 정해진 길을 밟게 되고 스스로를 위해 다져진 길을 만들게 되는지 그저 놀라울 따름이다. 내가 숲 속에 살기 시작한 지 일주일이 채 안 돼 내 오두막 문간에서 호수까지 내 발자국으로 인해 길이 났다. 이 세상의 큰길은 얼마나 닳고 먼지투성이며, 전통과 타협의 바퀴 자국은 또 얼마나 깊이 패였겠는가! 나는 편히 선실에 묵으면서 손님으로 항해하는 것보다는 차라리 인생의 돛대 앞에서, 갑판 위에 있기를 원했다. 이제 갑판 아래로 내려가고 싶은 생각은 없다."

그로부터 6개월 뒤, 소로우는 편지 한 통을 받는다. 콩코드에서 50킬로미터 떨어진 우스터에 사는 신학자 해리슨 블레이크가 보낸 편지였다. 두 사람이 편지를 주고받기 시작하던 1848년 봄, 소로우는 31살이었고, 블레이크는 32살이었다. 그리하여 두 사람은 소로우가 세상을 떠날 때까지 모두 50통의 편지를 주고받게 된다.

첫번째 편지를 쓴 날로부터 42년이 흐른 뒤, 블레이크는 지난날들을 회상하며 말했다.

"내가 나의 동시대인들을 위해 한 가장 훌륭한 일은 대부분의 경우 그렇듯이, 나 자신이 전혀 의도하지 않은 것이었다. 소로우라는 이름이 거의 알려지지 않았던 시대에 나는 누구보다 먼저 그의 위대성을 알아보고, 그에게 편지를 쓰기 시작한 것이다. 그럼으로써 그에게 '자신의 삶을 표현할 기회'를 주었다."

이 책에 실린 작은 그림들과 설명은 소로우의 일기에서 가려 뽑은 것이다.
＊각 편지의 뒤에 실린 해설은 옮긴이가 쓴 것이다.

무엇을 위해 살 것인가
[1848년 3월 27일, 소로우가 블레이크에게]

내가 한 말들이 당신의 가슴에 가닿았다니 기쁩니다. 너무 오래전에 한 말들이라서 내가 한 것이라고 주장하기는 힘들지만. 내가 인간에 대한 중요한 무언가를 말했다는 것, 그리고 인간과 인간이 대화를 나누는 일이 헛되지 않다는 것을 확인하게 되어 무엇보다 기뻤습니다. 이것이 바로 문학의 가치일 것입니다. 하지만 그 글을 쓴 것이 오래전 일이기 때문에 당시 내가 어떤 의도로 그 글을 썼는지 알기 위해 다시 들춰 봐야만 했습니다. 어쨌든 그 글이 당신으로 하여금 내게 편지를 쓰게 만들었다는 사실만으로도 내겐 가치가 충분합니다.

　나는 겉으로 드러나는 삶과 내면의 삶이 일치한다고 믿습니다. 하지만 누군가 한 차원 높은 삶을 사는 데 성공하더라도 다른 사람들은 그것을 전혀 모를 수도 있습니다. 사람들은 서로가 다른 만큼 거리를 두고 있기 때문입니다. 진정한 삶을 시작하는 것은 먼 나라로 여행을 떠나는 일과 같습니다. 그곳에서 우리는 문득 새로운 풍경과 사람들에 둘러싸여 있는 자기 자신을 발견하게 됩니다.

　낡은 것들이 나를 둘러싸고 있는 한, 참된 의미에서 새롭거나 더 나은 삶을 산다고 할 수 없습니다. 바깥으로 보여지는 부분은 안의 것들이 드러난 결과입니다. 습관은 사람을 감추는 것이 아니라 오히려 그가 어떤 사람인가를 드러나게 합니다. 습관은 우리가 입고 있는 옷과 같습니다. 사람들이 자신의 습관에 대해 어떤 이유를 대든 나는 관심이 없습니다. 상황은 나아질 수도 있고 변화할 수도 있지만, 우리의 습관은 좀처럼 변하지 않습니다.

　우리는 현재의 삶을 기초로 그 위에다 진정한 삶을 세울 수 있을 것처럼 막연히 이야기하곤 합니다. 지빠귀 새가 뻐꾸기 알 사이에서 자신의 알을 골라 부화시키듯이, 만일 우리가 낡은 것들에 대한 애정과 온기를 차단하고 그것을 썩혀 버릴 수만 있다면 그 일이 가능할 것입니다. 하지만 실제로는 우리는 둘 다를 품고 있는 것이며, 뻐꾸기들은 언제나 하루 먼저 부화해 어린 지빠귀들을 둥지 밖으로 내몹니다. 따라서 그것은 불가능한 일입니다. 뻐꾸기 알을 없애거나 새 둥지를 만들어야만 합니다.

　변화는 변화입니다. 새 생명이 낡은 육체에 들어가는 법은 없습니다. 낡은 육체는 부패합니다. 새 생명은 태어나고, 성장하고, 꽃을 피웁니다. 사람들은 매우 감상적으로 낡은 것을 받아들이고 몸에 걸칩니다. 천국에 들어갈 수 있는데 왜 빈민구제소에 머물려고 합니까? 그것은 미라가 되려는 것이나 마찬가지입니다. 보존 약품과 붕대는 놓아두고 어린아이의 몸으로 들어가십시오. 이집트의 지하 묘지를 보면 미라가 되었을 때의 결과를 알 수 있습니다. 그것으로 끝입니다.

나는 단순함의 가치를 믿습니다. 아무리 현명한 사람이라도 하루 종일 신경 써야만 하는 사소한 일들이 얼마나 많은가요. 또 그가 무시해 버리는 일들은 종종 얼마나 중요한 것들인가요. 수학자가 어려운 문제를 풀 때는 우선 불필요한 것들을 없애고 문제를 최대한 단순하게 만들듯이, 삶의 문제에서도 마찬가지입니다. 문제들을 단순화시키고, 불필요한 것들로부터 꼭 필요한 것과 진정한 것들을 구분해 내야만 합니다. 당신이 어디에다 삶의 근본 뿌리를 내리고 있는지 땅속을 잘 살펴십시오. 나는 거짓이 아니라 진실 위에 서 있겠습니다. 왜 우리는 우리 눈으로 직접 보지 않는 걸까요? 인간은 아무것도 모르는 존재인가요?

나는 웬만해서는 잘 속지 않는 사람들을 여럿 알고 있습니다. 비현실적인 것은 믿지 않고, 돈이 얼마가 있는지 정확히 알고 있으며, 그것을 어디에 투자할지도 잘 아는 사람들입니다. 소위 신중하고 영리한 사람들이라고 일컬어지는 그들은 마치 은행원처럼 삶의 대부분을 책상 앞에 앉아서 보냅니다. 그렇게 열정이라고는 거의 없이 지내다가 점점 녹이 슬고 결국 사라져 버립니다.

무엇인가 아는 사람들이라면 이 빛나는 태양 아래서 과연 그런 삶을 살아야만 할까요? 그들은 빵이 무엇인지, 또 그것이 무엇을 위한 것인지 진정으로 알고 있을까요? 그들은 삶이 무엇인지 아는 걸까요? 만일 그들이 무엇인가를 안다면, 지금 당장 자신들에게 익숙한 그 장소를 떠날 것입니다. 상식을 갖춘 사람들이 속해 있고, 우리의 사회 제도가 뿌리내리고 있는 이 소중한 일상의 삶이란 사실 환상에 지나지 않습니다. 그것은 기초 없이 세운 상상의 건축물처럼 사라져 버릴 것입니다. 그러나 인간을 위해 이따금씩 새벽을 밝혀 주는 저 희미한 진실의 빛은 다이아몬드보다 더 견고하고 영원한 어떤 것을 드러내 보여 줍니다. 이 세계를 지탱하고 있는 주춧돌은 사실 그것입니다.

인간은 사물이나 현상을 정확하게 바라보지 못합니다. 어떤 일이 이루어지지 않는 것도 그 때문입니다. 자신의 경험을 냉정하게 관찰하고, 그것에 대해 있는 그대로 말할 수 있는 사람은 많지 않습니다. 우리의 꿈이 너무 시기상조라고 말할 근거가 무엇인가요? 당신은 전생애에 걸쳐 오직 한 가지 목표를 향해 충실히 노력하고도 아무런 결과도 얻지 못한 사람에 대해 들어본 적이 있습니까? 사람이 끊임없이 무엇인가를 갈망하면 그것이 이루어지지 않던가요? 과감하고 대담하게, 진지하고 성실하게 노력했을 때 아무런 결과도 얻지 못할 수 있을까요? 그것들이 모두 헛된 노력일까요? 물론 우리의 낙원이 집 앞 정원처럼 가까이 있으리라고 기대할 수는 없습니다. 그러나 우리는 자신이 무엇을 원하는지조차 모르고 있습니다.

문학 작품들을 보면 모든 인간은 좋은 생각들을 얼마나 많이 갖고 있습니까? 그리고 좋은 생각들이 얼마나 적게 표현되어 있습니까? 우리는 애매하고 불분명한 것을 상상하지는 않습니다. 다만 굳은 의지와 인내를 갖고 수천 번의 실패를 거듭하고 난 끝에야 우리의 생각은 언어 속에 뚜렷하게 그리고 영원히 새겨집니다. 그때 우리는 우리의 꿈이 얼마나 확고한 것인가를 알게 될 것입니다. 그러나 나는 꿈에 대해서는 말하지 않겠습니다.

언어로 표현된 것은 삶에서도 표현될 수 있습니다.

나는 나 자신을 축하한 일은 없으나 내가 가진 신념과 영감을 존중합니다. 사람의 위치라는 것은 사실 너무 단순해서 장황하게 설명할 것도 없습니다. 나는 어떤 맹세도 하지 않습니다. 그리고 나는 사회나 자연이나 신에 대해 어떤 구체적인 계획도 갖고 있지 않습니다. 나는 그저 있는 그대로의 나 자신일 뿐이고, 또 그렇게 되고자 합니다. 나는 지금 이 순간을 삽니다. 과거는 기억일 뿐이고 미래는 기대에 불과합니다. 나는 살아 있음을 사랑합니다. 유행을 따르기보다는 변화와 새로움을 더 좋아합니다. 나쁜 것이 어떻게 나아졌는가에 대한 기록은 아직 없습니다. 나는 다만 어떤 것을 믿을 뿐이며, 그것 외에는 아무것도 알지 못합니다.

나는 나의 존재를 자각합니다. 나 자신보다 나를 더 잘 알고 있는 어떤 존재의 피조물이라는 것과, 또한 내가 인류의 일부분이라는 사실도 잘 깨닫고 있습니다. 나는 모험의 가치를 알고 있으며, 모든 것이 잘 되리라는 것도 압니다. 지금까지 나쁜 소식을 들은 적이 없습니다.

인간의 지위라든가 공동체라는 것이 다 무엇입니까? 맑은 날 하늘을 보면, 태양과 푸른 대기 외에 무엇이 있습니까?

타인의 잘못을 일깨워 주려면 스스로 옳은 일을 하십시오. 하지만 그가 자신의 잘못을 인정하게 만들려고 애쓰지 마십시오. 사람은 자신이 보는 대로 믿을 뿐입니다. 스스로 보게 하십시오.

자신이 믿는 올바른 삶을 추구하고, 그것에 다가설 수 있도록 끊임없이 노력하십시오. 마치 개가 자신의 주인을 따르듯. 자신이 사랑하는 일을 하십시오. 자신이 원하는 뼈가 어디에 묻혀 있는지 알아내십시오. 그것을 파고들고, 묻어두었다가 다시 파내고, 또다시 파고드십시오.

너무 도덕적이 되지 마십시오. 그렇게 하면 삶의 많은 부분에 있어서 자신을 속이게 될 것입니다. 도덕적인 것 이상의 목표를 가지십시오. 그저 좋은 사람이 되지는 마십시오. 무언가를 위해서 좋은 일을 하십시오. 모든 우화에는 교훈이 들어 있지만, 순진한 이들은 이야기 자체만 즐길 뿐입니다.

당신과 빛 사이를 그 무엇도 가로막게 하지 마십시오. 사람들을 형제로서만 존중하십시오. 천상의 도시를 방문할 때는 누구의 소개 편지도 필요 없습니다. 문을 두드리며 곧장 신을 만나기를 청하십시오. 어떤 경우에도 당신 곁에 동행이 있다고 생각하지 마십시오. 당신이 이 세상에 홀로임을 기억하십시오.

떠오르는 대로 편지를 썼습니다. 잘못된 부분을 바로잡기 위해서라도 당신을 만나야겠습니다. 꼭 그렇게 하겠습니다. 당신은 내게 뭔가 중요한 영감을 불러일으킬 것만 같습니다.

헨리 데이빗 소로우

친구와 배를 타고 페어 헤이븐 강을 여행하다

소로우 시절의 몇몇 미국 지성인들은 초월주의 사상에 매혹되어 있었다. 자신의 손으로 직접 노동을 하고, 가능한 한 인위적인 삶의 방식에서 벗어나 단순한 삶의 방식으로 돌아가야 한다는 것이 그들의 생각이었다. 이성보다는 감성을, 인간보다는 자연을 예찬하는 초월주의 사상가들은 이러한 생각을 실천하는 공동체 운동을 전개시키고 있었다. 그러나 소로우는 그들의 공동체에 참여하기를 거부하고, 자기만의 방식으로 자연 속으로 들어갈 준비를 하고 있었다.

"나는 천국에 공동체 생활을 하러 가기보다는 오히려 지옥에서 독신자의 공회당을 지키는 것이 더 낫다고 생각한다."

소로우의 관점에서 초월주의자들이 말하는 공동체 생활은 또 다른 이름의 문명과 다를 바가 없었다. 비슷한 세상을 꿈꾸는 사람들이 모여 그들의 입맛에 맞는 질서를 만들고 삶의 가치를 정의한다는 것조차 인위적인 함정이라고 생각했다. 부와 명예를 좇아 신대륙까지 흘러들어온 유럽인의 욕망은 끝이 없었다. 그들이 만들어 낸 문명과 세계관이 전쟁을 부르고, 노예제를 낳고, 자연을 파괴하고, 원주민인 인디언들까지 몰아내고 있었다. 모두가 인간의 이기심과 욕망이 불러일으킨 결과였다.

'문명인'이란 보다 경험이 많고, 보다 영악해진 야만인에 불과하다고 소로우는 말한다. 그러므로 세상과 타협하고 사회가 요구하는 관습과 제도에 따르는 것은 인간 본래의 순수성을 더럽히는 일이었다. 단순하게, 독립적으로, 건강하게 삶을 가꾸어 나가는 것이 소로우가 생각하는 행복의 조건이었고, 월든 숲은 그것을 실천할 수 있는 최적의 장소였다. 소로우의 일기 곳곳에는 그가 왜 문명과 사회를 등지면서 고집스럽게 자연 속으로 들어가야 했는지, 그만의 고뇌와 이유가 절실한 문장으로 드러나 있다.

"내가 자연을 사랑하는 여러 이유 중 하나는 자연이 인간 세상으로부터 멀리 떨어진 은신처이기 때문이다. 인간의 제도는 자연을 통제할 수도 물들일 수도 없다. 자연 안에는 인간들과는 다른 차원의 권리로 가득하다. 자연과 함께 있을 때 나는 완벽한 삶의 환희를 누릴 수 있다. 만일 이 세상이 온통 인간의 것으로만 채워져 있다면 나는 기지개를 켤 수 없을 것이고 모든 희망도 사라질 것이다. 나에게 인간은 제약인 반면 자연은 자유이다. 인간은 나로 하여금 또 다른 세상을 그리워하게 만들지만 자연은 나를 이 세상에 만족하게 한다. 자연이 주는 기쁨은 인간의 다스림과 옳고 그름에 전혀 지배받지 않는다."

나는 누군가에게 강요당하기 위해 이 세상에 태어난 것이 아니다.
나는 내 방식대로 숨을 쉬고 내 방식대로 살아갈 것이다.
누가 더 강한지는 두고 보자. 다수의 힘이 무엇인가?
그들은 내게 자신들과 똑같은 사람이 되라고 요구한다.
나는 참다운 인간이 군중의 강요를 받아 이런 식으로 또는
저런 식으로 살았다는 이야기를 들어본 적이 없다.
그런 식의 삶이 대체 어떤 삶이겠는가? - 〈시민의 불복종〉

내 식대로 사는 삶
[1848년 5월 2일, 소로우가 블레이크에게]

사람들은 말합니다. '우리는 우리 자신의 빵을 얻어야 한다'고. 그렇다면 그들이 말하는 자신의 빵이란 과연 무엇일까요? 제과점에서 구워 낸 것일까요? 나는 그것이 우리의 손으로 직접 구운 빵이어야만 한다고 생각합니다. 우리 자신의 고기는 무엇인가요? 푸줏간의 고기일까요? 얻어야만 한다는 것은 또 무엇인가요?

우리가 지금 벌어들이고 있는 빵은 너무 시큼해서 고통스럽기 때문에 싸구려 설탕을 섞어 단맛을 내고, 포도주와 식초를 거쳐 때로는 고약한 냄새가 날 정도로 발효한 뒤, 황산에 의해 표백되는 그런 빵이 아닌가요? 이것이 과연 우리가 삶에서 얻어야만 하는 빵인가요?

사람은 진정 이마에 땀을 흘리며 빵을 얻어야 할 것입니다. 그러나 이마 속 지성의 땀으로도 빵을 벌어야만 합니다. 육체는 단지 육체를 먹여 살릴 뿐입니다. 살면서 내가 맛본 진정한 빵은 아주 적은 양에 지나지 않습니다. 나머지 대부분은 그저 식량이나 먹이에 불과했습니다. 머리와 가슴을 채워 주는 빵은 거의 없었습니다. 심지어 부자들의 식탁 위에조차 아무것도 없었습니다.

모든 사람을 위한 한 종류의 음식이란 존재하지 않습니다. 당신은 하는 일에 따라 필요한 음식을 섭취해야 합니다. 육체가 지친 노동자에게는 정신이 지친 학자와 똑같은 음식이 필요하지 않습니다. 짐승처럼 미련하게 일하기보다는 가능한 한 정신과 육체를 함께 움직이고 함께 휴식을 취하게 해야만 합니다. 그런 종류의 일을 하면 머리와 몸이 동시에 배고파져서 한 가지 음식이 양쪽 모두를 충족시켜 줄 것입니다. 그렇지 않으면 몸의 에너지를 충전하기 위해 음식을 먹을 때 머리는 부담을 느낄 것이고, 어리석은 학자는 음식을 먹는 것이 전부 세속적이며 먹고사는 일을 지루하고 고된 일이라고 여기게 될 뿐입니다.

빵을 어떻게 벌 것인가는 매우 중요한 문제이며, 동시에 흥미 있고 매력적인 문제입니다. 사람들이 흔히 그렇게 살듯 이 문제를 회피하지 마십시오. 그것은 인간에게 주어진 가장 중요하고 실질적인 문제입니다. 다만, 이 문제에 성급하게 답하지는 마십시오.

구차하고, 생각이 짧고, 경솔한 방법으로 빵을 얻는 일에 만족하려고 해서는 안 됩니다. 빵을 벌기 위해 어떤 이는 사냥을 하고, 어떤 이는 고기잡이를, 어떤 이는 도박을 하고, 심지어 어떤 이는 전쟁터에 나가기까지 합니다. 그러나 누구도 진지하게 빵을 구하는 이들만큼 마음이 행복하지는 않습니다. 정직하고 진실하게 자신의 가슴과 삶으로 모든 힘을 다해 빵을 구하는 사람은 반드시 빵을 얻을 것이며, 그렇게 얻은 빵은 분명 매우 맛있을 것입니다. 그것은 이상적으로 진실인 것처럼 현실적으로도 진실이며, 정신적으로 진실인 것처럼 물질적으로도 진실입니다.

아주 작은 빵, 아주 조그마한 빵 부스러기라도 질이 좋은 빵이면 충분합니다. 그 안에 담긴 영양분이 무한하기 때문입니다. 모든 사람은 죽기 전에 자신의 진정한 존재를 위해 최소한 빵 한 조각이라도 벌고, 그것을 맛보아야 합니다. 그것은 '생명의 빵'과 같은 것으로, 그 빵을 먹음으로써 생명의 빵 역시 함께 삼키는 것입니다.

우리의 빵은 시큼할 필요도, 소화하기 힘들 만큼 딱딱할 필요도 없습니다. 자연은 인간의 마음뿐 아니라 육체에도 똑같이 중요한 역할을 합니다. 자연은 내 정신의 상상력을 키우는 것처럼 내 몸도 먹여 살릴 것입니다. 자연은 인간에게 약속한 것을 그대로 실천할 준비가 되어 있습니다. 자연은 시인의 눈에만 아름다운 것이 아닙니다. 무지개와 저녁 노을이 아름다운 것처럼, 자연이 우리를 먹이고, 입히고, 보금자리와 따뜻함을 제공하는 것 또한 아름답고 감동적인 일입니다.

인간의 삶에 그냥 내버려두어도 되는 추하고 저속한 것들이란 없습니다. 우리는 우리의 상상력이 찾아내는 모든 결점들을 바로잡기 위해 나날의 삶에서 구체적인 노력을 기울여야만 합니다. 우리의 갈망이 높은 만큼 하늘은 깊습니다. 나무가 자라기를 열망하는 만큼 나무는 그것에 어울리는 높은 곳의 대기와 만납니다.

모든 사람은 거부할 수 없는 어떤 힘을 향해 나아가야 합니다. 존재하기를 두려워하지 않는 사람은 약해질 수가 없습니다. 아주 힘없는 식물이라도 단단한 땅과 바위의 갈라진 틈새를 뚫고 올라옵니다. 어떤 물리적인 힘으로도 사람의 의지를 막을 수는 없습니다. 진지한 인간은 쐐기나 망치, 투석기와 같습니다. 무엇이 그를 가로막을 수 있을까요?

인간이 선해질 수도 있고 악해질 수도 있다는 것은 중요한 사실입니다. 인간의 삶은 진실일 수도 거짓일 수도 있고, 수치일 수도 영광일 수도 있습니다. 선한 이는 자신을 높이 세우고, 악한 이는 자신을 파괴합니다.

무엇을 하든 확신을 갖고 해야 하며, 더 많은 빛을 기대하는 것이 아니라 충분한 빛을 갖고 해야 합니다. 어떤 사람이 소심하다면, 소심하게 행동하도록 내버려두십시오. 만일 그가 확신을 갖고 더 많은 것을 기대한다면 그것이 올 때까지 기다리게 하십시오. 그러나 우리가 이미 가지고 있는 것은 무엇인가요? 우리는 이미 충분히 기다리지 않았던가요? 이제야 시작일까요? 자신이 서 있는 곳에서 한 치 앞도 보지 못하는 사람이 있을까요?

어떤 사람이 자신의 길을 가기를 망설인다면 강제로 떼밀지 마십시오. 그로 하여금 자신의 의심을 존중하게 하십시오.

왜냐하면 의심에도 어떤 의미가 있을 수 있기 때문입니다. 우리가 우리의 길에 대한 확신이 별로 없다는 것은 슬픈 일이 아닙니다. 그 길에 충실하지 못하다는 것이 오히려 더 슬픈 일입니다. 어떤 것에 충실할 때 확신이 생겨납니다. 삶의 여정에서 자신에게 주어진 길을 아주 조금이라도 벗어나는 순간, 생은 비극이 되고, 마지막 장으로 서둘러 나아갑니다. 그리고 사실 이런 일은 시작부터도 결코 무의식적으로 일어나지 않습니다. 실제로 그것이 명백한 잘못이라는 것을 누구보다 자신이 더 잘 알고 있습니다.

일단 우리가 자신에게서 이탈하면 우리의 길에 널려 있는 장애물들에 대한 어떤 해답을 기대할 수도 없고, 충고를 해줄 지혜로운 사람도 없습니다. 그런 상태로 머물러 있는 한, 우리를 도울 수 있는 사람은 아무도 없습니다. 그렇게 되면 많은 의무들과 그 의무를 게을리하는 것에 대한 괴로움만 가득하게 됩니다. 그렇기 때문에 십계명과 그 밖의 두껍고 지겨운 법전들이 생겨나게 된 것입니다.

자신의 길에서 한 걸음이라도 벗어난 경험이 전혀 없는 사람이 있을까요? 그 벗어남은 멀리 있는 별처럼 희미하고, 벗어남이 시작될 당시에는 별것 아닌 것처럼 여겨집니다. 다시 말해, 그 일은 우리 영혼의 무지와 어둠 속에서 생겨납니다.

인간은 자신이 걸어가야 할 진정한 길을 지키기 위해 매우 신중해야 합니다. 언제나 눈앞에 있는 모든 것을 보고, 그것을 통해 자신의 길을 구별해 낼 수 있어야 합니다.

당신은 내가 슬픔에 대한 특별한 철학을 갖고 있는지 물었습니다. 견딜 수 없는 슬픔이란 것에 대해 나는 아는 바가 거의 없습니다. 내게 있어서 가장 깊고 진정한 슬픔은 단지 일시적인 후회뿐입니다. 내 슬픔의 자리는 그저 적당한 무관심으로 채워져 있을 것입니다. 나는 그런 사람이고 미련스럽게도 참을성이 많습니다. 마치 한겨울에 봄의 태양을 기다리듯이 말입니다.

나는 '영혼을 찾는 것'이 내가 해야 할 일이 아니라, 영혼이 나를 찾아야 한다고 생각합니다. 나는 너무 쉽게 만족을 느낍니다. 마치 동물들처럼 작은 것에 만족해 버립니다. 나는 어린 두더지처럼 자주 행복합니다.

나는 내가 느끼는 감정들에 결코 내 자신을 완전히 맡겨 버리지 않습니다. 항상 어느 정도 거리를 두고 그것들에 대해 관찰자적인 태도를 가집니다. 내가 온 존재를 바쳐 몰두하는 단 한 가지의 일은 '바라보는 일'입니다. 나는 감정을 느끼기보다는 '보는 일'에 더 온전히 몰입합니다.

내가 어떤 사람인지, 나의 좋은 점과 나쁜 점을 당신에게 말할 필요는 없습니다. 말하지 않더라도 그럴 만한 가치가 있다면 당신은 추측할 수 있을 것입니다. 게다가 나 자신도 그 둘을 구분하지는 않습니다.

지금은 숲 속의 내 오두막에서 편지를 쓰고 있지 않습니다. 에머슨 씨가 집을 비운 동안 그의 집에서 에머슨 부인과 함께 지내고 있습니다. 이곳은 나의 옛집이기도 합니다.

당신에게 이야기하듯, 내가 이따금 나 자신에게 혼잣말을 하리란 것을 당신은 알고 있겠지요.

헨리 데이빗 소로우

길에서 스컹크를 만나 3백 미터를 따라감

20세가 되던 1837년 봄, 소로우는 자신의 일생에 가장 중요한 사람, 랄프 왈도 에머슨과 처음으로 개인적인 만남을 가졌다. 에머슨의 수필집 〈자연〉을 읽은 것이 그 계기였다. 하버드 대학 재학 시절 소로우에게 문학적으로 가장 큰 영향을 끼친 에머슨은 당시 미국 지성인들의 선봉에 있었다. 소로우와 에머슨의 만남은 곧 깊은 우정으로 발전했으며, 소로우가 평생에 걸쳐 일기를 쓰게 된 것도 에머슨의 권유에 따른 것이었다. 두 사람의 만남은 소로우 내부에 숨겨져 있던 문학적 재능을 마음껏 분출할 수 있는 통로가 되었다. 비슷한 시기에 소로우는 형을, 에머슨은 어린 아들을 잃게 되었고, 둘은 서로를 위로하며 더욱 가까운 사이가 되었다. 에머슨은 소로우에게서 자기 신뢰를 지닌 진정한 제자를 찾아냈고, 소로우는 에머슨으로부터 스승, 아버지, 친구의 모습을 발견했다.

1841년, 소로우는 자신의 집에서 함께 살자는 에머슨의 제안을 받아들였고, 둘은 2년 동안 서로에게 스승과 제자, 친구, 가족, 정신적인 구원자가 되어 지냈다. 에머슨의 집에서 숙식을 제공 받는 대가로 소로우는 하루 2,3시간씩 집안일을 거들었다.

당시 에머슨의 사상에 이끌려 많은 문인과 학자들이 콩코드로 모여들었고, 콩코드는 미국 백인 문화의 정통성을 상징하는 도시로 급부상했다. 소로우는 자연스럽게 〈작은 아씨들〉의 루이자 메이 올코트, 〈주홍글씨〉의 나다니엘 호손과 같이 미국 문학을 대표하는 작가들과 교제하며 콩코드 문화를 이끌어가는 주요 인물로 자리잡았다. 소로우는 초월주의자들이 내세운 자기 의존과 자기 독립성이 엿보이는 글을 일기 곳곳에 적어 놓았다.

"삶이란 결국 혼자 걷는 길이 아닌가. 삶의 해안가에서 나와 바다 사이에 가로놓인 장애물은 아무것도 없다. 내 이웃들은 순례의 길을 가는 동안 잠시 외로움을 덜어 줄 동행들이다. 그러다 갈림길이 나타나면 나는 또다시 홀로 길 위에 서야만 한다. 삶의 먼 여정을 끝까지 함께할 수 있는 사람은 이 세상에 아무도 없기 때문이다."

소로우가 오두막을 짓고 산 월든 호숫가의 땅도 사실은 에머슨의 소유였다. 소로우는 에머슨에게서 토지 사용 허락을 받고, 도끼를 빌려 소나무를 베어 통나무집을 지었다. 월든 호수에서의 생활을 정리한 뒤에도 그는 장기간 유럽 여행을 떠나는 에머슨의 집에 관리인으로 들어갔다. 소로우는 손재주가 뛰어났으며 노련한 일꾼이었다. 에머슨은 수필에서 정신과 육체의 놀라운 조화를 이루는 소로우에게 감탄을 금치 못했다.

"소로우는 활기차다. 그가 숲에서 걷고, 노동을 하고, 토지를 측량할 때마다 그에게서 참나무 같은 힘이 느껴진다. 또한 들녘의 어느 농부가 갑자기 도움을 청하더라도 주저하지 않고 돕는 그의 억센 손은 펜대나 굴리고 있는 나 같은 사람의 손과는 비교할 수 없을 만큼 고귀하다. 그는 나라면 감히 엄두도 못낼 일에 과감히 뛰어들어 놀라운 결과를 이루어 낸다. 소로우는 이런 힘을 자신의 글에서도 표현하고 있다. 그의 글을 읽으면서 때로 나는 내 안에 있는 것과 같은 생각과 정신을 발견한다. 하지만 그는 나보다 한 걸음 더 나아가 내가 추상적으로 따분하게 전달할 수밖에 없는 생각들을 뛰어난 영상으로 생생히 그려 보인다."

자신만의 대양을 탐험하라
[1849년 8월 10일, 소로우가 블레이크에게]

너무 늦기 전에 전할 말이 있어 짧게 씁니다. 콩코드에서 당신을 볼 수 있으면 좋겠습니다. 내가 숙식을 제공하겠습니다. 당신만 괜찮다면 가능한 한 오래 머물러 주길 바랍니다.

지금은 시간이 많지 않아서 내 자신이나 당신의 상황에 대해 얘기할 수가 없습니다. 다만 당신도 같은 생각이겠지만, 가난을 피하기 위해 너무 근심하지 말자는 얘기를 하고 싶습니다. 어쩌면 이런 식으로 우주 전체의 재산은 안전하게 투자되고 있는지도 모릅니다. 우리가 생의 이 짧은 시간을 긴 시간의 법칙, 다시 말해 영원의 법칙에 따라 살지 않는다면 얼마나 안타까운 일입니까. 지금 이 순간에 똑바로 서 있어야 합니다. 땅바닥에 드러누워 있어서는 안 됩니다.

우리의 가난함이 방석이 아닌 발판이 되게 하십시오. 미로의 한가운데에서 삶의 가느다란 안내선을 따라 살아가도록 하십시오. 우리는 목적을 갖고 한 방향으로 꾸준히 그리고 거침없이 나아가야 합니다. 그러다 보면 우리의 나쁜 점들은 어쩔 수 없이 뒤쳐져서 우리를 따라오지 못할 것입니다. 혜성의 핵은 별이나 다름없습니다. 지상의 법들은 발, 즉 열등한 인간을 위한 것이고, 천상의 법들은 머리, 즉 고귀한 인간을 위한 것입니다. 지상의 법이 한 차원 올라선 것이 바로 천상의 법입니다. 지구의 반경이 중심에서부터 밖으로 확산되듯이 말입니다. 적절한 균형 속에서 지상과 천상의 법칙을 따르는 사람은 행복합니다. 그는 발바닥에서 머리 끝까지 모든 기능들이 각자 올바른 법칙을 따릅니다. 그는 등을 구부정하게 하거나 발끝으로 위태롭게 서지도 않고, 다만 균형 잡힌 삶을 살면서 자연과 신에 순응하는 사람입니다.

당신이 이제서야 내 책을 받았다니 유감스런 일입니다. 책이 책방에 나와 한 부도 팔리기 전에 제일 먼저 당신에게 보냈는데 말입니다.

나는 아직도 당신에게 의미 있는 답변을 하지 못하고 있다는 생각이 듭니다.

헨리 데이빗 소로우

부드러운 흙 위에 나 있는 동물 발자국

대학을 졸업한 소로우는 가정교사로 일하며 틈틈이 아버지가 운영하던 연필 공장의 일을 도와야 했다. 연필 제조는 소로우 집안의 중요한 생계 수단이었고, 소로우 자신이 연필 제조에 필요한 기술을 대부분 습득하고 있었기 때문이다. 당시 소로우 가의 연필은 미국에서 최고의 상품으로 인정받고 있었고, 난로에 칠하는 흑연으로도 유명했다. 무엇보다 소로우 가의 흑연이 시장을 독점할 수 있었던 것은 독특한 제조 공법에 있었는데, 소로우가 발명한 흑연을 둥글게 깎는 기계 덕분이었다. 신기술 발명으로 보스턴에서 면허를 딴 소로우에게 친구들이 '이제는 부자가 될 수 있겠다'며 축하하자, 그는 이렇게 대답했다.

"나는 한 번 했던 것을 다시 하고 싶지는 않다. 사업의 손길이 닿는 모든 것에는 불행이 따르는 법이다. 그러니 또다시 연필을 만들 생각은 조금도 없다."

소로우에겐 연필 제조사 외에 토지 측량사라는 명함도 있었다. 그는 마을 사람들에게 뛰어난 측량사로 대접 받았으며, 실제로 그에게 작업을 의뢰하는 사람들이 많았다. 지금도 콩코드 시와 그 근교의 경계선 중 상당수가 그의 작업에 기초한 것이다. 뉴욕 모건 도서관이 소장하고 있는 월든 호수 지도에는 '토목기사 H. D. 소로우'라는 서명이 있다. 하지만 소로우는 연필 제조업자도, 토지 측량사도 자신의 진정한 직업으로 여기지 않았다. 정작 그가 자신의 일생을 바치고자 했던 일은 돈과 안락한 삶과는 거리가 먼 것이었다. 그의 마음속에는 항상 '다른 일'이 있었다.

소로우는 자신은 누구에게 강요받기 위해 태어난 것이 아니며 자기만의 방식대로 삶의 길을 찾아 그 길을 따를 것이라고 말한다.

"강둑 위를 환하게 비추는 햇볕의 따뜻함을 느낄 때, 황금빛 모래를 헤치고 드러난 붉은색 흙을 바라볼 때, 부스럭거리는 마른 잎소리와 개울에서 눈이 녹아 뚝뚝 떨어지는 소리를 들을 때, 나는 내가 영원의 상속자임을 느낀다. 다른 어느 곳에서 인간 세상의 왕이 되기보다는 차라리 야생의 숲에서 학생이 되고 자연의 아이가 되고 싶다."

소로우가 '향수병에 걸린 자가 고향으로 돌아가듯' 자신만의 고독한 숲으로 들어가자, 주위 사람들은 도대체 거기에서 무엇을 할 거냐고 물었다. 소로우는 이렇게 대답했다.

"계절이 변화하는 것을 지켜보는 것만으로도 할 일은 충분하지 않겠소?"

진정으로 원하는 삶을 살기 위해서는 내면의 목소리에 귀를 기울여야 한다고 소로우는 거듭 충고한다.

"그대만의 강과 그대만의 대양을 탐험하라. 그대 안에 있는, 보다 위도가 높은 지역을 탐험하라. 식량이 필요하면 한 배 가득 고기 통조림을 싣고 가고, 빈 깡통은 방향 표지 삼아 하늘 높이 쌓아올리라. 고기 통조림이 단지 고기를 저장하기 위해서만 발명된 것인가. 아니다. 진실로 바라건대 콜럼버스가 되라. 그대의 내부에 있는 모든 신대륙과 신세계를 발견하는. 거래를 위해서가 아니라 깨달음을 위해 새로운 항로를 개척하라. 모든 사람은 한 세계의 주인이다. 그 세계에 비하면 러시아 황제의 대제국도 보잘것없는 소국이고, 작은 얼음 언덕에 불과하다."

자연은 성실하고 믿음이 가는 몇 안 되는 영혼의 편이다.
자연이 그런 영혼들을 위해 존재한다는 생각이 들 때마다 나는
인가와 멀리 떨어진 산골짜기에서 홀로 사는 이를 보러 간다.
뜰에는 그의 양식이 될 딸기와 토마토가 자라고, 산기슭에서는
햇빛이 즐거이 몸을 기대고 있다. 그럴 때마다
신들의 공평무사한 자비를 직접 보고 있는 듯한 느낌이다. − 〈일기〉

산책의 즐거움

〔1849년 11월 20일, 소로우가 블레이크에게〕

당신에게 빚지고 있다는 것을 잊지 않고 있었습니다. 방금 당신이 보낸 편지를 읽고, 이러한 편지를 받거나 답장을 보낼 자격이 내게는 없다는 생각이 들었습니다. 당신이 쓴 편지는 나의 이상적인 자아에게 부쳐야 할 것입니다. 이렇게 답장을 쓰면서도 내가 거의 갖고 있지 못한 부분에 대해 말하게 되지 않을까 걱정이 됩니다.

현재 나는 자연이 보내 주는 이름 모를 야생화로 삶을 지탱하며 살아가고 있습니다. 그 꽃들은 묘하게 나를 붙들어 주고, 누가 봐도 가난하기만 한 내 삶을 풍족하게 만들어 줍니다. 지난 1년 동안 나의 산책 시간은 꾸준히 늘어났으며―아침나절에는 주로 책을 읽거나 글을 쓰고, 연필을 만들어 생활비를 법니다―오후에는 대부분 몇 킬로미터 떨어진 곳에 있는 새로 발견한 언덕이나 호수, 숲에 갑니다. 그렇게 걸어가는 동안에 사람을 만나는 일은 거의 없고, 나와 가끔씩 동행하는 친구 외에는 산책을 하는 사람도 없습니다. 이렇게 근사한 곳이 있다니

놀랄 따름입니다. 자연 속에서 살아가는 주변의 모든 사람들을 통틀어 오직 우리 두 사람만이 감탄할 여유를 가지고 있고, 우리가 물려받은 자연을 충실히 즐기고 있다는 생각이 드는 것은 어쩔 수가 없습니다.

'모든 종류의 사슬에서 풀려난 하늘의 새처럼 이 세상으로부터 자유로워진 요가 수행자는 신에게서 그의 노력에 대한 확실한 열매를 얻는다.' (인도 신화 마하바라타에서 인용)

비록 서투르고 정확하지는 않지만 나는 충실하게 그 요가를 수행할 것입니다.

'명상에 잠긴 요가 수행자는 그 나름으로 창조에 이바지한다. 그는 신의 향기를 호흡하며, 아름다운 소리들을 듣는다. 신은 아무 장애물 없이 그의 내면에 들어서고 그의 본성과 하나가 된다.'

어느 정도는 때때로 나도 요가 수행자가 됩니다. 나는 세계 열강들 사이에 일어난 사건에 대해서는 거의 아는 바가 없지만, 올가을 내가 비축해 둔 매발톱나무 열매와 밤에 대해서는 잘 알고 있다고 자부합니다. 내가 이웃을 찾아가면, 그는 어제 신문에서 읽은 세상의 최근 뉴스를 정확히 알려 줄 것입니다. 하지만 나는 차라리 오늘 아침 빵을 먹다가 운 나쁘게도 왕겨를 씹은 얘기를 하겠습니다. 내게는 그 일이 더 중요하기 때문입니다. 그런 뉴스거리들은 듣기 괴로울 뿐 아니라 집 주인이 내놓는 진수성찬만큼이나 진정한 대접과는 거리가 먼 것입니다. 우린 그렇게 잘 먹을 필요가 없습니다. 그리고 그런 뉴스는 동전 몇 개면 살 수 있는 것들입니다.

우리는 슬픈 것이든 기쁜 것이든 필요한 뉴스를 원합니다. 이 새로운 날에 꼭 필요하기 때문에 존재하는 그런 뉴스들 말입니다. 즐거운 뉴스에 대해 언론이 북을 치든 장구를 치든 내버려두십시오. 우울한 뉴스에 대해서 불평하는 것도 그들의 몫입니다. 그렇게 해서라도 기분이 나아진다면 말입니다. 만일 말이라는 것이 자신의 의도를 숨기기 위해 발명되었다면, 신문이란 그런 나쁜 발명이 놀랍도록 발전한 형태라고 나는 생각합니다. 당신의 삶을 신문이 지배하게 하지 마십시오.

내 책에 대한 당신의 진심 어린 평가에 감사드립니다. 당신과 그토록 긴 대화를 나눌 수 있었던 것이 우선 기쁘고, 또 당신이 내 말을 끝까지 들을 수 있는 인내심을 갖고 있었다는 것도 다행한 일입니다. 내 자신의 분위기를 선택할 수 있기 때문에 나는 당신보다 유리하다고 생각합니다. 어떤 면에서는 당신도 조용하고 진지한 독서가의 분위기를 지니고 있다고 여겨집니다. 그것은 작가가 수다쟁이보다 유리한 점입니다. 당신이 지난 휴가 때 콩코드에 오지 않아 유감입니다. 이제 또다시 휴가가 시작되지 않나요? 나는 아직 여기에 있고, 콩코드도 그대로입니다. 이제는 당신도 이 편지를 쓰고 있는 이가 누구인지 알아냈으리라고 여겨집니다. 이름을 쓰지 않아도 당신의 답장에 기뻐할 그가 누군지 알 수 있겠죠.

헨리 데이빗 소로우

추신—알다시피 꽤 오랫동안 당신을 만나지 못했기 때문에 나는 마치 진공 상태에 있는 것처럼, 빈 공간에서 외치고 있는 기분입니다. 내가 어떤 종류의 소리를 외치든 마찬가지입니다. 하지만 메아리가 돌아오는 것에서 알 수 있듯이 신들은 무례하고 귀에 거슬리는 나의 외침에는 귀를 기울이지 않습니다. 하지만 내 말을 들어주는 자연은 더없이 너그러워서 나를 새롭게 하고 나의 거친 노래를 훌륭하게 다듬어 줍니다.

집에 주워다 놓자 사흘 만에 꽃이 피듯 벌어진 솔방울

산책자 소로우의 모습은 마을 사람들에게 매우 익숙한 것이었다. 비가 오거나 추운 날씨에도, 혹은 이른 새벽이나 한밤중에도 그의 외출을 방해할 만한 것은 아무것도 없었다. 그의 삶에 있어서 산책은 무엇보다 중요한 것이었다.

소로우는 스스로 자신의 직업을 산책가라고 했다.

'느릿느릿 걷는 자가 되어 날마다 최소한 한두 시간은 야외에서 보내는 것, 일출과 일몰을 감상하는 것, 바람 속에 들어 있는 소식을 귀 기울여 듣고 언어로 표현하는 것, 언덕이나 나무의 전망대에 올라 눈보라와 폭풍우를 관찰하는 것.'

이런 일들이 소로우의 일상에서 가장 중요한 항목들이었다. 소로우는 자신의 산책에 대해 다음과 같이 표현하고 있다.

"나는 하루에 적어도 4시간씩, 대개는 그보다 더 오랫동안 일체의 세속적인 근심 걱정을 떨쳐 버린 채 숲으로, 산으로, 들로 한가로이 걷지 않으면 건강한 육체와 정신을 유지하지 못한다고 믿는다. 단하루라도 밖에 나가지 않은 채 방구석에만 처박혀 지내면 정신이 녹슬고, 오후 4시―그 하루를 구해 내기에는 너무 늦은 시각―가 훨씬 넘어서, 그러니까 벌써 밤의 그림자가 낮의 빛 속에 섞여들기 시작하는 시간에야 비로소 바깥 바람을 쏘일 수 있게 되면 마치 고해성사가 필요한 죄라도 지은 기분이 든다. 솔직히 고백하거니와 나는 여러 주일, 여러 달, 아니 사실상 여러 해 동안 상점이나 사무실에 하루 종일 틀어박혀 지내는 내 이웃 사람들의 참을성, 또는 정신적 무감각에 놀라지 않을 수 없다."

숲 속에 들어와 숲 이외의 것을 생각할 바에야 무엇 하러 숲 속에 들어오냐는 소로우의 지적처럼 그의 산책길에는 사람들 입에 오르내리는 신문 가십거리나 세속적인 욕망, 세상사에 대한 잡념은 동행할 수 없었다.

"확신하거니와, 내가 만일 산책길에 동반자를 갖는다면 나는 자연과 하나가 되어 교감하는 어떤 긴밀감을 포기하는 것이 된다. 그 결과 나의 산책은 어쩔 수 없이 상투적인 것으로 전락하고 말 것이다. 사람들과 어울리는 것은 자연으로부터 멀어짐을 뜻한다. 그렇게 되면 숲을 산책함으로써 얻는 저 심오하고 진지한 그 무엇과는 영영 작별인 것이다."

소로우는 오솔길을 걸으며 세계를 여행하고 싶다고 34세 때 쓴 일기에서 고백하고 있다. 그에게는 여행을 하기 위한 잘 닦여진 길이 필요하지 않았다. 오솔길 외에 달리 무슨 길이 필요하며, 길 걷는 데 발 외에 또 달리 무엇이 필요하냐고 소로우는 반문한다. 몽상하면서 산책하는 사람에게 오솔길만한 길이 있겠는가? 바퀴 자국을 따라 걸으면 감정이 죽는다.

"이 길로 갈 것인가, 저 길로 갈 것인가는 무시해도 좋은 것이 아니다. 저마다 걷다 보면 좋은 길이 있다. 그런데 우리는 흔히 부주의해서, 또는 어리석은 나머지 좋지 못한 길을 선택하고 만다. 분명 세상에는 우리가 한 번도 선택하지 않았지만 꼭 걸어 보았으면 하고 바라는 오솔길처럼 이상적인 내면 세계의 어떤 길이 존재한다."

신조차도 홀로 있게 하라

[1850년 4월 3일, 소로우가 블레이크에게]

편지에 감사드립니다. 내 생각들이 옳든 그르든 열심히 그것들을 적어 둘 생각입니다. 당신은 가난과 의존에 대해 말하고 있습니다. 하지만 가난하기 때문에 의존적인 사람은 누구인가요? 부자라서 독립적인 건 또 어떤 사람들입니까? 언제부터 우리는 실제 모습보다 겉모습을 더 중요시하게 된 걸까요? 어째서 겉모습이 보여져야 하나요? 그렇다면 우리는 그 사람의 참모습에 대해서는 잘 알고 있는 걸까요? 잘못된 외양에 치중하다 보면 누구라도 거짓을 말하게 됩니다. 단 한 시간이라도 사람이나 사물을 있는 그대로 대할 수 있다면 얼마나 좋을까요.

죄인이 죄를 고백하지 않는다면 그것은 이상한 일입니다. 여행하다 지칠 때면 우리는 짐을 내려놓고 길가에서 쉽니다. 그러니 삶의 무게에 지칠 때면, 스스로 지고 온 거짓의 짐을 내려놓고, 일찍이 느껴 보지 못한 상쾌함을 누려야 하지 않을까요? 이 아름다운 법칙에 따르도록 하십시오. 그것에 저항하면서 자신을 지치게 하지 마십시오. 육체를 쉴 때 우리는 육체를 지탱해 온 힘을 멈춥니다. 그리고 대지의 무릎 위에 편안히 눕습니다. 마찬가지로 우리의 정신을 쉬게 할 때도 우리는 위대한 정신 위에 누워야 합니다.

사물을 있는 그대로 내버려두십시오. 그들에게 스스로 무게를 갖게 하십시오. 그들이 날아오르든 떨어지든 그대로 두십시오. 겨울날 아침, 단 하나의 사물이라도 있는 그대로 바라보는 데 성공한다면, 비록 그것이 나무에 매달린 얼어붙은 사과 한 개에 불과하더라도 얼마나 대단한 성과입니까! 나는 그것이 어슴푸레한 우주를 밝힐 것이라고 생각합니다. 얼마나 막대한 부를 우리는 발견한 것입니까! 우리가 열린 눈을 가질 때, 우리의 시야가 자유로워질 때, 신은 우리 앞에 모습을 드러냅니다.

필요하다면 신조차도 홀로 내버려두십시오. 신을 발견하고자 원한다면, 그와 서로를 존중할 수 있는 거리를 두어야 합니다. 신을 발견하는 것은, 그를 만나러 가고 있을 때가 아니라, 단지 그를 홀로 남겨 두고 돌아설 때입니다. 나는 신이라고 말하지만, 그것이 그의 이름인지는 확신하지 못합니다. 당신은 내가 누구를 의미하는지 알고 있을 것입니다.

잠시 동안 우리가 보잘것없는 그 자체로 살아가고 그 무엇에도 부정적인 마음이 없이 단지 빛을 발하는 크리스털처럼 존재한다면, 우리가 밝힐 수 없는 것이 무엇이겠습니까. 그러면 우리 주위의 우주는 얼마나 명확하고 밝게 빛날까요!

당신은 삶을 살아가겠습니까, 아니면 미라가 되겠습니까? 뜨거운 태양빛을 견디며 살아가겠습니까, 아니면 수천 년간 지하묘지 속에서 안전하게 쉬겠습니까? 전자의 경우 당신에게 일어날 수 있는 가장 끔찍한 사고는 목이 부러지는 것입니다. 목이 부러지는 것을 막으려고 당신의 마음과 영혼을 부러지게 하겠습니까? 목과 담뱃대라는 것은 어차피 부러질 운명에 있는 것들입니다. 사람들은 삶에 대해 또는 영원에 대해 너무 많은 것을 요구하는 어리석음을 저지르며, 또한 그 요구에 맞춰 살기 위해 야단법석을 떱니다. 그것은 아무것도 아닌 일로 소란을 떠는 것입니다. 그런 것들을 따르지 않는다 해서 큰일 나는 것도 아닙니다.

나는 삶의 가치와 의미를 과장하는 것은 두렵지 않지만, 내가 그것들을 발견하지 못할까봐 두렵습니다. 삶이라는 장소에 있었던 것은 기억나지만 아무 특별한 것도 발견하지 못했다면 그것만큼 슬픈 일은 없을 것입니다. 올림푸스 신전을 방문했지만 저녁 식사 후에 곧바로 잠이 들어 신들의 대화를 듣지 못했다면 얼마나 아쉬운 일일까요. 나는 1800년 전에 유대 땅에서 살았지만, 동시대인 중에 예수와 같은 이가 있다는 것을 전혀 몰랐을 수도 있습니다(힌두 사상에 영향을 받은 소로우는 영혼의 윤회를 믿었다). 마치 어떤 값진 보물이라도 있는 양 우리는 아침 신문을 읽습니다. 아주 사소한 소문에도 굶주려 있는 것이 우리들입니다. 비록 그것이 열쇠 구멍을 통해 엿들은 것이라 해도 말입니다. 우리는 소중한 자신을 그런 식으로 소모시켜 버립니다.

우정에 관한 나의 이야기가 새겨들을 만하다고 여겨 주시니 고맙습니다. 당신의 평가는 내게 큰 도움이 될 것입니다(소로우는 첫번째 저서 〈콩코드 강과 메리맥 강에서의 일주일〉의 수요일 장에서 우정에 대해 많은 부분을 할애하고 있다).

헨리 데이빗 소로우

오늘 오후 멋진 구름이 이런 식으로 비를 뿌리다

1833년 하버드 대학에 입학한 소로우는 사람들과 어울리기보다는 홀로 있기를 좋아하는 청년이었다. 늘 조용했고, 무언가를 꿈꾸는 듯한 표정을 지으며 깊은 사색에 잠겨 있었다. 그 고독한 얼굴 속엔 자신만의 세계를 향한 식을 줄 모르는 열정이 숨쉬고 있었다. 그는 어떤 모임에도 가입하지 않았고, 성격상 친구들과 거리를 둘 수밖에 없었다. 동료들이 하버드 대학의 학벌을 자랑하며 사치스러운 사교 파티를 벌일 때, 소로우는 고대와 중세, 가우어와 초서에서부터 엘리자베스 시대에 이르는 영문학에 몰두했고, 다양한 분야의 책에 파묻혀 있었다. 수사학과 수학, 자연사, 박물학, 동양 고전에 빠져들었고, 인디언의 유물들에도 깊은 관심을 보였다.

소로우 스스로 말하기를, 자신의 육신은 하버드 대학 안에 있었지만 마음과 혼은 언제나 소년 시절의 풍경 속에서 살았으며, 공부하는 데 보내야 할 대부분의 시간들은 고향 마을과 숲을 찾아 헤매고 호수와 시내를 탐험하는 데 쓰여졌다고 고백한다.

한번은 하버드 동문이기도 한 에머슨이 하버드 대학은 모든 분야의 지식을 가르친다고 사람들에게 설명하자 소로우는 "하지만 그 근본은 가르치지 않지요."라고 일축했다. 대학에서 배운 것은 자기 자신을 표현하는 능력뿐이라고 여긴 소로우는 어른이 된다고 하더라도 결코 배움을 멈춰서는 안 된다고 말한다. 실제로 소로우는 자신의 삶에 있어서 배움에 관한 한 조금의 게으름도 피우지 않았다.

"배우지 못한 자의 지식은 마치 울창한 숲과 같다. 생명력은 넘치지만 이끼와 버섯 따위에 뒤덮여 쓰임새가 없이 버려져 있다. 반면에 과학자의 지식은 널리 쓰이도록 마당에 내다 놓은 목재와 같다. 잘하면 이곳저곳에 쓸모가 있을 수도 있으나 쉽게 썩어 버리는 단점이 있다."

소로우에게 대학의 강의와 교육은 울창하기만 한 숲이었다. 그가 대학에서 얻은 지식은 스스로 폭넓은 독서와 자기 수양을 통해 얻은 이득에 비하면 보잘것없는 것이었다.

소로우는 하버드를 졸업할 때 졸업장을 위한 수수료 1달러 지불을 거부하며 말했다.

"양가죽은 양들이 갖고 있도록 내버려둡시다."

졸업장은 양피지로 만들어졌다.

어딘지는 모르지만 나의 열망은 어느 한 지점을 향해 가고 있다.
나의 열망은 꽃을 피우고 열매를 맺기 위해 여름과 가을을 향해 가지만
아직은 따뜻한 태양과 봄의 기운밖에 느끼지 못하는 새싹과 같다.
비록 지금은 아무 일도 하지 않고 있지만
나는 무엇인가 되기 위해 여물고 있는 나 자신을 느낀다.
지금이 나에게는 파종기다.
이제 싹을 틔워도 좋을 만큼 충분히 오래 땅속에 묻혀 있었다. ─〈일기〉

소유 지향적인 삶과 존재 중심적인 삶

[1850년 5월 28일, 소로우가 블레이크에게]

나는 신문 기사에서는 어떤 의미도 찾을 수 없습니다. 그것들
은 신문 값에 해당하는 동전 몇 푼의 가치밖에 안 되는 내용뿐
입니다. 1센티미터 두께의 먼지에 뒤덮인 것에서 만족을 얻으
려 하다니! 그런 식으로 시간을 중단시키고 있는 우리는 우리
자신의 찌꺼기일 뿐이며, 그런 삶은 몸과 마음의 껍데기에 불
과합니다. 그것은 더없이 천박한 삶입니다. 스무 번 우려낸 커
피 찌꺼기로 끓인 커피와 같습니다. 그것은 처음 끓였을 때만
커피였을 뿐입니다. 그러는 사이에 신선한 물은 우리의 문 옆
에서 샘솟고 있습니다. 나는 자신들이 다 우려 마신 커피 가루
를 불쌍한 이들에게 나누어 주는 사람들을 잘 압니다. 우리는
뉴스를 필요로 하며, 그런 뉴스를 묵묵히 들어줍니다. 그것은
새로운 문명의 이기일까요, 새로운 재난일까요? 아니면 우리가
원하는 진리의 새로운 모습일까요?

　　당신은 "우정, 책, 자연, 사색이 가장 소중하게 여겨지는
평화로운 순간들은 머뭇거리며 찾아온다."라고 말합니다. 이것

이야말로 신성한 기다림의 자세가 아닐까요? 일종의 소박한 거룩함이 아닐까요? 그런 기다림은 우주의 음악을 불러들입니다. 그리고 기다려 온 일들을 즐기는 동안 마음속에는 서서히 만족감이 스며듭니다.

내가 아직 글로 쓰지 않은 것들에 대해 쓰는 것을 잊어버린다면 어떻게 될까요? 나는 지금껏 하루도 빠짐없이 글을 써온 것 같기도 하고, 또 한편으론 한 번도 글을 쓴 적이 없는 것 같기도 합니다. 당신이 그런 것에 대해 깊이 생각할 것 같지는 않지만, 내 경우에는 글을 쓰는 것과 쓰지 않는 것이 별로 다르지 않기 때문입니다.

왜 당신은 내게 당신의 꿈에 대해 이야기하지 않습니까? 꿈에 대해 말하는 것은 그것이 실현되게 만드는 일이 될 수 있습니다. 당신은 꿈을 꾼다고 말하지만, 어떤 꿈을 꾸는지는 말하지 않습니다. 그래서 나는 무슨 일이 일어날지 추측할 뿐입니다. 개구리 역시 꿈을 꾼다는 것을 나는 압니다(일기에서 소로우는 '개구리가 꿈을 꾸면 여름이 시작된다'라고 적고 있다). 하지만 나로서는 그들이 깨어 있는지 잠들어 있는지, 그들에게 지금이 낮인지 밤인지조차 알 수 없습니다.

나는 지금 벽에 대고 설교하는 것과 마찬가지입니다. 그 벽이란 다름 아닌 나 자신입니다. 만일 당신이 내 방에 들어와서 발을 디딜 자리가 있다면, 내가 하는 말이 당신을 두고 하는 것이라 여겨 불쾌해 하지는 말기를 바랍니다. 이 글은 훨씬 전에 써놓은 것이니까요.

저 위쪽에 있는 당신의 땅에는 흥미진진한 일거리가 많이 있습니다. 가는 길도 제대로 없는 고지대 농장까지 당신은 괭이를 들고 홀로 올라가야 합니다. 그곳에서 생명은 영원히 자라나고, 당신은 재배한 농작물을 굳이 시장으로 가지고 내려와 팔 필요가 없습니다. 그것들은 천상의 생산물들과 교환될 테니까요(소로우는 월든 호숫가에 있는 자신의 콩밭을 염두에 두고 이 말을 하는 듯하다. 그는 초기 원고들에서 그 밭을 생명이 영원히 지속되는 '저 위쪽 땅'이라 표현하고 있다).

당신은 육체를 먹여 살리는 일과 존재의 본질적인 부분을 위한 양식을 마련하는 일을 분명하게 구분합니까? 한 가지의 동일한 수단으로 그 두 가지 욕구를 채울 수만 있다면 더할 나위 없겠지만, 그것은 진실로 드문 성공일 것입니다. 그것을 동시에 둘 다 얻을 수 있는 길은 쉽게 발견되지 않습니다(소로우는 '자신이 원하는 일을 하면서 생계비를 벌 수 있는 사람이 가장 행복하다'고 자주 말했다).

당신이 요청한 대로, 나는 기꺼이 우스터에서 작은 강연회를 열겠습니다. 그곳까지 가는 비용만 대주면 됩니다. 목소리가 울리지 않을 만큼만 조촐한 장소였으면 좋겠습니다. 강연장이 너무 커서 목소리가 울리면 강연자만큼이나 청중들도 당황스러울 것입니다. 하지만 이번 강연 역시 지난 두 번의 강연과 마찬가지로, 뒤죽박죽 시끄러운 청중들 때문에 결과가 썩 좋지는 않을 것입니다. 나의 강연은 청중들과의 교감과 조화가 필요합니다.

당신이 원한다면 다음 토요일에 가서 일요일을 함께 보내도록 하겠습니다. 연락 주길 바랍니다(1849년 가을과 초겨울 소로우는 '케이프 코드 여행'을 주제로 세 차례 강연을 했다. 청중들은 재미있어서 너무 웃느라 눈물을 훔칠 정도였다. 하지만 뜻밖에도 소로우는 그들을 '뒤죽박죽 시끄러운 청중'이라고 표현하고 있다).

한껏 들이킬 것이 아니라면 지식과 영감의 샘물을 맛보려하지 마십시오. 영원한 건강과 기쁨으로 향한 길목에서 습관적으로 슬픔과 우울함에게 발목을 잡히지 마십시오. 당신이 건너려던 강물을 맛보고 나면, 입에는 약간 쓰겠지만 삼킨 후에는 달콤함을 느끼게 될 것입니다.

헨리 데이빗 소로우

나뭇단 아래서 갑자기 내린 소나기를 피하다

1837년 하버드 대학을 갓 졸업한 소로우는 콩코드 시의 한 중학교에서 교사 생활을 시작했으나 2주 만에 사표를 던졌다. 학생에게 체벌을 가하는 학교의 방침에 동의할 수 없다는 것이 그 이유였다. 소로우는 학교측을 향해 학생에게 매를 드는 대신 말로 타이르겠다며 자신의 입장을 고수했다. 하지만 며칠 후 학교 운영 위원회는 소로우의 교육 방식에 항의하며 학교 방침에 따라 줄 것을 강요했다. 하는 수 없이 그는 방과 후에 여섯 명의 학생에게 체벌을 가해야만 했다. 소로우에게 그것은 자신의 양심을 속이는 일이었다. 죄책감에 시달리던 그는 다음날 학교장에게 '학생을 매질해야 한다면 차라리 교사직을 그만두겠다'는 편지를 남기고 첫번째 직장이었던 학교를 영원히 떠났다.

스무 살에 얻은 첫 직장을 나오며 소로우는 교육에 대한 자신만의 철학을 세웠으며, 교실 안에서의 배움과 가르침으로 국한되는 교육 제도에 대해 개탄했다. 그의 눈에 비친 현실의 교육은 자유롭게 굽이치는 시내를 밋밋한 도랑으로 만드는 작업이었다.

"우리는 우리의 교육 제도에 자부심을 갖는다. 하지만 교육이 왜 교사들이나 학교의 범주 안에만 있어야 하는가? 우리 모두가 교사이며 온 우주가 학교인 것을. 학교가 서 있는 주변 풍경들을 무시한 채 교실 안의 책상에만 앉아 있는 것이야말로 어리석은 일이다. 밖을 내다보지 않는다면 결국 가장 좋은 학교는 울타리 쳐진 목장이 아니겠는가."

그는 "젊은이들이 지금 당장 삶을 실제로 경험해 보는 것 이상으로 삶에 대해 확실히 배울 수 있는 방법이 있는가?"라는 질문을 던지며 다음과 같은 예를 든다.

"한 학생은 자신이 캐낸 광석을 녹여 주머니칼을 만들면서 그 일에 필요한 책들을 찾아 읽었으며, 다른 한 학생은 대학에서 광물학 강의를 듣고 아버지로부터 로저스 주머니칼을 선물로 받았다면, 이 두 사람 중 누가 더 손가락을 잘 베이겠는가?"

문명인의 교육에 대한 소로우의 비판은 여기저기서 발견된다.

산문 〈가을의 빛깔들〉에서 그는 말한다.

"아이들이 단풍나무 아래서 뛰놀며 자랄 때 그것이 그 아이들에게 어떤 영향을 미칠지 생각해 보았는가? 지금 아이들이 학교에서 사용하는 그림물감은 빈약하기 그지없다. 아이들에게 그림물감을 사 주는 대신, 아니면 그것에 덧붙여, 단풍나무 잎사귀의 자연스러운 색깔을 보여 주고 가르쳐 줄 수 있다면 얼마나 좋은가? 아이들이 색채에 대해 배울 수 있는 이보다 더 훌륭한 환경이 어디에 있는가? 화가와 옷감 만드는 사람, 종이 제조업자, 벽지 인쇄업자 등 앞으로 수많은 직업을 가질 아이들의 눈은 어디에서 가르침을 받아야 하겠는가? 문방구에서 파는 봉투 색깔에서인가, 아니면 이 가을의 빛깔들로부터인가?"

소로우는 2년 정도 형 존과 함께 소년 소녀를 위한 사설 학교를 운영하기도 했으나 결국은 교직을 포기하고 그가 진정으로 꿈꾸던 삶, 시인과 박물학자로서의 삶을 찾아 나섰다. 소로우 자신이 교직에 몸담으며 깨달은 이치, 배움을 얻고 그 배움을 나눌 수 있는 유일한 장소는 자연이라는 이치에 따라 자연 속으로 발걸음을 옮긴 것이다.

한편, 졸업생의 개인 신상명세서를 원하는 하버드 대학의 조사에 응해 소로우는 자신의 직업에 대해 다음과 같은 답변을 보냈다.

'나는 교사, 가정교사, 측량 기사, 정원사, 농부, 연필 제조업자, 사포 제조업자, 작가, 때로는 3류 시인이다.'

편지8
우리 삶의 가장 중요한 사건
[1850년 8월 3일, 소로우가 블레이크에게]

잠시 여행을 나서는 길에 당신 편지를 받아 읽었습니다. 기차 안에 있느라 답장이 늦어졌습니다. 늘 생각하는 일이지만, 편지는 받는 즉시 답장을 쓰는 게 현명한 일입니다.

현실에서 실제로 일어나는 사건들은 그것이 아무리 눈에 띄게 두드러지는 일이라 해도 내게는 마음속 상상이 만들어 내는 일들보다도 훨씬 비현실적으로 느껴집니다. 우리가 흔히 삶과 죽음이라고 부르는 현실이란 참으로 환영과 같고 무의미하며, 내게는 꿈보다도 영향을 미치지 못합니다. 걸핏하면 물이 불어나 우리 일상의 풍차와 다리를 쓸어가는 마을의 개울과, 우리가 안전하게 항해할 수 있는 커다란 강이나 대양, 이 둘의 차이는 무엇이겠습니까?

내 호주머니 속에는 저번 날 해변에 나갔다가 코트에서 떨어진 단추가 들어 있습니다. 태양을 향해 대고 보면 분명히 동그랗게 빛을 가리는, 틀림없는 단추입니다. 하지만 그것과 관련된 모든 삶들이 내게는 희미한 꿈보다도 실체가 없고 흥미

59

없는 일처럼 느껴집니다.

우리가 가진 생각이 우리 삶의 가장 중요한 사건입니다. 그 밖의 다른 것들은 단지 우리가 이곳에 머무는 동안 불어가는 바람이 쓰는 일기에 불과할 뿐입니다.

나는 나 자신에게 말합니다. 네가 좋다고 고백한 그 일을 조금만 더 해보라고. 자기 자신에게 만족하든 만족하지 않든 거기엔 분명 이유가 있습니다.

우리에겐 가치를 따질 수조차 없는 놀라운 사고 능력이 있습니다. 시도해 보고자 하는 일이 있다면 주저하지 말고 시도하십시오. 마음을 불편하게 하는 의혹은 품고 있지 마십시오. 배가 고프지 않으면 음식을 먹을 필요가 없다는 것을 기억하십시오. 신문을 읽지 마십시오. 습관적으로 감상에 젖지 마십시오. 건강을 위해 스스로 육체를 돌보십시오. 모든 일이 자신의 생각과 같으리라고 기대하지는 마십시오. 아무도 해줄 수 없는 일을 스스로에게 해주십시오. 그 밖의 다른 일은 모두 잊어버리십시오.

어떤 방법으로든 존경할 만한 삶을 사는 것은 쉬운 일이 아닙니다. 우리는 마치 거북이처럼 우리도 모르는 사이에 생각의 껍질 속에 자신을 가둬 왔습니다. 하지만 우리의 존재 안에는 철학 이상의 것이 있습니다.

내게 존경을 표하지 마십시오. 나는 내가 넘어졌던 곳에서 일어나 이제 간신히 앉을 수 있게 되었을 뿐입니다. 나를 아는 사람들은 분명 나를 잘못 알고 있습니다. 그들은 매우 차원 높은 문제를 들고 나를 찾아오지만, 내가 얼마나 부족한 사람인지 알지 못합니다.

　나는 모자와 신발도 변변치 못한 사람입니다. 임시변통하는 재주도 없습니다. 나는 그저 보이는 그대로입니다. 내 외관이 초라하듯이 나의 내면은 한층 더 초라합니다. 만일 나를 뒤집어 보인다면, 천박함과 빈곤함이 곧바로 드러날 것입니다. 나를 만들어 낸 그 누군가에게는 나도 분명 의미 있는 존재일 테지만, 그가 만든 수많은 다른 것들과 비교할 때 나는 전혀 특별한 존재가 아닙니다.

　당신이 밀턴(보스턴 남쪽 12킬로미터 지점에 위치한, 블레이크가 잠시 지내던 소읍)에 머무는 동안 자연을 발견하는 것, 다시 말해 우주의 원주민이 되는 것은 매우 가치 있는 일이 아닐까요? 나 역시 이곳 콩코드를 더없이 사랑합니다. 하지만 멀리 떨어진 바다나 야생의 숲에서 콩코드와 같은 수많은 자연을 발견할 때도 기쁩니다. 그런 것들을 찾아내지 못하면 의욕을 상실하고 맙니다.

　많은 야생 지대를 돌아다녔기 때문에 나는 전만큼 도시와 습지의 차이를 실감하지 못합니다. 하지만 나조차도 습지가 어둡고 음침하게 느껴질 때가 있습니다. 부엉이나 개구리, 모기들이 많지 않은 곳을 더 반가워하고, 독기를 내뿜는 늪이나 악어가 없는 곳을 더 좋아하게 되었습니다. 나도 그만큼 자연의 순수성을 잃고 내 입맛에 따라 고르게 된 것입니다.

　당신 말대로 친구들이 그립다면, 만일 우리가 서로를 그리 위한다면, 다시 만나기를 약속하지 않았던가요? 숲에서 자신의 길을 떠돌고 있는 동안, 불안해 하지 않고 평온한 기쁨을 잃지 않는다면, 비록 바위와 쓰러진 나무들 위를 무릎과 손으로 기어 지날지라도 그는 바른 길에 있는 것입니다. 그에게 잘못된 길이란 없습니다. 모퉁이에서 친구들을 놓친다고 해도 그는 다정한 공기를 가르고 혼자서 노래를 흥얼거리며 기운차게 앞으로 나아갑니다. 그는 때로 길가에 있는 작은 이끼를 관찰하기 위해 기꺼이 몸을 굽히기도 하면서 친구들을 향해 꾸준히 나아갑니다.

밖으로는 관습에 순종하고 안으로는 자신의 삶을 사는 것에 대해, 나는 그것을 그리 중요하다고 생각지 않습니다. 일하는 동안 왼손이 하는 일을 오른손이 모르게 해보십시오. 그 일은 결국 실패할 것입니다. 당신을 왼쪽과 오른쪽으로 정확히 나누는 날카로운 칼날 위를 과연 무사히 걸어갈 수 있을까요? 당신이 양쪽의 잡아당김에 얼마나 저항할 수 있는지 시험해 보고 싶은가요? 그것은 어떤 영혼도 오래 참아 내기 힘든 압박일 것입니다.

한쪽에선 신이, 다른 쪽에선 악마가 당신을 잡고 양쪽에서 팽팽히 당긴다면 정신이 없는 것은 말할 것도 없고, 그런 톱질에 쓰러지지 않을 나무는 없을 것입니다.

나는 당신에게 콩코드로 오라고 굳이 초대하지는 않겠습니다. 왜냐하면 내 밭엔 열매가 그리 많지 않으며 경치를 보기 위해선 밖으로 나가야 하기 때문입니다. 그러나 어쨌든 당신이 오기만 한다면 우리는 서로를 보게 될 것입니다.

헨리 데이빗 소로우

저녁 무렵, 호수 수면에 비쳐 일렁이는 황금빛 태양

미국 정부가 새롭게 인두세를 제정하자 소로우는 세금 납부를 단호히 거부했다. 그 돈이 노예를 사는 데 쓰이는지, 아니면 사람을 죽이는 총을 만드는 데 쓰이는지 알 수 없다는 것이 그 거부 이유였다. 세금을 납부하는 것이 오히려 국가로 하여금 폭력을 행사하게 돕고, 그 때문에 무고한 사람이 피를 흘린다면 그것이 더 폭력적이고 잔인한 조치라는 그의 주장은 멕시코 전쟁과 노예 제도에 대한 비판의 연장선상에 있는 것이었다.

어느 날 오후, 소로우는 수선을 맡긴 구두를 찾으러 월든 호수를 떠나 마을로 나왔다가, 세금 징수원과 마주쳤다. 그가 세금을 내지 않으면 당장 잡아 가두겠다고 협박하자, 소로우는 '지금 당장 나를 잡아 가두라'고 응수했다. 그러자 징수원은 지체하지 않고 그를 콩코드 감옥에 가두었다.

소식을 들은 에머슨이 감옥이라는 새로운 은신처에 기거하고 있는 소로우를 찾아와 물었다.

"자네는 왜 이런 감옥에 있는가?"

소로우는 대답했다.

"그럼, 당신은 왜 감옥 밖에 있습니까?"

소로우의 의사와는 관계없이 그의 고모가 세금을 납부해 버림으로써 그의 의미 있는 저항은 하루 만에 막을 내린 듯 보였지만, 그는 이것을 계기로 자신의 대표적인 저서 〈시민의 불복종〉을 쓰게 된다. 이 역작으로 증명되듯 감옥에서의 하룻밤은 소로우에게 많은 영향을 끼쳤다. 소로우는 그 하룻밤을 회상하며 말했다.

"정부 사람들은 나의 가장 큰 소망이 감옥의 돌벽 밖으로 나가는 것이라고 판단했지만, 그것은 크나큰 착각이었다. 그들이 나의 명상의 문에 열심히 자물쇠를 잠그려 하는 것을 보고 나는 웃음을 참을 수가 없었다. 나의 명상은 허락이나 방해를 받지 않고 그 사람들을 따라 밖으로 나갔지만, 그들은 알지 못했다. 나의 명상이야말로 진정으로 위험한 존재라는 것을. 그들은 나를 어떻게 할 수 없게 되자 나의 육체를 처벌하기로 마음먹은 것 같았다. 그리하여 정부에 대해 내가 갖고 있던 일말의 존경심마저 사라지고, 오히려 그들을 동정하게 되었다."

소로우는 '불의한 시대에 의인이 갈 곳은 감옥뿐'이라고 말하며 국가와 정부, 법을 비롯해 문명사회를 이끄는 체재의 모순을 강한 어조로 비판했다. 소로우에게 가장 좋은 정부는 가장 적게 다스리는 정부가 아닌 전혀 다스리지 않는 정부였다.

"정부는 한 인간의 지성이나 양심을 상대하려는 노력은 보이지 않고 단지 그의 육체, 그의 감각 기관만을 상대하려고 한다. 정부는 높은 지성이나 정직성으로 무장하지 않고 강력한 물리적 힘으로 무장하려고 한다. 그럼에도 불구하고 나는 내 방식대로 숨을 쉬고 내 방식대로 살아갈 것이다. 누가 더 강한지는 두고 보자."

정부를 향해 도전장을 내미는 듯한 그의 태도는 법 앞에서도 전혀 굽힘이 없었다.

"세상에는 부당한 법들이 존재한다. 우리는 그 법을 지키는 데 만족할 것인가. 아니면 그 법을 개선하기 위해 노력하면서 개선될 때까지만 그 법을 지킬 것인가. 또는 당장이라도 그 법을 어길 것인가. 그 부당한 법이 당신으로 하여금 다른 사람에게 부당한 일을 행하는 하수인이 되라고 요구한다면, 분명히 말하건대, 그 법을 어기라."

만일 내가 너무 큰소리를 치고 있는 것처럼 보인다면, 나는 나 개인보다
오히려 인류를 위해 큰소리를 치고 있는 것이라고 변명하겠다.
내가 결점과 모순을 지녔더라도 그것은
내가 한 말의 진실성에 영향을 미치지 못할 것이다.
나는 겸손하기 위해 악마의 대변인이 될 생각은 추호도 없다.
나는 진리를 위해 좋은 발언을 하고자 노력할 것이다.   - 〈월든〉

홀로 있으나 외롭지 않다

[1852년 7월 21일, 소로우가 블레이크에게]

당신에게 편지를 쓰기엔 부끄러울 정도로 요즘 나는 너무 안일하게 지내고 있습니다. 내 생활은 거의 모든 면에서 피상적이고 빈껍데기일 뿐 핵심은 사라지고 없습니다. 내 이야기가 당신에겐 심심풀이로 까먹는 땅콩에 불과할 뿐 영양가 있는 고기 따위는 들어 있지 않을 거라는 사실이 두렵기만 합니다. 당신은 나를 언제나 편안하게 했고 당신에게 글을 쓰면서 내가 느낀 자유는 공기처럼 무한했습니다. 당신이 내가 지금까지 한 이야기들을 무엇이든 열심히 귀 기울이고 그 안에서 어떤 진실을 발견했다는 말을 들으니 매우 기쁘군요. 그 말에 용기를 얻어 좀더 이야기를 할까 합니다.

　사람의 옷을 걸치고 한 줌의 지푸라기로 속이 채워진 허수아비가 농부를 위해 자신의 역할을 하듯이 나 역시 다른 누군가에게 어떤 역할을 하고 있다는 것을 알게 되니 즐겁습니다. 몸에 매단 깡통들을 달랑거려 햇빛에 반짝이면서. 마치 나는 그곳 들판에서 뭔가 열심히 일하는 것처럼 보입니다. 하지만 나의 이런 삶이 누군가의 옥수수를 지켜 준다 할지라도, 결국 곡식을 챙기는 것은 농부이지 내가 아닙니다. 나는 당신이 나의 실체를 알고, 내가 생각하는 것과 되고자 하는 것, 그리고 그 두 가지를 구별한다면 나를 치켜세우더라도 걱정하지 않습니다. 왜냐하면 당신이 뒤의 것을 칭찬하면 앞의 것을 비난하게 될 것이기 때문입니다.

아스네붐스킷(우스터 지방의 두번째로 높은 산)에 산책 갔던 일이 생생히 기억납니다. 그곳은 일요일에 가기 참 좋은 곳이고, 대지 위에 서 있는 진정한 신전 중의 하나입니다. 당신도 알다시피 신전이란 곳은 옛날에는 지붕이 없는 툭 트인 장소에, 단지 벽만으로 세상을 가려 마음을 천상으로 이끌기 위한 것이었습니다. 하지만 이 시대가 자랑해 마지않는 회의장들은 하늘을 가리고 그 대신 훨씬 더 좁은 장소에 세상을 밀어넣었습니다.

산꼭대기에 올라 당신이 세상의 모든 벽들보다 높은 위치에 발을 딛고 서서 사방을 둘러싼 빛을 접했을 때, 그때가 최고의 순간이라고 할 수 있습니다. 산 이슬을 머금은 호자덩굴은 적어도 강단에서 마지막으로 들었던 단어 하나보다도 내겐 더 잊혀지지 않습니다. 그리고 나로서는 예루살렘보다 러트랜드(우스터 북서쪽 15킬로미터 떨어진 소읍)를 걷는 일을 택하겠습니다. 작은 마을 러트랜드는 바퀴 자국이 많은 평범하고도 닳아버린 곳이며, 신성한 무덤도 없고 그다지 성스런 도시가 아닙니다. 그렇지만 초록 들녘과 먼지 자욱한 길들이 있고, 얼마든지 성스런 삶을 살 수 있는 곳입니다. 신성함이란 전적으로 우리 자신 안에 존재하는 것이지 어떤 장소에서 얻어지는 것은 아니기 때문입니다.

당신이 살고 있는 그곳 우스터 사람들이 좀처럼 산에 오르지 않는 것 같아 걱정입니다. 샘에서 가까운 곳은 골짜기가 아니라 산이라는데 말입니다. 우스터 사람들은 자유롭고 독립적인 경작자로서 잘 알려져 있습니다. 그렇다면 그들은 발의 자유뿐 아니라 머리와 정신의 자유에 있어서도 독립적인 분위기를 고집할까요? 내가 만일 어느 한쪽을 선택해야 한다면, 나는 사색을 즐기기에 가장 자유로운 쪽을 택할 것입니다.

세상 사람들은 사소한 의무와 일들 때문에 자신이 알고 있는 더 차원 높은 일들에 몰두할 수 없다고 너나 없이 불평하곤 합니다. 하지만 만일 그들이 결심을 하고 그 모든 사소한 문제들로부터 벗어난다면 그들은 즉각 차원 높은 일들에 생을 바칠 수 있을 것이고, 나머지는 마치 숨쉬는 일처럼 자연스럽게 잊어버릴 것입니다. 그들은 결코 시간이 없어서 어떤 일을 못한다고 말하진 않을 것입니다. 책임감 있는 삶을 사는 사람이라면 중요한 일을 제쳐 두고 다른 일을 하지는 않습니다.

해질녘 독수리가 태양빛이 남아 있는 하늘의 더 밝은 곳을 향해 날아오르듯이 어떤 위대한 경험을 지나 그 위로 나아가는 일에 대해 얘기하자면, 나는 내가 그리 대단한 항해를 해왔다고 말할 순 없습니다. 내 돛단배는 옆에서 불어오는 바람에 밀려 항로를 벗어나기도 했으며 이따금씩만 바다 한가운데로 돌아오곤 했습니다. 나는 내 안에 어떤 선함도 키우지 못했으며, 두려움 없이 고백하건대 내 항로에 놓인 미덕의 섬들도 다 통과하려면 아직 멀었습니다. 하지만 나는 강한 바람의 힘을 믿습니다. 그것 말고 무엇을 믿을 수 있을까요? 갑판 밖으로 불필요한 짐들을 던져 버리고 나면 뒤쳐졌던 모든 거리를 곧 따라잡을 수 있으리라고 나는 믿습니다.

어쩌면 우리가 뗏목을 타고, 암초에 걸려 난파된 거대한 인도 무역선에 왔다갔다 하는 일에 더 이상 만족하지 않는 때가 올 것입니다. 머지않아 우리는 난파선의 잔해들과 이 섬의 모래에 파묻힌 다른 것들을 모아 우리 자신의 돛단배를 만들 것입니다. 그리고 빛과 삶으로 가득 찬 완전히 새로운 세상으로 항해해 나아갈 것입니다. 그러기 위해서는 우리에게 새 목재가 더 필요할지도 모릅니다.

헨리 데이빗 소로우

흰 눈 때문에 더 잘 보이는 두 줄기 마른 풀

월든 호숫가에서 세상과 단절된 삶을 사는 소로우에게 사람들은 묻곤 했다.

"당신은 그곳에서 무척 외롭겠군. 특히 비나 눈이 내리는 날과

밤 같은 때는 이웃이 그리울 것 같은데."

소로우는 그럴 때마다 이렇게 말했다.

"우리가 거주하는 지구 자체가 우주 공간의 한 점에 지나지 않는다. 저 별의 넓이는 인간이 만든 기계로는 측정할 수도 없는데, 저 별에 살고 있는 가장 멀리 떨어진 두 사람의 거리가 얼마나 될 거라고 생각하는가? 어째서 내가 외로울 거라고 생각하는가? 우리의 지구는 은하수 안에 있다는 것을 모르는가? 당신의 질문은 내게는 중요한 것이 아니다. 사람을 그의 동료들로부터 분리시켜 그 사람을 외롭게 만드는 공간이란 어떤 종류의 공간인가? 아무리 발이 애를 쓰더라도 두 사람의 마음이 서로 가까워지지 않는다는 것을 나는 알고 있다. 사람들이 가장 가까이 살고 싶은 곳이 어디라고 생각하는가? 사람들이 들끓는 곳은 분명 아닐 것이다."

소로우는 홀로 있음 속에서 자기 자신과 더욱 친해질 수 있었다. 그는 고독만큼 친해지기 쉬운 벗을 발견하지 못했다고 말한다. 그리고 묻는다. 대부분의 사람들이 방 안에 있을 때보다 밖에 나가 대중 틈에 끼어 있을 때 훨씬 외로움을 느끼지 않느냐고.

"가장 부드럽고 다정하고, 또 가장 순수하고 힘을 북돋워 주는 교제는 자연의 사물들에게서 찾을 수 있다. 자연 가운데 살면서 자신의 여러 감각을 온전하게 유지하는 사람에게 우울증은 존재할 여지가 없다. 건강하고 순수한 사람의 귀에는 아무리 심한 폭풍도 바람신의 노래로만 들린다."

농부가 하루 종일 혼자 밭에서 김을 매거나 숲에서 나무를 베면서도 외로움을 느끼지 않는 것은 그가 일에 몰두해 있기 때문이다.

마찬가지로 소로우는 자신이 추구하는 삶의 방식대로 자연의 소리에
귀 기울이고 대지와 같이 호흡하는 동안은 외로움을 느낄 수 없었다.
자신의 외롭지 않음에 대해 소로우는 다음과 같이 묘사했다.

"내 집에는 많은 친구들이 있는데, 아무도 찾아오지 않는 아침
나절이면 더욱 그렇다. 나의 상황을 쉽게 전달할 수 있도록 몇 가지
비유를 들어 보겠다. 마치 웃는 것 같은 특유의 소리를 내며 크게 울
어 대는 저 아비새나 월든 호수가 외롭지 않듯이 나는 외롭지 않다.
저 외딴 호수에게 대체 어떤 벗이 있겠는가? 태양 역시 홀로 있는데,
안개 낀 날에는 간혹 둘로 보이는 때도 있지만 하나는 가짜 태양인
것이다. 신 역시 홀로 존재하지만 악마는 홀로 있는 법이 없다. 악마
는 무리를 지어 돌아다니며 그 무리는 수도 없이 많다. 초원의 한 송
이 할미꽃이나 민들레, 콩잎, 괭이밥, 등에, 땅벌이 외롭지 않은 것과
마찬가지로 나도 외롭지 않다. 샛강이나 지붕 위의 풍향계, 북극성,
남풍, 4월의 소낙비, 정월의 해빙, 새로 지은 집에 든 첫번째 거미가
고독하지 않듯이 나도 외롭지 않다."

빵은 어떻게 벌어야 하는가

〔1853년 2월 27일, 소로우가 블레이크에게〕

지난번에 당신의 편지에 답장을 못한 것은 내가 최근에 진행 중인 토지 측량 작업 때문에 거의 언제나 현장에 나가 있었기 때문입니다. 너무도 많은 날들을 금전적인 의미에서 도움이 되는 일을 하며 보내고 있습니다. 더 중요한 의미에서는 마냥 헛된 시간처럼 느껴지지만.

지난 76일 동안 나는 하루에 고작 1달러씩을 번 셈입니다. 일하는 데 필요한 시간을 넉넉하게 잡아 금액을 청구했지만, 실제로 일해 보니 애초에 생각했던 것보다 훨씬 많은 시간이 걸렸습니다.

아직 강연료를 받지 못했기 때문에 내가 출판한 책에 대한 대금을 지불하려면 이 일을 해야만 합니다. 나는 싼 값에 일하며 몇 날, 몇 주, 몇 달을 보냈습니다. 그 시간들이 내게 모조리 헛된 것이었거나 또는 나를 아주 우울하게 만든 것은 아니었지만, 아아, 나는 내 시간을 그렇게 허비하며 너무도 자주 싸구려 만족을 취했습니다. 마치 여기저기 어슬렁거리며 풀을 뜯는 소나 사슴처럼 그렇게 시간을 보낸 것입니다.

그것이 내게 동물적인 건강을 가져다주었을지는 모르지만, 내 영혼과 지성에는 거친 가죽을 덮어 씌운 꼴이 되었습니다. 그러나 만일 사람들이 내게 생활비를 제공해 몸은 가만히 두고 머리로만 일할 수 있게 한다면, 그것은 내 삶에 더 위험한 유혹이 될 것입니다.

당신이 '세상의 길'이라고 부르는 것—대부분 그것은 내게도 해당하는 길이지만—과, 또는 내 이상 속의 길 중 어느 것이 더 가치 있는 길인가에 대해 말하자면, 두말할 필요 없이 앞의 것은 거짓된 길이고 뒤의 것은 진실한 길입니다. 나는 두번째 길에 대해선 자신감이 있습니다. 마음이 열망하는 대상을 따르듯 그 길에서는 아무런 주저함이 없습니다.

내 측량 작업의 대상인 흙에 대해 망설여지는 것은 그것에 생명의 기운이 없어서입니다. 길은 두 갈래로 나뉩니다. 하나는 죽음의 길이고, 다른 하나는 영원한 생명의 길입니다. 토지 측량을 하면서 보낸 나의 시간들이 싸구려였던 것은 그 세상의 길이 더 나아지기를 기대하기보다는 그 당시 내가 걷고 있는 세상의 길이 더 나빠질 수 있다고 의심했기 때문입니다.

이 나라의 국가적 사업은 한 차원 높은 삶을 향하는 것이 아니라 오리건, 캘리포니아, 나아가 일본 등의 서쪽으로 향하는 일에 온통 치중되어 있습니다(1848년 캘리포니아에서 황금이 발견되면서 골드러시와 서부개척이 시작되었다). 그들이 걸어서 그곳까지 가든 철도를 놓고 가든 전혀 내 관심 밖의 일입니다. 그것은 머릿속으로 이해할 일도, 마음을 울릴 만한 일도 아닙니다. 거기에는 목숨을 내던질 만큼 위대한 것도 없고, 심지어 신문에서 읽을 만한 내용도 못 됩니다. 그것은 완전히 야만적인 사업이며 약탈 행위입니다. 그들은 어쩌면 확실한 운명을 따라 자신들의 길을 가는 것인지도 모릅니다.

하지만 분명히 말하건대 그것은 나의 길이 아닙니다. 언제든 내가 76달러를 받았을 때 그 돈이 나를 그들과는 다른 길로 인도하기를 나는 바랍니다. 나는 구부러진 길 위에 있는 그들을 봅니다. 그들에게서는 어떤 음악도 흘러나오지 않고, 다만 그들 주머니에서 동전 짤랑거리는 소리만 들립니다. 자유의 몸으로 그들이 향하는 곳을 따라가느니 차라리 감옥에 갇혀 그들이 지나가는 것조차 보지 않겠습니다. 그들이 일본을 거쳐 결국 도달하고자 하는 목적지는 어디일까요? 그들의 목적이 과연 두더지보다 더 고상한 것일까요?

이런 것들을 생각하면 내 관점은 처음부터 티끌만큼도 바뀌지 않았습니다. 당신이 서 있는 산이 높으면 높을수록 그 산에서 보이는 전망은 해가 바뀌고 시대가 달라져도 거의 그대로입니다. 어느 정도의 높이 이상에서는 전망의 변화가 거의 없습니다. 나는 일종의 영적인 탄생을 경험했고—이런 표현을 하는 것을 양해해 주시기 바랍니다—이제는 비가 오든 눈이 오든, 기쁘든 슬프든, 내 기준에 가깝든 멀든, 또는 대통령 선거에서 누가 당선되든, 새로운 빛의 섬광이 내게 번쩍이는 일은 없습니다. 다만 이따금, 비록 자주는 아니지만, 언제나 새롭고 놀라운 빛이 내게 밝아올 때가 있습니다. 자연스런 날들이 밝아오듯이.

감자를 썩지 않도록 보존하는 방법에 대해 당신의 생각은 해마다 바뀔지도 모릅니다. 그러나 영혼이 썩지 않도록 하는 방법에 대해서는 수행을 계속하는 일 외에 내가 배운 것은 없습니다.

나는 세상 사람들을 비난하지만, 어리석게도 내 자신이 바로 내가 비난하는 그 세계입니다.

나는 사람들에게 쓸모 있는 존재로 취급받고 싶어 안달하는 그런 감정을 사실상 거의 느끼지 않습니다. 가끔 누군가에게 고용되기를 원하는 마음이 들어 내 생각이 세속의 평범한 길로 떨어질 때가 있었는지는 모릅니다. 예를 들어, 나는 말을 타고 달아나는 사람을 붙잡는 꿈을 꾸어 왔습니다. 어쩌면 나는 그가 도망가기를 바란 것인지 모릅니다. 그래야 그를 쫓아가 붙잡을 수 있으니까요. 또 나는 불을 끄는 꿈을 꾼 적도 있습니다. 물론 그 불은 활활 타오르고 있었죠. 진실을 말하자면 말을 타는 사나이가 도망가지 않는다면 나는 그를 따라가지 않을 것이고, 불이 타고 있지 않다면 그 불을 끌 필요도 없는 것입니다.

스스로의 삶에 충실하지도 못한 채 뭔가 다른 좋은 일을 하려는 것은 얼마나 어리석은 일입니까? 살아 있는 사람으로서가 아니라 죽은 시체가 되어 할 수 있는 좋은 일이란 오직 거름으로 쓰이는 일일 뿐입니다. 살아 있는 사람으로서 자신의 능력과 개성을 꽃피워 인류가 번성하고 새로워질 수 있도록 최대한 노력해야 합니다. 그건 당연한 이치입니다. 그럼에도 사람들은 종종 당신에게 그 점을 설득하려 합니다. 마치 당신이 그것에 대해 충분히 알고 있지 않다는 듯이(《시민의 불복종》에서 소로우는 말하고 있다. '현명한 사람은 오직 사람으로만 쓰이기를 바랄 뿐, 진흙이 되어 바람 구멍을 막는 데 쓰이는 것을 바라지 않을 것이다. 자신이 죽어 흙이 된 다음에는 그런 역할을 맡으려 할지도 모르겠지만').

만일 내가 세상의 기준에서 누군가에게 좋은 일을 했다면 그것은 물론 이례적인 일이지만, 내가 진정한 나의 자리에서 항상 행하고 있는 선 또는 악과 비교해 보면 전혀 대단한 일이 아닙니다. 그것은 마치 얼음에게 볼록렌즈의 형태가 되라고 요구하는 것과 같습니다. 볼록렌즈의 형태가 쓸모 있을 때도 있지만, 결국 얼음의 독특한 성질은 사라집니다. 볼록렌즈가 할 수 없는 얼음만의 역할이 없어지는 것입니다.

삶의 문제는 인간의 물질적 부가 증가함에 따라 그 정도를 헤아릴 수 없을 만큼 다양하고 복잡해졌습니다. 사람들이 말하듯 바늘 구멍으로 낙타가 들어갈 수 있든 없든 말입니다. 우리는 단지 육체를 위해서만 살아가는 것이 아니며, 그것이 가장 중요한 것도 아닙니다. 우리는 반복되는 일상의 배움을 통해 영혼을 위한 삶도 살고 있습니다. 이것은 삶의 올바른 원칙을 따르며 '낮은 곳'의 땅을 일궈 '높은 곳'의 땅과 바꾸는 것과 같습니다. 당신에겐 수많은 중요한 재능이 있습니다. 만일 내가 물질적인 부보다 정신적인 풍요를 훨씬 더 많이 이룬다면 나는 그만큼 가치 있는 사람이 됩니다.

　나의 경우, 돈은 매우 유용한 것일 수도 있겠지만, 어쩌면 그렇지 않을 수도 있습니다. 왜냐하면 돈이 있음으로써 내가 가진 영적 성장의 기회들을 오히려 놓쳐 버릴 수가 있기 때문입니다. 이제 나는 당신에게 경고합니다. 당신은 '높은 땅'의 성실한 농부들을 모아 다가오는 봄에 '낮은 땅'의 밭들을 돌보게 해야 합니다. 그렇습니다. 당장 씨앗들을 고르고, 겨울에 할 수 있는 일들을 해야 합니다. 그리고 다른 사람들이 당신을 위해 감자를 심고 사과를 재배하는 동안 당신은 그들을 위해 정신적인 사과를 재배해야만 합니다. 이런, 또 설교투의 말을 하는군요! 어느 누구도 당신이 '높은 땅'에 있는 밭의 소유자라는 사실을 의심할 수 없을 것입니다. 긴 안목으로 보면 더 좋은 품종의 곡식을 생산하고 더 나은 수확을 얻기 때문입니다. 하지만 당신 자신이 직접 그것을 재배해야 합니다.

　비록 우리는 우리의 빵을 벌기를 원하지만, 그 빵을 위해 인간을 만족시키려고 애쓸 필요는 없습니다. 물론 인간에게 돈을 지불하긴 하겠지만, 그 빵을 우리에게 준 것은 신이기 때문입니다. 그런 점에 있어서 인간들은 우리를 사실상 채무자의 감옥에 집어넣고 있는지도 모릅니다. 우리가 그들에게 진 빚을 포함해 신에게 진 모든 빚을 갚도록 말입니다. 신에게서 받은 영수증을 우리가 갖고 있다 해도 그들은 그것을 무효화할 것이고, 결국 은행원은 신의 계좌에 어떤 돈도 입금되지 않았다고 말할 것입니다.

육체의 배고픔과 목마름을 해결하는 데는 우리는 얼마나 즉각적입니까? 그러나 정신의 배고픔과 갈증을 충족시키는 데는 얼마나 느립니까? 너무도 현실적인 종족인 우리는 얼굴을 붉히지 않고서는 차마 '영혼'이라는 단어를 사용할 수도 없습니다. 왜냐하면 우리는 신을 믿지 않을 뿐더러, 영혼을 고갈시켜 거의 허깨비로 만들어 버렸기 때문입니다. 마치 있지도 않은 개에게 찬사를 늘어 놓는 사람을 대하듯 우리는 영혼의 존재에 대해 미심쩍어 합니다.

평범한 사람은 자신과 가족의 육신을 부양하기 위해 일 년 내내 삽으로 땅을 파는 일에 열중할 것입니다. 하지만 비범한 사람은 1년의 하루하루를 온전히 자신의 영혼을 위해 일할 것입니다. 심지어 신의 대리인인 성직자들조차 자신의 육체를 지탱하는 일에 열중할 때가 많습니다. 그러나 진실을 말하자면 자신의 영혼을 유지하는 데 성공한 사람만이 진정으로 앞서 있는 실질적인 사람입니다.

우리는 이미 영원한 생명을 얻지 않았던가요? 바로 그렇기 때문에 먹고, 마시고, 자고, 심지어 비 오는 날 우산을 쓰는 유일한 이유도 그 때문이 아니던가요? 사람은 돼지를 키우는 것처럼 인간이라는 종족의 육체를 살찌우는 일에 헌신할 수도 있습니다. 만일 우리에게 진정한 분별력이 있다면, 우리들 거의 모두가 영혼의 빈민구제소에 수용되어 있다는 것을 발견하게 될 것입니다.

나는 당신에게 많은 빚을 지고 있습니다. 당신은 언제나 변함없이 나의 좋은 면을, 아니 그보다는 나의 진정한 중심을 바라봐 주기 때문입니다. 우리의 진정한 중심은 너무도 자주 우리로부터 완전히 분리되곤 합니다. 그만큼 우리는 중심에서 멀리 이탈한 사람들입니다. 그리고 나는 다른 글에서 '나에게 살아갈 기회를 달라'고 말한 적이 있습니다. 당신은 마치 내가 보는 영상이나 생각들이 나로부터 나와서 당신에게로 반사되는 것처럼 말합니다. 하지만 나는 그것들이 당신에게 반사되어 다시 내게로 되돌아오는 것을 봅니다. 이것은 우리가 마주 걸린 두 개의 거울처럼 정확한 각도에 서서 서로를 보고 있기 때문입니다. 그것은 지그재그로 서로를 비춥니다. 각도가 어긋나 빛이 사라져 버리거나, 서로를 비추지 못하거나, 또는 다르게 비추는 일이 없이 말입니다. 또는 어쩌면 당신은 자신이 바라보는 것을 나에게 투영하고 있는 것인지도 모릅니다.

우리는 아주 작은 발판만으로도 서로에게 영향을 주고, 구름 위에다 우리의 둥지를 세울 수 있습니다. 그래서 우리 눈에 보이는 머리 위 천국의 모습을 우리 주변이나 아래에 있는 울퉁불퉁한 바위산에 투영할 수 있습니다. 한 사람이 가진 작은 거울 조각이 각도를 정확히 맞추기만 하면 천국의 모습을 우리에게 비춰 줄 수 있습니다. 하지만 그런 정확한 각도가 유지되기는 힘들며, 그러는 사이 예전의 태양은 지고 새로운 태양이 나타납니다.

어떤 사람이 우리를 감동시키는 것은 그가 가진 타고난 재능이 아니라 가치 있는 것에 대한 그의 태도와 그것과의 관계입니다. 더없이 가난한 사람이라도 그의 친구에게는 하늘나라를 비추고 있는지도 모릅니다. 사람에게는 저마다 반짝이는 무언가가 있습니다. 저마다에게서 나온 빛줄기들이 하나가 되는 지점에서 최고의 화합이 이루어집니다. 우리의 만남이란 다름아닌 우리의 빛줄기가 모이는 장소입니다. 우리들 사이로 나 있는 길은 산 너머로까지 이어집니다.

　당신의 편지는 이따금 내가 만나는 친구를 떠올리게 합니다. 아마 당신도 그를 만나 본 적이 있을 겁니다. 그는 다름 아닌 '나 자신'이라고 불립니다. 그러나 그를 '당신 자신'이라고 부르는 것은 어떨까요? 만일 당신이 이미 그를 만났고 그에 대해 알고 있다면. 내가 지금까지 해온 일도 바로 그것입니다. 서로를 알게 될 때, 나와 당신 사이에는 아무런 구별도 없습니다.

　당신이 내 캐나다 여행기를 좋아하지 않는 것은 별로 놀라운 일이 아닙니다. 나는 그것에 조금도 개의치 않습니다. 그리고 아마도 그것은 그다지 얘기할 만한 가치가 있는 것도 아닐 것입니다. 나는 여행기에 대한 어떤 구상도 갖고 있지 않았으며, 그저 내가 본 대로 썼을 뿐입니다. 나는 단지 그 여행과 관련된 나의 모든 이야기를 썼습니다. 어쨌든 이제 다 끝난 일입니다. 겨우 절반 정도 진행되었을 뿐이지만 나는 여행기 연재를 중단했고, 잡지사 측에서는 내게 원고를 돌려줄 것입니다. 잡지사 편집장이 내게 의논조차 하지 않고 어떤 부분들을 임의로 삭제해 버렸기 때문입니다(소로우의 〈캐나다 여행기〉는 잡지에 세 차례 연재되다가 중단되었으며, 그의 사후에야 출간되었다. 독자들은 이 여행기에서 별로 감흥을 받지 못했으며, 소로우 자신도 캐나다에 가서 자신이 얻은 것은 감기뿐이라는 글로 시작하고 있다).

내 말에 귀를 기울여 준 당신에게 거듭 감사를 드립니다. 당신이 내 말을 들어주어서 기쁘고, 또 당신이 기쁘다는 사실에 나 역시 더불어 기쁘다는 것을 말하고 싶습니다. 당신의 가장 불확실한 꿈을 재빨리 붙잡으십시오. 담에 붙은 녹색 먼지는 생명을 가진 하나의 식물입니다. 대기 속에는 살아 있는 동식물이 떠다니고 있습니다. 우리는 언제까지나 그 꿈들을 먼지와 재에 불과한 부질없는 환상이라고 무시해야만 할까요? 그것들이 점점 체계를 갖춰 훌륭한 음악으로 발전할 수도 있다고 생각할 순 없을까요?

이런 꿈들은 심지어 가장 가난한 사람일지라도 통 속에 비축해 둔 비상식량과 같습니다. 겨울 저녁, 이따금씩 구워 먹거나 까먹을 수 있는 열매 같은 것들. 빚을 많이 진 가난한 사람조차도 이불이나 돼지와 함께, 다시 말해 게으름과 육체적인 욕망과 함께 간직하는 것들입니다. 한 사람이 상대적이고 유한한 가치를 지닌 것들을 손에 넣기 위해 절대적이고 무한한 가치를 지닌 것을 팔아 버린다고 상상해 보십시오. 온 세상을 얻기 위해 자신의 영혼을 잃어버린다고!

헨리 데이빗 소로우

추신—다소 무례한 내 설교를 양해해 주십시오. 나는 그다지 많은 노력과 시간을 들이지 않고 이 편지를 썼을 뿐입니다. 그리고 비록 당신의 편지가 그 주제를 부탁하긴 했지만. 내가 항상 당신을 염두에 두고 얘기하는 거라고는 생각하지 마십시오.

진흙 물가를 바쁘게 달려가는 알을 품은 곤충

끼니를 벌기 위해 자신이 가진 순수한 자연성을 잃어버려야 한다면, 소로우는 차라리 굶어 죽겠다고 선언한다. 그가 생각하기에 한 사람의 인생에서 가장 중요한 것은 무엇으로 생계를 꾸리는가, 자신이 먹는 빵에 얼마만큼의 순수한 노동을 대가로 지불했는가, 삶에서 무엇을 물려받았으며 무엇을 훔쳤는가라는 진지한 자문이다.

소로우는 '자신이 먹을 것은 자신의 손으로 재배해야 한다'는 원칙을 지니고 있었다. 거름도 주지 않은 채, 삽만을 연장으로 쓰는 그에게는 수확량이라고 해봐야 보잘것없는 것이었다. 하지만 소로우는 자신의 원칙을 지키며 주변의 척박한 땅을 갈아 감자와 콩, 순무 등을 조금씩 심어 경작했다. 콩은 그가 재배하는 유일한 환금성 작물이었다. 논밭에 하루 종일 서 있는 허수아비에게 나눠 줌 없이 농부에게로 모든 수확물이 돌아가는 것에 대해 의아하게 생각할 정도로 소로우는 순수한 노동의 대가로서의 끼니만을 인정했다.

"나는 천국에 가서라도 내가 먹을 빵을 내가 굽고 내가 입을 옷을 내가 빨래할 수 있게 되기를 바란다."

그리고 그는 사람이 소박하게 생활해 가꾸는 곡식만을 먹고, 먹는 이상으로 가꾸지 않는다면, 그리고 수확한 곡식을 사치스럽게 값비싼 물건과 바꾸지 않는다면 한 뙈기의 땅만을 경작해도 충분하다고 역설했다.

소로우의 이런 원칙은 육체적인 식량으로서의 빵뿐만 아니라 영혼의 식량으로서의 빵에도 똑같이 적용되었다. 그는 펄떡이는 심장으로 호흡하는 문학을 위한 자신의 노력에 대해 다음과 같이 말했다.

"엎드려서 책만 읽는 것보다 부끄러운 일이 또 있겠는가. 장작패는 법이라도 배우라. 학자도 땀 흘려 일하고, 여러 사람과 대화하며, 다양한 일들을 경험해 봐야 한다. 노동은 책 읽는 것 못지않게 집중력을 필요로 한다. 따라서 자신의 글 속에서 쓸데없는 잡담과 감상을 없애는 가장 좋은 방법은 육체 노동을 하는 것이다. 아침부터 저녁까지 몸을 움직여 일을 하면 당신은 그 시간 동안 생각의 흐름이 끊어졌다고 아쉬워할지도 모른다. 하지만 저녁에 방 안에 앉아 그날의 경험을 단 몇 줄로라도 적어 보라. 상상력은 뛰어나지만 게으른 공상에 불과한 글보다는 더 힘 있고 진실성이 담긴 글이 될 것이다. 작가란 노동의 경험을 글로 옮겨야 하며, 그 자신의 삶의 원칙도 마땅히 그래야만 한다.

몸을 움직여서 열심히 그리고 꾸준히 해야 하는 노동, 특히 야외에서 하는 노동은 글쓰는 일에 종사하는 이에게는 무척 중요한 가치가 있다. 그런 육체적인 노동은 글쓰는 사람에게 직접적인 도움을 준다. 나는 지난 엿새 동안 하루도 거르지 않고 토지 측량하는 일을 했다. 저녁나절 집에 돌아오면 다소 지치고 피곤하지만, 음악이나 시에 평소보다 훨씬 더 민감해진 나 자신을 발견한다. 방 안 공기와 사소한 것들의 모습과 소리가 나를 기쁨에 젖게 만든다. 마치 단식에 의해 왕성한 식욕을 얻은 것과 같다."

소로우에게는 짧은 겨울 해가 지기 전에 패고 날라야 할 장작더미가 있었다. 그리고 손을 탁탁 털고 오두막에 들어간 그는 그 손으로 내면의 언어를 꺼내 글을 썼다. 굳은살이 박힌 투박한 손으로 장작을 패는 도끼 소리가 쩡쩡 숲을 울릴 것이다. 그리고 노동을 익힌 그 투박한 손에서 나온 그의 글들은 오랜 세월이 지난 뒤에도 독자의 귀에 생생하게 울릴 것이다.

정말로 좋은 책은 거친 원시 자연 속에서 자란 버섯이나 이끼처럼
신비하고, 향기롭고, 상상력이 풍부하다. 사향쥐나 비버가
문학을 한다고 생각해 보라. 얼마나 신선한 시각을 드러낼 것인가.
올바른 독서는 참다운 책을 진실한 영혼으로 읽는 것이다.
이것은 고귀한 수행이며 어느 것보다도 힘이 드는 훈련이다.
거의 전생애에 걸쳐 꾸준한 자세로 임하려는 마음가짐이 요구된다.
그럴 때 책은 자신의 진정한 의미를 열어 보일 것이다. － 〈일기〉

편지11
여행과 가난의 주제

〔1853년 4월 10일, 소로우가 블레이크에게〕

당신은 나처럼 그야말로 이름도, 능력도, 집도 없이 많은 생각과 감정들이 정신적인 축구 경기를 벌이는 또 다른 종류의 독특한 종합 운동장 같은 존재입니다. 겉보기에는 충분히 멀쩡해 보이지만, 내면에서는 도가 넘치도록 불분명한 존재입니다. 나는 왜 우리가 '선생님'이나 '주인'이라고 불리는지 잘 모르겠습니다. 우리는 너무 쉽게 하찮은 존재가 되어 버립니다. 그리고 아주 사소한 일에도 지배당하며, 그렇게 지배당하는 것에 별로 기분 나빠하지도 않습니다.

내게는 인간이 그저 생각의 산물처럼 보입니다. 우리 인간들은 지적 생명체 중에서도 가장 단순한 종류입니다. 동물계에서 해파리가 그렇듯이 말입니다. 그러면서도 인간의 생각은 분명하지도 확실하지도 않습니다. 그것들은 척추동물이 아니라 흐느적거리는 연체동물과 같습니다. 가장 높은 존재 차원으로 올라간다 해도 그것은 태양이 빛나는 바다의 수면 위로 해파리처럼 떠오르는 것에 불과합니다. 불멸의 지성을 지닌 항해자에게는 그것이 마치 커다란 스프나 잡탕처럼 보일 것입니다.

내가 이곳에 있고 당신이 그곳에 있어 우리가 서로 편지를 교환하면서 다른 많은 일들을 하는 것은 참으로 좋은 일입니다. 하지만 사실 당신이나 나나 어디에 있든 너무도 적게 존재하고 있습니다. 몇 분 안에 나라고 하는 이 희미한 연기, 또는 뿌연 수증기는 잠자는 것과 같은 상태가 될 것입니다. 휴식을 취하는 것입니다. 도대체 무엇으로부터의 휴식인가요? 힘든 일로부터? 아니면 생각으로부터? 그것은 온종일 풀밭을 떠다니다가 내려앉은 민들레 홀씨와 같은 고된 일, 또는 하루 종일, 심지어 달빛 아래서까지 작은 언덕을 세우는 개미의 중노동과 다를 바 없습니다.

어느 순간 나는 매우 분명하게 눈에 띄는 존재가 되어 당신에게 힘주어 말합니다. 하지만 그 다음 순간에 나는 너무나 희미한 존재가 되고, 내 인상은 너무 미미해서 누구도 나의 존재감을 느끼지 못합니다. 나는 나 자신을 발견하려고 노력하지만, 기껏 발견한 나 자신은 잠이 들려고 하고 있습니다. 그러면 이불을 덮어 줄 수밖에 없습니다. 밤이 깊어지고 있기 때문입니다. 거기 굶주리거나 밥을 먹을 '나'라는 존재도 없습니다. 잠을 잘 '나'도 없습니다. 나는 그런 것조차 할 여유가 없는 것입니다.

자기 자신을 존중하며 살아가는 것은 가치 있는 일입니다. 우리는 우리의 이웃들과, 심지어 그다지 존경하지 않는 사람들과도 잘 지낼 수 있습니다. 그러나 자기 자신을 존중할 수 없게 되면, 아무리 많은 돈을 받고 관계를 맺는다 해도 그들과 전혀 잘 어울릴 수 없습니다. 세상에는 나이가 들어서도 자신의 경험에 비추어 도움을 주거나, 만족스럽고 가치 있게 사는 법에 대해 조언해 주지 못하는 사람들이 있습니다. 그러나 내 안에는 바로 이 순간에도 내 삶의 일반적인 수준 이상으로 자신을 끌어올리는 힘이 내 안에 있다고 나는 믿습니다. 실제로 당신이 그 위로 올라갈 수 없다면, 구름 아래서 맑은 공기를 마시며 그곳이 천국이라고 믿는 것보다 구름 속에 얼굴을 들이밀고 자신이 어디쯤에 있는가를 분명히 아는 것이 훨씬 더 낫습니다.

한때 당신은 무엇을 해야 할지 갈피를 잡지 못한 채 밀턴에서 시간을 보냈습니다. 그것은 더 나은 삶을 살기 위해서였고, 그것은 충분히 가능한 일입니다. 하지만 시야가 분명해지고, 자신이 찾으려는 것이 다가오길 마냥 기다리지는 마십시오. 어떤 것을 분명히 보고 있으면서도 당신은 그것을 소홀히 하고 있는지 모릅니다.

밀턴에 머물든 우스터에 있든 그곳에 존재하는 것은 언제나 블레이크, 당신 자신입니다. 천장에 있는 쥐는 신경 쓰지 마십시오. 그건 고양이가 알아서 할 것입니다. 사람들이 하는 말들은 모두 근거 없는 소문입니다. 그런 말들은 의미를 두거나 언급할 가치가 없습니다. 당신이 신을 만날 계획이라면 집 밖에 있는 아무에게나 그것을 묻겠습니까? 사람들이 그런 삶을 살아보지도 않고서 어떻게 내가 신을 만나는 데 성공할지 알겠습니까?

삶의 기본적인 필수품들을 마련하는 일, 이를테면 추운 날씨에 대비해 마른 장작을 모으고, 허기질 때를 위해 열매를 줍는 일은 즐겁지 않은가요? 그러고 나면 우리는 남은 시간을 온전히 사색하는 데 쓸 수 있습니다.

추운 날씨에 몸을 녹일 장작 몇 개를 구하는 것이 무슨 소용일까요? 그것과 동시에 당신의 영혼을 따뜻하게 하기 위한 신성한 불을 지필 수 없다면.

'자기 자신 위에 스스로를 세울 수 없다면 인간은 얼마나 불쌍한 존재인가.'(영국 시인 사무엘 다니엘의 시)

나는 내 난로 옆에 바짝 붙어 있습니다. 불이 더 활활 타도록 나무를 넣습니다. 삶은 너무나 짧기 때문에 빙 돌아가는 길을 택하는 것은 현명하지 않습니다. 기다리는 데 많은 시간을 쓰는 것도 마찬가지입니다. 그렇다면 우리가 지금까지 해온 대로 계속 살아가는 것이 과연 올바른 일일까요? 우리들 대부분은 악마와의 계약에 묶인 것일까요? 비록 이 잘못된 길을 벗어나는 것은 이미 늦었지만, 한편으론 올바른 길로 막 접어드는 것처럼 보이기도 합니다. 정오 대신 이른 아침이 우리와 함께 있을 것입니다. 다음날 새벽이 올 때까지 우리에겐 하루가 더 있습니다.

당신이 요청한 강연과 관련해, 나는 특별히 여행과 가난에 대해 무언가 할 말이 있다고 느낍니다. 그러나 지금은 강연을 하러 갈 수 없습니다. 내 자신이 보다 충만해질 때까지, 그리고 할 일이 줄어들 때까지 기다려야만 합니다. 당신의 제안은 언젠가 내가 준비가 되어 글을 쓰게 될 때 큰 도움이 될 것입니다. 나는 내일부터 적어도 일주일간 측량 작업을 위해 집을 떠납니다.

내가 얼마나 과장해서 말하는 사람인지 당신은 이미 깨닫고도 남았을 것입니다. 나는 기회가 있을 때마다 내가 과장해서 말하도록 내버려둡니다. 갈수록 태산입니다. 내가 법정 증인석에 앉아 있지 않는 한 내게서 하찮은 사실들을 기대하진 마십시오.

당신 편지에 대한 답변은 제대로 하지 않은 것 같군요. 하지만 그 얘기를 할 시간은 앞으로도 충분합니다.

헨리 데이빗 소로우

산 아래 미나리밭 근처에 난 다람쥐 발자국들

한번은 소로우의 콩밭에 두더지 한 마리가 들어와 밭을 엉망으로 망쳐 놓은 일이 있었다. 그는 이 골칫덩어리를 해결하기 위해 덫을 놓았다. 두더지가 덫에 걸렸을 때 곁에 있던 친구들은 두더지를 죽여버리면 간단한 문제라고 결론 내렸다. 하지만 호흡하는 생명은 죽이지 않는다는 원칙을 실천하던 소로우에게 그 행위는 너무 가혹하게 느껴졌다. 또한 콩밭으로 쓰이는 그 땅이 본디 소로우 것이 아니지 않은가. 그는 친구들에게 말했다.

"원래 이곳의 주인은 이 두더지였다네. 엄밀히 말해 이 땅은 두더지가 먼저 일구어 놓은 삶의 터전이 아닌가. 침입한 자는 두더지가 아닌 바로 나일세."

이 문제에 대해 깊이 고민한 끝에 소로우는 두더지가 들어 있는 덫을 들고 천천히 걷기 시작했다. 3킬로미터나 떨어진 곳에 이르렀을 때 소로우는 덫의 문을 열어 주었다. 다시는 돌아오지 말라고 두더지에게 당부하는 것도 잊지 않았다.

소로우에게 자연의 주인은 인간이 아니었고 동물이 인간보다 열등한 종도 아니었다. 자연 속에서 태양의 빛과 열의 혜택은 모두에게 같듯이 사람과 동물은 대지 위에서 평등했다. 오히려 소로우는 생각했다.

"동물은 인간들처럼 허튼 소리를 하지도 않고 잘난 체하거나 뻐기거나 어리석지도 않다. 따라서 그들에게 약간의 결점이 있다고 한들 그것이 무슨 문제이겠는가. 숲 속에 등장하는 모든 것들 중에 인간만이 나의 요정들을 도망치게 만든다."

그는 인간의 편리대로 자연을 길들여 이익을 추구하려는 것조차 어리석고 추한 행위로 여겼다.

"나에게 진정한 부를 누릴 수 있는 가난을 달라! 농부가 가난할수록, 즉 빈자일수록 나는 그가 더 존경스럽게 보이며 더 마음이 끌린다. 시범 농장이라고? 그곳에는 집이 거름더미 속에 자라난 버섯처럼 서 있으며 사람, 소, 말, 돼지 등을 위한 방들이 청소된 것, 안된 것 할 것 없이 죄다 다닥다닥 붙어 있다. 인간과 더불어 가축을 기

르다니! 마치 묘지에서 감자를 재배하듯! 그렇다, 그것이 시범적인
농장이다."

소로우는 내면에 숨어 있는 본능 두 가지를 발견한다. 영적인 삶
을 추구하려는 본능, 그리고 원시적인 것을 추구하려는 본능. 세상
사람들은 좀더 높은 것을 향한 삶을 위해 전자의 본능만을 우선시하
지만 소로우는 말한다.

"나는 영적인 삶 못지않게 야성적인 것을 사랑한다. 때로는 야
성적인 삶에 탐닉해 하루를 좀더 동물처럼 보내고 싶어진다."

소로우가 영원한 삶의 동반자인 자연과 만나게 된 것도 이런 본
능에서 비롯되었다. 야생 상태만이 세계를 보존하는 길이라고 말하
는 소로우는 자유로운 야생의 본능을 존중한 또 하나의 일화를 남겼
다. 그가 에머슨의 집에서 기거할 때 에머슨 부인은 병아리들이 자신
의 화단을 파헤쳐 놓는다고 불평했다. 소로우는 그녀의 불평을 듣고
헝겊으로 작은 신발을 만들어 병아리들의 발에 하나하나 신겨 놓았
다. 소로우는 병아리들을 무작정 울타리 안에 가두어 두는 방법을 택
할 수 없었던 것이다.

원칙 없는 삶, 원칙을 가진 삶
〔1853년 12월 19일과 20일, 소로우가 블레이크에게〕

내 마음의 빚이 자꾸만 쌓여 가고 있어서, 만일 내 앞에 할 일이 잔뜩 쌓여 있지만 않았어도 당신에게 곧바로 답장을 썼을 것입니다. 지난 수요일에 있었던 강연 원고를 준비하느라 바빴고, 게다가 측량일도 평소보다 많았습니다. 그 동안이 내게는 일종의 싸움의 연속이었습니다. 적이 항상 내 뒤에만 있는 것은 아닌 듯합니다.

　사람은 진정, 자신의 허리띠를 잡고 스스로를 들어올릴 수는 없습니다. 자기 자신으로부터 벗어날 수 없기 때문입니다. 그러나 자신의 세계를 넓혀서―사실 이것이 더 나은 길입니다. 본성에는 올라가거나 내려가는 것이 없으니까요― 내면에 있는 허리띠를 끊어 버릴 수는 있습니다.

　당신은 행동하는 것과 존재하는 것, 그리고 많은 행위들의 덧없음에 대해 말합니다. 비버들은―나는 그것이 비버라고 생각합니다―돌멩이가 잔뜩 쌓여 있는 강가에 둥지를 꾸미고 그 안에 알을 낳습니다. 어느 날 나는 비버가 사는 곳을 빼꼼히 들여다보았습니다. 그것은 잡초로 만들어져 있었고, 밑바닥은 1.5미터 넓이에 높이가 90센티미터 정도였습니다. 그리고 그 안쪽 깊숙한 아랫부분에 직경이 30센티미터밖에 안 되는 작은 구멍이 나 있었습니다. 그 구멍에서 비버가 살고 있었습니다. 이렇게 쌓아 올린 잡초 더미가 하찮게 보일지 모르지만, 그 안에는 비버 종족이 보존되어 있습니다.

우리 인간은 작은 체구에 비해 엄청난 양의 행위를 쌓아 올려야만 합니다. 만일 우리가 다람쥐 쳇바퀴 안에서 사는 것이라면, 우리는 어쩔 수 없이 무슨 일인가를 해야만 합니다. 그리고 사실 존재의 중심과 핵을 얻으려면 어느 정도의 반복되는 일이 필요합니다.

육체에 운동이 필요하듯이, 정신에는 몰입이 필요합니다. 단조롭고 고된 일을 우리가 얼마나 많이 해야 하는가 보십시오. 별 가치도 없는 어떤 일을 위해 얼마나 많은 평범하고 지루한 노동을 바쳐야만 하는가를.

모든 조개 껍질은 흰색의 석회층으로 이루어져 있고, 껍질의 안쪽 얇은 층은 너무도 아름다운 빛깔을 지니고 있습니다. 조개는 단지 집만 짓지 않습니다. 집만 짓는다면 그 아름다운 빛깔이 조개에게 무슨 소용이 있겠습니까? 그 집은 조개에게 단순히 몸에 딱 맞는 부드러운 옷만이 아닙니다. 어둠 속에서는 그 빛깔이 그에게 드러나지 않지만, 그가 빠져나가거나 죽으면 껍질이 빛을 향해 떠오르고 해안으로 떠밀려 와 그 빛깔이 선명하게 드러납니다.

이렇듯 일이란 일반적인 의미에서는 하나의 수단이지만, 더 높은 차원의 의미로 보면 정신적인 수행에 다름 아닙니다. 만일 분명 그것이 우리가 알고 있는 가장 높은 목적지로 향하는 수단이라면, 어떤 일이든 하찮거나 지겨울 이유가 무엇일까요? 차라리 그것은 우리가 딛고 올라갈 사다리, 우리의 존재가 탈바꿈될 수단이 될 수 있지 않을까요?

한 예술가가 자신의 예술 행위에 헌신함으로써 자신을 완성해 나가는 일은 얼마나 아름다운 일입니까? 목수는 그의 일을 더 잘하려는 노력을 통해 단순히 실력이 좋은 목수가 되는 것만이 아니라 더 나은 인간이 됩니다.

배꼽에서 일할 수 있는 사람은 거의 없습니다. 내가 듣기로는 몇몇 요가 수행자들만이 그럴 수 있을 것입니다. 화가에게는 그 대신 물감과 화폭이 주어집니다. 아일랜드 인들에게는 양떼가 주어집니다. 사람들은 천 가지의 지극히 평범한 일들에 있어서 무엇인가 잘못된 것들을 바로잡으려고 분주하게 움직입니다. 이를테면 그것은 더 품질 좋은 검은색 물감을 만드는 일일 수도 있습니다. 그런 일들을 통해 그들 스스로가 도덕적으로 훨씬 더 나은 사람이 됩니다.

당신은 일이 그리 잘 되지 않는다고 말합니다. 일이 잘 안 되는 것이 많이 걱정스럽나요? 일이 잘 되도록 충분히 노력하고 있나요? 그 일을 통한 정신적인 수행에서 얻는 것이 있나요? 만일 그렇다면 계속 하십시오. 그것이 천 시간 동안 천 마일을 걷는 것보다 더 심각한 것인가요? 그 일로부터 소득을 얻고 있습니까? 당신 자신을 실패의 변명에 매어 둘 생각을 해본 적이 있습니까?

만일 당신이 그 길을 걸어갈 것이라면, 다시 말해 신의 도시를 에워쌀 계획이라면, 당신은 강한 에너지뿐 아니라 수비대가 굶어 쓰러질 때까지 기다릴 수 있는 충분한 양식을 준비해야만 합니다.

오늘 한 아일랜드 인이 나를 만나러 찾아왔습니다. 그는 이 신세계로 자신의 가족을 데리고 나오기 위해 애쓰고 있습니다. 그는 네 시 반에 일어나 28마리 소들의 젖을 짜며—그로 인해 그의 손가락 마디가 부어올랐습니다—우유도 넣지 않은 차나 커피로 6시가 되기 전에 아침 식사를 합니다. 그렇게 한 달 동안 6.5달러를 벌기 위해 날마다 일을 합니다. 그렇게 그는 자신의 새로운 가치를 발견할 때까지 변함없이 현재의 가치를 지켜 갑니다.

그는 나에 대해서 자신을 도와줄 수 있는 신사로 여깁니다. 그러나 내가 만일 신사가 될 수 있다면, 그것은 그가 자신의 일을 하는 것보다 더 열심히 나의 방식에 따라 내 자신의 일을 함으로써 가능할 것입니다. 만일 내 손가락 마디가 부어오르지 않는다면, 그것은 내가 아침 식사 전에 젖을 짜낸 것이 천상의 소들이었기 때문일 것입니다.

세상을 더 나은 곳으로 만드는 것이 인간의 예술입니다. 그리고 일을 하는 모든 사람은 각자의 자리에서 그 역할을 하고 있는 것입니다.

만일 그 일이 높이, 그리고 멀리 있다면 당신은 정확히 조준해야 할 뿐만 아니라, 당신이 가진 모든 힘으로 활시위를 당겨야만 합니다. 당신 스스로 평범한 사수는 다루지 못하는 활을 다룰 수 있는 사람이 되어야 합니다.

누가 그 활에 대해 알까요? 그것은 나무로 만든 활이 아닙니다. 그것은 광선보다 더 똑바릅니다. 유연성 같은 것은 없습니다.

측량일에서 잠시 놓여난 틈을 타 앞의 편지를 써놓았습니다. 한 인간이 그의 날들을 환희 속에서 보내든, 의기소침한 상태에서 보내든, 그는 그것을 표현하기 위해 어떤 일인가를 해야만 합니다. 비록 자신을 표현할 만한 것이 살과 뼈밖에 없을 때조차도. 우리는 우리가 경험하는 기쁨보다 더 우월한 존재입니다.

당신의 지난 두 통의 편지는 내가 느끼기에 다른 때보다 많은 용기와 의지를 담고 있는 듯합니다. 마치 당신 스스로를 더 똑바로 일으켜 세운 것처럼 말입니다. 당신이 편지를 주고받는 사람이 백 명만 있었어도 몸은 혹사당하겠지만 당신으로서는 좋은 일이 될 것입니다.

진실하고 꾸준하게 자신의 실패를 비참한 것으로 만드십시오. 그렇게 하면 그것은 성공과 다르지 않게 될 것입니다. 할 수만 있다면, 그것이 죽을 수밖에 없는 인간들의 피할 길 없는 운명임을 증명해 보이십시오.

당신은 불멸에 대한 글을 쓰고 있다고 했습니다. 나는 당신이 그것에 대해 알고 있는 것들을 나와 함께 나누기를 바랍니다. 분명한 것은, 그것을 주제로 삼고 있는 동안 당신은 살아 있을 것입니다.

내게 남은 돈이 충분하다면 새 코트를 사자마자 당신을 만나러 갈까 생각 중입니다. 그것에 대해 당신에게 다시 편지를 띄우겠습니다.

헨리 데이빗 소로우

강이 구부러진 곳마다 밀집해 자란 갈대들

독립적이고 고독하고 고집스러운 소로우의 특성은 그의 삶과 글 속에서 생생한 증거로 나타난다. 소로우 스스로 말하기를, 자신은 체질적으로 '아니오'라고 말하는 습관을 갖고 있다고 했다. 월든 숲에서의 소로우의 삶은 다른 세상 사람들의 눈에는 가치 없어 보이는 하나의 기이한 행동으로 비춰질 뿐이었다. 하지만 소로우는 세상 사람들의 이론에 '아니오', 또는 '왜?'라고 끝없이 부정하고 질문했다. 그가 삶에서 추구하는 궁극의 목표는 진리에 이르는 일이었다.

그는 세속적인 사랑, 물질, 명예보다 진리를 원했으며, 그것이 진리라면 삶이든 죽음이든 개의치 않았다. 그는 사람이 직업을 선택할 때 조금이라도 신중을 기한다면 누구나 진리를 탐구할 연구가나 관찰자가 될 것이라고 말한다. 사람은 누구나 자신의 본성과 자신이 걸어야 할 삶의 길에 대해 관심을 갖고 있기 때문이라는 것이다.

"사람들은 진리가 어딘가 먼 곳에 존재하는 것으로 상상한다. 우주 너머 어딘가에, 가장 멀리 있는 별 너머에, 또는 최후의 인간 다음에 진리가 있는 것으로 생각한다. 물론 영원 속에는 진실하고 고귀한 무엇이 있다. 그러나 이 모든 시간과 장소와 사건은 지금 여기에 있는 것이다."

진리를 추구할 때 사람들이 곧잘 빠지곤 하는 함정, 즉 선입견과 편견에 대해 소로우는 충고한다.

"지금까지 배워 온 것을 모두 잊어버릴 때라야 비로소 우리는 진리를 알 수 있다. 어떤 것을 배울 때, 그것에 대한 나의 기존의 지식이나 선입관은 오히려 그것을 참답게 아는 일에 털끝만큼도 가까이 갈 수 없게 만든다. 어떤 일을 완벽하게 해내려면 전혀 본 적조차 없는 새로운 것을 대하는 자세로 그것에 다가가지 않으면 안 된다."

"편견은 무지의 결과이며 인간의 편견보다 더 강한 것은 없다. 사람은 누구나 자기의 지식으로 알 수 있는 것만을 존중하며, 자기가 좋아하는 것은 신기해 하고 싫어하는 것은 낡았다고 여긴다. 그러나 낡은 것이 다시 변해 신기한 것이 되고, 신기한 것이 변해 낡은 것이 된다. 편견을 버리는 것은 언제라도 결코 늦지 않다."

소로우 스스로도 정직하게 되겠다고는 약속할 수 있으나 치우치지 않겠다고는 약속할 수 없다고 고백한다.

소로우는 콩코드에서 스무 번의 강연을 했고, 몇 년간은 문화회

관 강연회의 주최자이기도 했다. 한번은 어떤 강연회에서 다른 강연자가 자신과는 너무 동떨어진 주제를 택해서 강연하는 것을 들으며 생각한다. '저 사람은 마음에서 우러나는 내용을 주제로 해서 강연하지 않고 지엽적이고 피상적인 내용을 다루기 때문에 말에 초점이 없다. 시인들이 그러듯 그가 자신의 개인적인 경험을 말했다면 더 좋았을 것이다.'

소로우는 빈번하게 강연 요청을 거절하기도 했다. 그 이유에 대해 〈원칙 없는 삶〉에서 그는 이렇게 말한다.

"한번은 노예 제도에 관한 강연을 나에게 부탁하기 위해 아주 멀리서 어떤 사람이 나를 찾아왔다. 그와 대화하면서 그와 그의 동료는 내가 하게 될 강연의 8분의 7을 자신들이 요구하는 내용으로 하고 단지 8분의 1만 내가 원하는 것을 말하기를 바랐다. 그래서 나는 그 강연을 거절했다. 설령 내가 이 나라에서 가장 어리석은 자라 할지라도 나는 어디까지나 내가 원하는 내용을 말하고 싶다. 비록 청중은 자신들의 귀에 맞고 입맛에 맞는 내용을 듣기를 원하지만. 그들이 내 강연에 대해 돈을 지불하고, 내 강연이 그들을 지루하게 만들지라도, 나는 내가 원하는 얘기를 할 것이다."

시간을 지키라. 기차 시간이 아니라 우주의 시간을 지키라.
칠십 해를 살지라도 자신의 삶이 우주의 삶과 교감하는 신성한
여가의 순간들을 누리지 못하고 급하고 거칠게만 살았다면
그 삶에 무슨 의의가 있겠는가?
우리는 너무 서두르고 거칠게 산다. 너무 빨리 음식을 먹기 때문에
음식의 진정한 맛을 느끼지 못하는 것과 같다. – 〈일기〉

어떤 옷을 입을 것인가
〔1854년 1월 21일, 소로우가 블레이크에게〕

마침내 나의 새 코트가 완성되었습니다. 어머니와 누이가 아직까지는 내가 밖에 나가도 되는 상태라고 여기고 외출을 허락해 주었습니다. 코트를 입는 순간 나는 마치 멀리 떠나 있는 듯한 기분이 들었습니다. 늘 그렇듯이 이런 종류의 생산은 나에게 낯설기 짝이 없습니다. 코트를 만든 사람은 나의 우울함이나 즐거움에 대해 아무것도 알지 못합니다. 그는 단지 옷을 걸 수 있게 고리를 조정하고, 내 머리가 들어갈 수 있도록 목 부분을 넉넉하게 만들었을 뿐입니다. 그것을 입으려면 오만함까진 아니더라도 옷에 대해 무관심한 척해야 합니다.

아, 우리가 코트를 얻는 과정은 사실 다른 방식이어야 합니다. 설령 교회가 그 방식을 공정하다고 인정하고 성직자들이 허용한다 해도, 내 마음속 천사는 그것이 경솔하고 조잡하며 잘못된 것이라고 말합니다. 나무가 껍질을 입고 있듯이 소박하고 몸에 꼭 맞는 코트를 얻는 순간을 나는 기대합니다. 이제 우리가 입는 옷들은 우리 자신이 세상의 방식에 순종하는 것을 의미합니다. 헤라클레스가 입었던 독 묻은 옷과 마찬가지로 어느 정도 우리에게 독이 되는 악마의 의복처럼 말입니다(헤라클레스는 독 묻은 옷을 잘못 입고 살이 타는 비극을 겪었다).

별일 없으면 다음 주 월요일쯤에 당신을 보러 갈까 생각 중입니다. 나는 케임브리지 법원에서 막 돌아왔습니다. 당신이 이곳에 왔다 간 다음부터 계속되어 온 법적 논쟁에 증인으로 불려 갔었습니다(벤자민이라는 사람이 콩코드 강에 댐을 쌓는 바람에 상류 쪽으로 물이 불어 스폴딩이라는 사람이 피해를 입었다고 소송을 걸었다. 벤자민은 소로우를 고용해 댐의 높이를 측량하게 했다).

사방 1킬로미터 안에 사람 한 명 살까말까한 광활한 땅을 가진 나라가 미국과 러시아 말고 또 있을까요? 이 나라는 서로에게 조금도 애정을 갖고 있지 않은 사람들로부터 사방으로 뻗어 나가 있습니다. 그들의 인간성은 나로 하여금 단지 소름이 돋게 할 뿐입니다. 차라리 차가운 바위나 흙, 사나운 맹수가 내게는 상대적으로 덜 낯설게 느껴집니다. 사업 때문에 사람들을 만나기 위해 거실이나 부엌에 앉아 있을 때―사업은 재난처럼 이상한 사람들과의 인연을 만듭니다―마치 내 자신이 황폐한 해안에 던져진 것과 같은 버림받은 기분과 두려운 마음이 드는 걸 어쩔 수가 없습니다.

그러나 당신은 이 어둡고 사막 같은 세계를 통과해 여행을 계속해 나갑니다. 당신은 저 멀리서 지성적이고 연민에 찬 얼굴 윤곽을 발견합니다. 어둠 속에서 별이 떠오르고, 사막에서 오아시스가 나타나는 것을 봅니다.

그러나, 다시 코트의 얘기로 돌아가서, 우리는 평생 동안 몸에 맞지도 않는, 숙명적인 코트 아래 눌려 숨이 막힐 듯 살아갑니다. 코트를 우리의 직업이나 지위라고 생각해 보십시오. 인간들이 서로를 있는 그대로의 진정한 모습으로 대하는 일은 얼마나 드문 일입니까? 우리가 얼마나 겉치장에 의존하고 또 그것을 묵인하는지를 생각해 보십시오. 판사는 진정으로 자신의 것도 아닌 위엄을 뒤집어 쓰고 있고, 덜덜 떨고 있는 증인은 어울리지도 않는 겸손의 옷을 걸치고 있습니다. 또한 죄인은 어쩌면 더 이상 자신에게 속해 있지도 않은 수치심이나 뻔뻔스러움에 싸여 있습니다. 그러면 이제 더 이상 우리가 어떤 종류의 외투를 입고 있는지는 그렇게 문제가 되지 않습니다. 외투를 바꿔 봅시다. 판사를 피고석에 앉히고 범죄자를 판사석에 앉혀 보십시오. 그러면 아마도 당신은 자신이 그 사람들의 존재까지 바꾸었다는 생각이 들 것입니다.

물론 외투 중에서 가장 얇은 외투는 의도적인 거짓말이나 속임수입니다. 그 외투의 천은 얄팍하고 다 닳아 있습니다. 그런 외투는 촘촘히 짜여져 있지 않고, 엉성하게 되어 있습니다. 실이 교차하는 부분에서 거짓이 끼어들 틈이 생깁니다. 그러나 진실은 씨실을 채워 넣어 튼튼한 옷감을 만듭니다.

나는 다만 위치가 그 사람의 태도와 자기 자신을 존중하는 데 얼마나 많은 영향을 미치는가를 말하는 것입니다. 판사와 죄인이 그들 위치에 따라 너무도 다른 외투를 입게 되기 때문에 그들이 실제로 입고 있는 옷의 차이점은 그다지, 또는 전혀 중요하지 않게 된다는 것입니다. 그렇다면 죄인이 걸치지 못하는 어떤 공기를 판사는 자신의 외투 위에 걸치기라도 한다는 건가요! 판사는 피고에 대한 자신의 견해, 즉 판결로 형을 선고하고, 법원의 서기가 판결문을 읽습니다. 그러면 그 판결문은 온 세상에 알려지고, 행정관이 형을 집행합니다. 그러나 판사를 향한 죄인의 견해와 판결은 민사 법원이 아니라 오직 우주 최고의 법정에서만 선고되고 공표되고 집행됩니다. 한 사람이 다른 사람보다 얼마나 더 올바르다고 할 수 있을까요? 인간들은 끊임없이 서로에게 판결을 내립니다. 그러나 어떤 상황에서 우리가 판사의 자리에 있을지 죄인의 자리에 있을지 모르지만, 스스로를 비판하지 않고 내리는 판결은 무효한 것입니다.

당신이 이런 방식으로 사물을 볼 때 내가 당신의 시야를 제한하는 것만은 아니라는 것, 당신이 종종 나를 통해 빛을 보고, 내가 여기에 있고 이곳에 창문이 있어서 온통 꽉 막힌 벽만은 아니라는 것을 들으니 기쁩니다.

헨리 데이빗 소로우

사람들이 베어 낸 굵은 느릅나무의 나이테가 선명하다

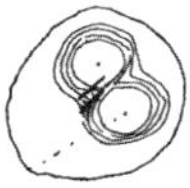

소로우는 인간을 매매하고 사물화하는 노예 제도에 적극 반대했다.

그가 보기에는 노예 제도를 옹호하는 사람들이야말로 정신적 노예이고 착취의 대상이었다. 그는 일기에 노예 제도에 대한 탄식의 글을 적는다.

"노예 제도는 미국 남부에만 있는 제도가 아니다. 인간을 금전으로 사고파는 곳, 인간이 자기 자신을 단지 수단이나 도구처럼 여기는 곳, 지성과 양심이라는 불가침의 권리를 스스로 포기한 곳이면 노예 제도는 어디에나 존재한다. 사실 이런 정신적 노예 제도가 단지 육체만을 노예화시키는 제도보다 더 완성된 형태의 노예 제도이다. 나는 지금까지 노예가 아닌 어떤 판사도 만나 보지 못했고, 또 그런 판사가 있다는 얘기를 들어본 적도 없다. 다만 그는 약간 더 가치 있는 노예이기 때문에 흑인보다 더 높은 가격을 받고 팔릴 뿐이다."

그는 삶의 노예가 되지 말 것을, 육체적으로나 정신적으로 자유로울 것을 강조했다. 에머슨을 비롯한 다른 대부분의 초월주의자들이 노예 제도 문제에 대해 침묵을 지킬 때, 소로우는 캐나다로 탈출하려는 노예를 돕고 있었다. 당시 소로우의 벗이기도 한 존 브라운은 가장 열성적인 노예제 폐지론자였다. 언론과 정부의 탄압 속에서 아무도 그의 편에 설 수 없을 때 소로우는 존 브라운을 옹호하는 연설을 예고했다. 다른 노예제 폐지론자들조차도 성급한 일이라며 그를 만류했지만, 소로우는 자신의 강한 의지를 내보였다.

"난 당신들의 충고와 평가를 구하고자 함이 아니다. 난 단지 내가 브라운을 옹호하는 연설을 한다는 것을 알리는 것뿐이다."

1859년 10월 소로우가 콩코드에서 행한 연설은 노예 해방론자 존 브라운에 대한 미국 최초의 공개적인 변호였고 〈존 브라운 대위를 위한 탄원〉이라는 소로우의 대표적인 저술로 남게 되었다.

"브라운은 하버드를 나오지 않았지만 서부의 자연이라는 훌륭한 대학을 다녔고, 그곳에서 자유라는 과목을 배웠다. 문법을 깨우치지는 못했으며, 다만 인간에 대해 깨우쳤다. 희랍어 발음은 틀리게 내버려두었으나, 도덕적으로 타락한 인간은 내버려두지 않았다."

남북전쟁의 발발 계기가 되기도 한 브라운의 사형 집행은 소로우를 매우 비통하게 만들었다. 브라운의 순교를 기리는 예식이 콩코드 공회당에서 열렸을 때 소로우는 다음의 구절을 낭독했다.

"검이 판사의 머리 위에서 번뜩이고, 겁난 성직자들이 두려움에 침묵할 때, 그때가 시인의 때이다. 지금이 그가 버림받은 정의를 위해 외로운 싸움을 할 때이다."

소로우는 이렇듯 어떤 부분에 있어서는 결코 양보하지 않는 기질을 지니고 있었다. 때문에 편집자나 출판업자와의 관계도 별로 우호적이지 못했다. 신문과 잡지는 이단적인 성향을 띠는 그의 에세이를 싣기를 꺼렸다. 어느 편집자는 범신론적 사상을 암시하는 구절이 들어 있지 않은 논설을 쓰게끔 소로우를 설득해 달라고 에머슨에게 간청하기도 했다. 한번은 소로우가 자기만의 문체로 소나무의 '살아 있는 영'에 대해 표현한 한 문장('그것은 나만큼이나 영원하고, 어쩌면 어느 천국으로 높이 올라가 거기에서 나보다 더 우뚝 솟아 있을 것이다')이 편집자의 손에 의해 소로우의 허락 없이 삭제되었다. 그것은 소로우로서는 결코 묵과할 수 없는 모욕이었고 그래서 그는 그 편집자가 교체될 때까지 그 잡지에 어떤 글도 보내지 않았다.

편지14
생의 파종기
〔1854년 8월 8일, 소로우가 블레이크에게〕

이번 여름에는 별로 의미 있는 시간을 보내고 있지 못한 것 같습니다. 한 시인의 표현을 빌리자면 세상과 너무 많은 시간을 함께했습니다. 세상에서 내게 부과하는 가장 중요하다고 하는 일들을 가장 완벽하게 해낸다 해도 나는 별로 만족감을 느끼지 못합니다. 그런 일들은 전부 무시해 버리는 편이 낫습니다. 왜냐하면 당신의 삶은 지금 어떤 것이 더 중요한 일인지 분별할 수 없는 상태에 이르렀기 때문입니다.

요즘 들어 파리들이 윙윙거리는 소리가 너무나 크게 들려옵니다. 그리고 이런 사소한 소음마저 가라앉지 못하는 내 자신이 원망스러울 때가 있습니다. 아이들의 울음소리나 정치인들의 징징대는 소리에 너무 쉽게 마음이 흔들려서는 안 됩니다. 한 아일랜드 인이 돼지우리와 같은 더러운 집을 세우고는, 술에 취해 내 처마 밑에 와서 쉴 새 없이 주정을 합니다. 이 모든 추하고 어리석은 행동은 다 내 책임입니다. 내가 먼저 그에게 알은 척을 했기 때문입니다.

언제나처럼 나는 사람들과 복잡한 관계를 맺는 것이 아무 소득 없는 일임을 깨닫습니다. 그런 관계는 잔바람만 일으킬 뿐 거대한 폭풍으로 발전하지도 못합니다. 그저 무기력과 생활의 정체만 불러올 뿐입니다. 우리의 대화는 유창하고 예의바르지만 한낱 끝없는 헛소리에 불과합니다. 아침이면 나는 환자가 처방에 따라 쓴 약을 단숨에 들이키듯 단단히 마음을 먹고, 다시 이야기의 줄거리를 이어갑니다.

에머슨은 자기 삶의 대부분이 너무나 소득 없고 초라하며, 자신이 온갖 종류의 즐거움, 특히 그중에서도 사람들을 쫓아다니며 살았다고 말합니다. 나는 그에게 우리의 차이점은 단지 즐거움의 대상에 있다고 말합니다. 나의 즐거움은 사람들로부터 멀리 떨어지는 것입니다. 사람들은 내게 정신적인 기품이나 아름다움을 느끼게 하는 일이 거의 없습니다. 다만 나는 매일 해가 뜨고 지는 것을 봅니다.

최근 들어 나는 전에 비해 많은 사람들을 만났습니다. 이미 알고 있었던 것처럼 나는 그들이 얼마나 천박한가를 발견하고는 너무나 놀랐습니다. 그들은 대부분 생활을 위해 날마다 일을 합니다. 일을 마치고 나면 객실에 모여 앉아 무기력하게 잡담을 하거나 사회에 대한 불평불만을 늘어놓습니다. 그리고 옆에서 보기에 웬만큼 노닥거렸다는 생각이 들 때쯤, 이제 자신들의 신전으로 퇴장할 때가 되었다는 생각이 들면, 아무런 부끄러움 없이 각자의 침대로 가서 또 다른 나태함의 층 위에 엎어집니다. 그들 중에는 미혼인 사람도 있고, 자신들처럼 게으른 가족을 가진 사람도 있습니다. 나는 나와 아무것도 나눌 수 없는 사람은 만나지 않습니다. 그런 사람은 스스로의 일들로 너무 바쁘기 때문입니다.

그러나 아주 소수이긴 하지만 몇몇 사람은 드러내지 않는 가운데 자신들의 삶의 목적을 소중하게 여깁니다. 자신의 중요한 관심사를 가진 사람에 대해 잠깐이라도 생각해 보십시오. 우리는 그런 사람을 존중해야만 합니다. 그는 빛나는 존재일 수밖에 없습니다. 그는 어떤 회사나 조직체 또는 사장을 위해서 일하는 것이 아니라, 자기 존재의 목적을 실현하기 위해 일합니다. 자기 자신의 삶을 가진 사람은 모든 이의 관심의 초점이 될 것입니다.

저번 날 저녁에 나는 이 사소한 소음을 침묵시키리라 마음먹었습니다. 그리고 고요함을 찾을 수 있는 곳이 있는지 알아보기 위해 이곳저곳 걸어다녔습니다. 나는 배를 저어 마을을 떠나 강 상류 쪽에 있는 페어 헤이븐 호수로 향했습니다. 해가 막 질 무렵, 한 남자가 잔잔한 호수의 배 위에 앉아 혼자만의 시간을 즐기고 있는 것을 보았습니다. 떨어지는 이슬방울이 공기를 걸러 정화하고 있는 것처럼 느껴졌습니다. 그 순간 무한한 고요가 내 영혼을 채웠습니다.

나는 온갖 사건으로 가득한 세상의 목덜미를 잡아 익사할 때까지 물살 아래로 밀어넣었습니다. 그리고는 강 아래쪽으로 떠내려 보냈습니다. 텅 빈 침묵의 공간이 사방으로 확장되고, 내 존재도 따라 커지면서 그 안을 채웠습니다. 그제서야 비로

소 나는 들려오는 소리들을 감상할 수 있었고, 어떤 소리든 음악적으로 들을 수 있었습니다.

　이제 당신의 소식에 대해 이야기해 봅시다. 올해 일어난 일들을 말해 주십시오. 유익한 다툼을 한 적이 있습니까? 당신이 키우는 작물의 상태는 어떠합니까? 당신의 수확기가 파종기에 제대로 응답해 줄까요? 넓게 펼쳐진 옥수수밭을 떠올리면 기운이 납니까? 혹시 당신의 밭에 해충이 있거나 가축들 사이에 전염병이 있진 않은가요? 당신이 수확할 감자의 크기나 품질을 살펴보았나요? 낮은 쪽 땅에 감자알들이 매달려 있는 것을 보는 것은 참으로 기분 좋은 일입니다. 가을비가 오기 전에 목장의 건초는 들여놓았나요? 헛간에는 가축을 불러들일 공간이 충분한가요? 요즘 잡초는 없애고 있나요? 아니면 낚시하러 갈 여유는 있나요? 혹시 지난봄에 큼지막한 후회를 심어 둔 적은 없나요? 그건 새로운 종이 아니라 재배되어 비옥한 토양에서 나오는 결과물입니다. 삶의 훌륭한 소스가 되지요. 겨울에 먹을 호박은 어떻게 됐나요? 이웃들은 가을 식량을 충분히 장만한 것 같은가요? 샘물은 상태가 어떠합니까? 당신이 사는 나라에는 골짜기보다 산 위에 더 많은 물이 있다고 들었습니다.

　당신은 삶에 필요한 도움을 쉽게 얻고 있나요? 이른 아침과 오후 늦은 시간에 일하도록 하십시오. 점심 때는 당신의 인부들을 쉬게 하십시오. 이 무더운 날씨에 괭이질을 하며 단물을 너무 많이 마시지 않도록 주의하십시오. 그렇게 해야 오히려 더위를 더 잘 견딜 수 있기 때문입니다(이해 6월 13일 일기에서 소로우는 '한 무리의 농부들이 옥수수와 감자밭에서 부지런히 괭이질을 하는데 이랑 끝 풀밭에 설탕물 항아리를 놓아두고 있었다'고 적고 있다).

헨리 데이빗 소로우

3월이면 떼지어 이동하는 기러기와 오리들

소로우의 가장 친한 친구였으며, 소로우에게 숲에 오두막을 짓고 살라고 권유하는 편지를 썼던 윌리엄 채닝은 말한다.

"여기 소로우가 있다. 그에게 햇빛과 한 줌의 견과를 주면 그는 그것으로 충분하다."

소로우는 스스로 가난하지 않다고 말했다. 화창한 날이라든가 여름날을 아낌없이 썼을 때 그는 정말 부자였으며, 고독과 가난 자체만으로도 풍성한 삶을 살았다.

하루는 소로우가 책상에서 생각지도 못했던 돈 30달러를 발견했다. 소로우는 '낙담' 했다. 그 돈이 떨어지면 아쉬운 마음이 생기리라는 것을 알고 있었기 때문이다. 사람들은 이웃이 소유하고 있는 정도의 집은 자신도 가져야 한다고 생각한 나머지, 가난하지도 않으면서 평생 가난 속에 스스로를 허덕이게 만든다. 소로우가 바라는 삶은 다른 것이었다.

"나는 얽매임이 없는 자유를 무엇보다 소중히 여긴다. 경제적으로 풍족하지 않더라도 행복하게 살 수 있으므로, 고급 양탄자나 호화가구, 맛있는 요리, 값비싼 주택 등을 사는 데 필요한 돈을 벌기 위해 내 생애의 시간을 허비하고 싶지 않다."

사람들은 소로우를 금욕주의자로 칭하기도 하지만, 그의 절제는 즐거움을 포기하고자 함이 아니라, 자신에게 주어진 삶을 보다 풍요롭게 향유하기 위해서였다.

"나의 계획이 가난하게 사는 것은 아니다. 단지 먹고사는 일에 대부분의 시간을 바치면서 살고 싶지 않을 뿐이다. 내게 필요한 생계 수단은 지금 거의 마련되어 있다. 사람들은 돈을 버는 방법에 대해서는 잘 알고 있다. 하지만 돈을 어떻게 써야 하는지 아는 사람은 전혀 없다고 해도 틀린 말이 아니다. 만일 쓰는 방법을 아는 사람이라면 절대 돈 버는 데 시간을 다 바치지 않을 것이다."

월든 숲 오두막에서 소로우가 사용한 물건의 총목록은 단순하기 그지없는 것들이었다.

'나무 침대 하나, 식탁 하나, 나무 책상 하나, 나무 의자 셋, 직경 8센티미터의 거울 하나, 부젓가락 한 벌과 장작받침쇠 하나, 솥 하나, 나이프 두 개, 포크 두 개, 접시 세 개, 컵 하나, 스푼 하나, 기름병 하나, 단풍시럽 단지 하나, 옻칠한 일본식 램프 하나.'

그리고 겨울에는 눈이 얼마나 많이 왔는가를 측량하기 위해 눈금이 새겨진 나무 지팡이를 들고 다녔다. 그는 말한다.

"생활을 소박한 것으로 만들면 만들수록 우주의 법칙이 더욱더 분명하게 이해될 것이다. 이제 홀로 있음은 더 이상 외로움이 아니고 가난함도 가난함이 아니며 연약함도 연약함이 아닐 것이다. 간소화하고, 간소화하라. 하루 세 끼를 먹는 대신 필요하다면 한 끼만 먹으라. 백 가지 요리를 다섯 가지로 줄이라. 그리고 다른 일들도 그런 비율로 줄여 나가라. 진정한 부를 누릴 수 있는 가난, 나는 그것을 원한다. 가난하더라도 즐겁고 멋진 시간을 얼마든지 가질 수 있다. 헌 옷은 뒤집어서 다시 입고, 옛 물건들에게로 돌아가라. 사물은 변하지 않는다. 변하는 것은 우리들이다."

그의 전기를 쓴 헨리 솔트에 따르면, 소로우는 찌그러지고 비바람에 색이 바랜 갈색 모자를 썼으며, 옷이 찢어지면 자주 기워 입었다. 가죽 장화는 들판과 숲에서의 거친 생활을 말해 주었다. 외모를 치장하는 데는 한 푼도 쓰지 않았다. 그는 옷에 자신의 성격이 스며들어 점차로 옷이 몸의 일부처럼 되기를 바랐다. 겉치장을 위해 화려하고 깨끗한 옷을 자신의 몸에 '걸어 두는' 존재가 되고 싶지 않았다.

식생활도 옷과 마찬가지로 더없이 단순하고 경제적이었다. 월든에 머무는 동안 그의 식단은 쌀, 거칠게 간 옥수수 가루, 감자가 전부였다. 음료로는 물만 마셨다. 그는 밀과 옥수수 가루로 직접 빵을 구워 먹었다. 처음에는 마을에서 이스트를 구해다가 구웠지만 나중에는 이스트를 넣지 않는 것이 더 낫고 더 간단하다는 결론을 내렸다. 가끔은 저녁을 위해 호수에서 물고기를 잡기도 했지만, 주로 채식 위주의 식생활을 택했다.

우주는 인간의 거주지보다 더 큰 공간이다.
그런데도 사람들은 밤에 집 밖으로 나가는 일이 드물다.
일생에 단 한 번이라도 야외에서 밤을 새워 본 사람은 소수에 불과하다.
문명인들은 거의 습관적으로 집을 지니고 있다.
인간의 집은 하나의 감옥이다. 그를 압박하고 속박하는 감옥.
우리들의 문제는 대부분 문자 그대로 집 안에서 생기며,
이것은 인간이 자연이 아닌 실내에서만 살기 때문에 비롯된다. – 〈일기〉

지난해보다 나아진 올해
〔1854년 12월 19일, 소로우가 블레이크에게〕

편지를 받으면 즉시 답장을 보내야 한다는 면에서 보면, 고백하건대 나는 매우 불성실한 사람입니다. 하지만 늦게라도 답장은 틀림없이 합니다. 당신에게 편지를 쓰지 않으면 않을수록 당신을 더 많이 생각하게 됩니다. 지난번 당신을 만난 이후 거의 한가한 적이 없었습니다. 세상은 당신과 조화를 잘 이루고 있나요? 아니, 그보다는 당신은 세상과 별개로 잘 살아가고 있나요?

보시다시피 나는 아직 사는 법을 배우지 못했고, 유감스럽게도 곧 배우게 될 것 같지도 않습니다. 그러나 멀리 내다보면 내 삶의 많은 것들이 나의 사상과 일치하는 것을 알 수 있습니다. 그 밖의 다른 것들과는 그만큼 일치하지는 않지만. 그러므로 인간은 어떤 큰 노력 없이도 진정한 예언자가 될 수 있는지 모릅니다. 낮은 결코 그렇게 어둡지 않고, 밤도 마찬가지입니다. 아직은 빛의 법칙이 우세하기 때문에 우리의 마음이 진리를 향해 열려 있기만 하다면 빛이 우리 마음속을 밝힐 겁니다.

인간은 낮부터 저녁 사이에도 쉽게 미쳐 버릴 수 있는 위험 요소를 적잖이 가지고 있습니다. 하지만 제정신이 되는 것도 그만큼 쉬운 일입니다. 우리는 삶과 죽음의 의미를 알고 나서야 자신만의 방식대로 살아갈 수 있습니다. 가능한 빨리 가장 기본적인 것들을 배우십시오.

나는 태양이 떨어져 진흙 웅덩이 속을 굴러갈 수도 있다는 것을 전혀 몰랐습니다. 모든 비바람 뒤에는 어김없이 태양이 영광의 빛을 드러냅니다. 그러므로 우리의 영혼을 밝혀 주는 태양의 편에 섭시다. 삶을 밝혀 주는 우리 마음속 태양을 축구공처럼 발에 채이게 해서는 안 됩니다.

인디언들이 화형당할 때, 그의 몸은 구워져서 비프스테이크보다 조금도 나을 게 없었을 겁니다. 왜 이런 잔인한 이야기를 하느냐고요? 그의 펄떡이는 심장을 태울 순 있어도 그의 본질, 그의 용기를 태우진 못합니다. 진정한 용기를 가지십시오. 그것이 핵심입니다.

만일 인간이 자신에게 고통을 주는 가장 큰 불행을 강인하게 견뎌 내기로 마음먹는다면, 그 순간에 그는 더 이상 견뎌야 할 어떤 불행도 없음을 깨달을 것입니다. 그의 용감한 어깨도 더 이상 쓸 일이 없어질 것입니다. 아틀라스(제우스 신에게 반역한 죄로 하늘을 어깨에 짊어지고 있게 된 거인)가 세계를 짊어지게 됐을 때 필요했던 것이 이런 자세였습니다. 세상은 원리에 기초를 두고 있습니다. 현명한 신들은 결코 인간을 지지대로 삼지 않습니다. 하지만 인간이 웅크리며 숨고 일을 회피한다면, 무게를 가진 모든 생명체가 그의 발가락을 밟고 지나가며 그를 짓뭉갤 것입니다. 그것은 자기 발 위에 다른 것들의 발을 올려놓은 형국입니다.

괴물은 우리가 상상하는 먼 나라에 있는 것이 결코 아닙니다. 우리 자신의 용기 없음과 나태함이 바로 괴물입니다.

제도화된 종교처럼 무의미한 형식은 버려야 합니다. 긍정적이고 결실이 따르는 수행을 선택해야 합니다. 무엇을 해야 할지 당신이 알고 있는 그대로 행하십시오. 어째서 굳이 밖으로 나가 길 건너에 있는 이웃의 조언을 구해야 할까요? 우리가 어떻게 행동해야 하는가를 끊임없이 조언해 주는 더 가까운 이웃이 우리 자신 안에 존재합니다. 그러나 우리는 잘못되거나 더 쉬운 길을 가르쳐 줄 이웃을 기다리고 있습니다.

인구 조사 목록에는 제정신이 아닌 사람의 수를 써넣는 항목이 있습니다. 그곳에 써 있는 숫자가 전부라고 생각합니까? 집집마다 적어도 한 명씩은 자신 안에 스스로 길러 낸 수많은 유령들과 싸우고 실랑이를 벌이느라 시간을 허비하는 사람이 있지 않나요? 그 유령들은 잔인하게 그의 생명력을 갉아먹습니다. 그리고 마침내 그 유령들과 용감하게 싸우기로 결심한다 해도, 그는 이렇게 말할 것입니다. "좋다, 저녁을 먹은 뒤에 보자." 그러다가 정작 시간이 되면 나중에 하는 것이 낫겠다는 결론을 내리고 전쟁에 대한 신문 기사나 뒤적입니다.

방금 난로에 장작을 하나 더 넣었습니다. 꽤 큼지막한 참나무 장작입니다. 이 추운 겨울을 나기 위해 필요한 땔감을 충분히 벌어들일 수 있는 사람이 얼마나 될까요? 오늘밤 나는 꽤 많은 양의 나무를 태운 것 같습니다. 그것은 무엇을 위해서일까요? 결국 누군가 묻겠죠. "음, 나무를 얼마나 많이 태우셨나요, 선생?" 그리고 그 다음에 이어질 질문을 생각하면 소름이 끼칩니다. "따뜻하게 지내는 동안 당신은 무엇을 했나요?" 우리는 타고 남은 재가 값을 치뤄 준다고 생각하는 걸까요? 신이 재를 치워 줄 거라고? 우리는 우리의 몸이 행한 대로 그 대가를 치를 것입니다.

지난해보다는 내년이 더 나아지리라는 걸 누가 확신할 수 있을까요? 어쨌든, 나는 당신이 진정 새로운 해를 맞이하길 바랍니다. 이 글을 읽는 바로 이 순간부터. 그리고 자신이 지은 행위의 결과에 따라서 행복하거나 행복하지 않기를.

헨리 데이빗 소로우

가운뎃발가락을 끌며 일직선으로 간 새발자국

어떤 사람이 소로우에게, "당신이 들판에서 일하면서 속으로 당신의 품삯을 생각하는 것은 당연한 게 아닌가?" 하고 물은 적이 있다. 소로우에게는 돈의 가치보다 더 중요한 게 있다는 것을 그 사람은 알 수 없었다. 소로우는 말한다.

"이 세계는 사업의 장소이며 소란한 경제 성장의 소리 때문에 나는 매일 밤 잠자리를 설친다. 그것은 나의 꿈을 방해한다. 한 번이라도 인류가 숨을 돌리는 것을 본다면 기쁨일 것이다. 오로지 일, 일, 일뿐이다. 내가 들판에서 일할 때 속으로 나의 품삯을 생각하고 있다고 사람들은 생각한다. 어떤 갓난아이가 창문 밖으로 내던져져 장애인이 된다면, 사람들은 다른 게 아니라 그 아이가 경제 활동에 무능력하게 된 것을 가장 한탄할 것이다. 나는 이 그칠 줄 모르는 상업성의 논리가 삶에서 가장 적대시해야 하는 범죄보다도 더 무섭다고 생각한다."

소로우는 휴식과 여유가 필요하다는 것을 무시한 채 욕망과 욕구로 들끓는 사회의 모습을 질타한다.

"왜 우리는 그토록 서두르며 생의 시간을 낭비하면서 살아야만 하는가? 우리는 배가 고프기도 전에 굶어 죽을 결심을 하고 있다. 사람들은 제때에 하는 한 바느질이 나중에 할 아홉번의 바느질의 수고를 막아 준다고 하면서 내일 할 아홉 번의 바느질을 막기 위해 오늘 천 번의 바느질을 하고 있다. 일에 있어서도 우리는 어떤 결과에도 이르지 못한다. 단지 자신의 의지와 상관없이 팔다리가 떨리는 병에 걸린 사람처럼 머리를 가만히 놔둘 수가 없는 것이다."

소로우가 보기에 사람들이 성공적이라고 찬양하는 삶은 단지 한 종류의 삶에 지나지 않았다. 왜 사람들은 다른 여러 종류의 삶을 희생하면서까지 한 가지의 삶을 과대평가하는가? 그는 사회와 문화가 인정하는 성공을 위해 자신의 시간과 에너지를 쏟아 붓는 사람들에게 충고한다. 차원 높은 곳에서 들려오는 소리를 들으려면 천천히 걸어야 한다고.

"왜 우리는 그렇게 성공하기 위해 조급히 굴며 또한 그렇게 사업적일까? 만일 어떤 이가 그의 동료들과 발을 맞추지 않는다면, 아마도 그는 그들과는 다른 북소리를 듣고 있는 건지도 모른다. 그로 하여금 그가 듣는 북소리에 발 맞추게 하라. 그 박자가 고르거나 또는 늦거나. 그가 꼭 사과나무나 떡갈나무와 같은 속도로 성장해야 한다는 법은 없다. 그가 남과 보조를 맞추기 위해 자신의 봄을 여름으로 바꿀 필요는 없다."

여행자, 나는 이 말을 사랑한다

〔1855년 9월 26일, 소로우가 블레이크에게〕

얼마 전 나는 내 건강이 분명히 좋아졌으며, 마침내 내 자신이 활력의 신호를 보였다고 생각했습니다. 하지만 어떻게 해야 내 다리가 전처럼 다시 건강해질 수 있을지 모르겠습니다(일기에는 언급되어 있지 않지만 이 해 봄 동안 소로우는 심하게 앓았다. 폐결핵이 그에게도 닥치고 있었던 것이다. 특히 다리의 불편은 소로우에게 문학적인 쇠퇴를 의미했다. 그의 글은 산책과 여행의 직접적인 결과물들이기 때문이었다. 이듬해 봄까지 소로우는 아팠다).

무기력한 지난 몇 달의 시간은 잔잔한 무스케타퀴드 강(콩코드 강의 인디언 이름. '바닥에 풀이 자란 강'이란 뜻)처럼 평온하게 흘러가긴 했지만, 별다른 사색을 남기지 못했습니다. 그 시간들로부터 어떤 결과물을 거두게 되기를 바라고 있습니다.

지난번 당신을 만난 이후로, 나는 당신이 적어도 매일 조금씩 배를 끌고 강을 오르다가 밤이면 재빨리 닻을 내려, 내가 없는 동안 나 대신 내 자리를 지켜 주었으리라 믿습니다.

뉴베드퍼드의 릭케슨이 병문안을 와서 하루하고도 반 나절이나 머물다 갔습니다. 우리는 함께 즐거운 시간을 보냈습니다. 그는 재산이 많지만 매우 소박한 취향을 가졌습니다. 자연을 사랑하고, 무엇보다도 대단히 솔직하고 단순하게 말하는 사람입니다. 그를 만나면 당신도 아마 좋아할 것입니다.

삶의 진실성은 매우 중요하지만, 그것을 간직한 사람을 발견하기란 흔치 않은 일입니다. 우리는 진실성을 갖는 대신 너무 자주 불평하고, 다른 약점들에게 쉽게 자리를 내줍니다. 릭케슨 씨가 자기 자신에 대해 이런 말을 했습니다. 자신은 천재도 아니면서 천재의 결점은 모두 갖고 있다고. 그리고 자신은 진리를 누일 베개조차 없는 초라한 사람이라고. 릭케슨 씨는 '신', '죽음', '불멸성'에 대해 지독한 의심을 내보이면서 '내가 그런 것들을 알 수만 있다면' 하고 푸념을 합니다. 그는 지금까지 함께 생각을 공유할 사람이 없어 고통받은 것이 분명합니다. 내 책들을 읽으면서 많은 부분 공감을 하긴 했지만, 자신에게 전혀 무의미한 내용도 많았다고 그는 말합니다. 감상적이고, 지루하며, 신비주의적인 것들 투성이라고. 그러면서 또 내게 말합니다. 왜 언제나 일반적인 상식을 갖고 평범한 영어로 글을 쓰지 않느냐고. 어째서 보다 더 단순한 삶을 사는 방법에 대해 자세히 설명해 주지 않고 자꾸만 다른 길로 빠지느냐고.

하지만 나는 내 글쓰는 방식에 대해 어떤 틀도 갖고 있지 않으며, 사람들에 대한 어떤 의도도 갖고 있지 않습니다. 나에게 의도나 틀이 있다면, 거름이 아닌 결실로 사람들의 마음을 움직이는 것이 나의 방식입니다. 나는 무엇에 목표를 두고 단순한 삶을 실천하고자 하는 걸까요? 다른 사람들에게 단순한 삶을 살도록 가르치기 위해서? 그래서 하나의 수학 공식처럼 우리 모두의 삶이 더 단순해질 수 있도록 하기 위해서? 아니, 그보다는 내가 닦은 이 터전 위에서 내 자신이 더 가치 있고 유익한 삶을 누리도록 하기 위해서가 아닐까요?

나에게 가장 소중한 것, 내 삶에 가장 중요한 의미를 갖는 것들을 나는 언제까지나 주저 없이 강조할 것입니다. 비록 그것이 허공에 약한 진동을 보내는 것에 불과할지라도. 그리고 그렇게 되기가 쉬울지라도. 설교자로서 나는 사람들에게 빵을 더 싸게 살 수 있는 방법이 아니라 왕겨로 만든 빵과 생명의 빵을 비교해서 가르쳐 주어야 할 것입니다. 어떤 사람에게 그 빵을 한 덩어리만 맛보게 해보십시오. 그러면 그는 즉시 매우 경제적으로 살게 될 것입니다. 그는 빵을 버는 일에 많은 시간을 허비하지 않을 것입니다.

며칠 전에 히긴슨 씨와 브라운 씨가 카타딘 산(메인 주 중부에 있는 산)으로 산행을 갔었다는 말을 듣고 기뻤습니다. 지역 개발이나 관광 산업을 주제로 한 회의에 참석하는 일보다 분명 훨씬 나은 일이었을 겁니다. 당신이 젊은 시절부터 올라가기를 꿈꾸어 온, 멀리 지평선에서 보았지만 가본 적은 없는 당신 안의 아름다운 야생의 산들을 오르는 것이 훨씬 나을 겁니다.

그건 그렇고, 당신은 어떻게 지내나요? 바람이 시원하게 느껴지나요? 날마다 견고한 무엇인가를 성취할 수 있는, 당신이 할 수 있는 일을 찾았나요? 게으름과 의심을 이제는 눈에 띠게 떨쳐 버렸나요? 이번 여름, 그동안의 나태함을 상쇄할 만한 꿈을 꾸었나요? 지난밤 나는 내가 한없이 뛰어오를 수 있는 기분 좋은 꿈을 꾸었습니다. 의미심장한 꿈이었습니다. 오늘 아침 나는 만족스런 기분으로 그 꿈에 대해 명상했습니다.

나는 당신에게 편지를 쓸 것이고, 당신은 내 편지를 받고 기뻐할 것입니다. 우리는 서로를 위해 굳건한 토대가 되어 줄 것입니다. 나는 이쪽 해안에 심어진 기둥이고, 당신은 그쪽 해안에 서 있습니다. 우리는 하나의 태양이 떠오르는 것을 함께 바라볼 것입니다. 우리는 서서히 세워졌으며, 우리 자신의 기초를 갖게 되었습니다. 어떤 것을 만나도 쓰러지지 않을 것입니다. 무게 있게 그리고 영원히 그 해안을 지킬 것입니다.

잊지 말고 언제나 별을 가리키도록 하십시오. 당신 쪽에서 바라보는 별들은 어떤가요? 내가 진 빚을 다 갚았다고 당신이 생각할 때까지 답장은 요구하지 않겠습니다.

당신의 조용한 공간에서 나를 생각해 주십시오.

헨리 데이빗 소로우

베리 나무에 매달려 혀 짧은 소리로 우는 박새

소로우는 자주 여행을 떠났다. 하지만 열차 시간표와 호텔 주소, 커다란 여행 가방은 필요하지 않았다. 그에게 최고의 가방은 손수건으로 만든 것이었고, 그 여행 가방에는 바느질 재료, 채집한 식물을 보관하기 위한 책 한 권, 망원경, 나침반, 줄자가 들어 있을 뿐이었다.

그는 화려한 차림의 신사로서가 아니라 가난한 서민으로 여행했다. 자주 도보로 여행했으며, 농부나 어부의 집에서 밤을 보내기를 좋아했다. 소로우는 자신을 신사로 여겨 그가 자고 있는 동안 구두에 광을 내고 있는 구두닦이를 보면 좀더 소박한 신발을 신고 오지 않은 것을 후회했다. 그는 농부가 들판을 지나는 자신을 큰소리로 불러 건초 만드는 일을 거들어 달라고 할 때, 여행하는 수리공으로 오인되어 수선일을 해달라거나 시계나 우산을 고쳐 달라는 요청을 받았을 때, 또는 허리띠에 끈으로 묶어 갖고 다니는 그의 양철컵을 누군가가 사고 싶어할 때 더 즐거워했다.

여행 중에도 차를 끓여 양철컵으로 마시곤 했다. 또한 과일을 끼운 빵조각은 식사와 디저트가 동시에 해결되었으므로 훌륭한 먹거리였다. 이런 준비만 갖추면 그는 자신의 생각이 이끄는 대로 어디든 갈 수 있었다. 글을 쓰기 위한 영감을 얻기 위해, 인디언을 만나기 위해, 새로운 식물을 발견하기 위해.

소로우는 삶과 여행에 대해 이렇게 예찬한다.

"여행자! 나는 이 말을 사랑한다. 여행자는 여행자라는 이유만으로도 존경받을 충분한 자격이 있다. 여행만큼 우리의 생을 상징하는 말은 없다. 개인의 역사란 결국 '어디'에서 '어디'를 향해 가는 것이 아닌가."

또 자신이 있는 곳으로부터 여행을 떠나지만 그 여행은 소로우에게는 자기 내면과의 만남을 주선하는 일이었다. 그에게 여행은 자신을 지탱하는 근본적인 힘을 얻는 곳이었다.

"이 세상에서 가장 큰 사건이 바로 우리의 삶이다. 외적 사물만을 아는 감각은 전혀 쓸모가 없다. 얼마나 먼 곳을 여행하는가는 중요하지 않다. 얼마나 깨어 있는가가 더 중요하다. 멀리 여행하면 여행할수록 그 결과는 더 나쁠 뿐이다."

자기 내면으로의 여행을 강조하는 소로우는 아름다움이란 그것을 느낄 수 있는 가슴이 있는 곳에 존재한다고 말한다. 그렇기 때문에 아름다움을 찾지 못해 다른 먼 곳으로 떠나는 여행은 부질없는 일이다. 실제로 그는 대서양 건너에 있는 유럽에도 가본 적이 없으며, 죽음에 이르게 한 폐결핵에 걸렸을 때 요양을 위해 미네소타로 여행간 것이 유일한 장거리 여행이었다.

한번은 에머슨이 어떤 음식을 좋아하느냐고 묻자, 소로우는 무덤덤하게 대답했다.

"가장 가까이 있는 것."

지혜로운 자에게는 어느 곳이든 같은 곳이고, 각자 서 있는 곳이 그의 가장 좋은 자리다. 소로우는 여행을 통해 가장 가까이 있는 자신의 영혼과 만났다.

〈야생 사과〉에서 소로우는 말하고 있다.

"야외에 적합한 사색이 있는가 하면, 집 안에 적합한 사색이 있다. 나는 나의 사색이 야생 사과와도 같이 산과 들을 돌아다니는 도보 여행자를 위한 것이기를 희망한다. 집 안에서 맛을 보아서는 결코 알 수 없는 그런 종류의 맛이기를."

글쓰기에 있어서도 소로우는 글쓰는 일과 노동, 펜과 삽, 실내에서의 연구와 바깥에서의 활동을 동시에 갖출 것을 주장했고 또 실천했다. 글 속에서는 노동의 미덕이, 펜에서는 삽질에서 오는 강인함이, 연구에서는 야생의 자연이 함께하기를 그는 바랐다.

문학 비평가 로버트 루이스 스티븐슨은 소로우의 글을 이렇게 평가하고 있다.

"다 익은 과일이 떨어지듯이 완벽한 표현이 저절로 우러나올 수 있었던 것은 오직 사색이 충만했기 때문이다. 또한 소로우가 그렇게 태연히 앉아 글을 쓸 수 있었던 것은 사방을 산책하면서 정열적으로 활동했기 때문이다."

〈콩코드 강과 메리맥 강에서의 일주일〉의 서문에서 소로우는 다음과 같이 말하고 있다.

"나는 이 책에서 서재와 도서관, 심지어 시인의 다락방 냄새조차도 나지 않고 오직 들판과 숲의 냄새만 난다고 믿는다. 또 이 책은 지붕을 덮지 않은 툭 트인 하늘 아래 펼쳐 놓고 사계절 비바람을 맞도록 만든 야생의 책이어서, 어떤 서가에서도 보관하기가 쉽지 않을 것이다."

어떤 사물이 우리의 시야로부터 가려져 있는 것은
그것이 우리의 시선이 지나가는 방향에서 어긋나 있기 때문이 아니다.
우리가 눈과 마음을 그 사물에다 온전히 쏟지 못하기 때문이다.
우리는 사물을 볼 때 얼마나 멀리 그리고 넓게, 또는 얼마나 가깝고
얼마나 오래 들여다봐야 할지를 모른다.
그렇기 때문에 자연의 현상 중 많은 부분이
죽을 때까지 우리 자신으로부터 가려져 있는 것이다.   – 〈가을의 빛깔들〉

편지17
강에서 발견한 것들
〔1855년 12월 9일, 소로우가 블레이크에게〕

땔나무를 줍는 일에 동행해 주고, 또 그것을 즐겁게 생각해 주어서 감사합니다(다가오는 겨울에 대비해 소로우는 땔감을 구하기 위해 블레이크를 보트에 태우고 아사베트 강 상류로 올라갔다. 땔감 구하는 일은 소로우에게 매년 가장 중요한 행사였다). 그리고 나의 장작불에 몸을 녹여 주어서 감사합니다. 사실 나는 지금껏 혼자서도 즐겁게 그런 일들을 해왔습니다. 그러나 함께하는 사람이 있을 때 그 일이 얼마나 더 즐거워지는지 이번에 알게 되었습니다. 또 살아가면서 우리가 서로에게 얼마나 많은 도움을 줄 수 있는지도 배웠습니다. 그리고 자연의 중심으로 들어가는 데에는 어떤 비용도 들지 않는다는 것을 알게 되었습니다. 그 무엇도 가로막혀 있지 않습니다. 우리가 스스로를 가로막고 있을 뿐입니다. 우리 앞에 있는 장막을 걷어 버리기만 하면 됩니다.

　당신도 온전히 그곳에 있었다니 기쁩니다. 그 강에서는 그런 여행을 훨씬 많이 그리고 더 오랫동안 할 수 있습니다. 왜냐하면 그것은 인생이라는 강이기 때문입니다. 그것에 비하면 인도의 갠지스 강은 아무것도 아닙니다. 강 위에 비친 풍경을 가만히 바라보십시오. 둔감한 눈에는 그것이 이 세상의 강으로 보일 뿐이지만, 그 강은 사실 천국을 가로질러 흐르고 있습니다. 그 안에는 마을 사람들에겐 보이지 않는 어떤 힘이 담겨 있습니다. 한 여름에 건초를 나르는 수레가 건널 수 있을 만큼 얕지만, 그 깊이는 나의 이해력을 넘습니다.

만일 이 세상의 유혹을 잊는다면 나는 그 강물을 충분히 깊이 들이마실 수 있을 것입니다. 만일 강둑으로부터 멀어질 수만 있다면, 나는 온전히 강 위를 떠다닐 수 있을 것이고, 다시는 물레방아가 돌아가는 둑에서 머뭇거리는 나를 볼 수 없을 것입니다. 내 안의 깊이만큼 강물은 깊어집니다. 그것은 신의 시원한 피입니다. 나는 그들의 동맥 속에서 물장구치고 몸을 담급니다.

나는 나뭇가지 하나라도 시시한 용도로 사용하고 싶진 않습니다. 심지어 땔감으로도 말입니다. 자연은 밤새 나뭇가지에다 문양을 새기거나 예쁘게 꾸며 내게 보기 좋게 만듭니다. 얼마나 끈기 있는 연인인가요! 우리의 마음을 끌고 기쁘게 하기 위해 얼마나 무한한 고통을 감수하는가요! 자연은 곱게 포장한 나뭇단을 우리에게 배달시킬 것입니다. 운임도 그쪽에서 지불하고서. 그 나무들에선 향기가 나고, 꽃망울이 열리며, 방금 훌륭한 연주자가 지나간 듯 음악 소리가 들릴 것입니다. 이런 것들이 바로 우리의 삶을 지피는 땔감이 되어야만 합니다. 그럼에도 우리는 땔감을 얻기 위해 목재상과 흥정하는 편을 더 좋아합니다.

　그때 우리가 발견한 항아리는 여전히 강둑 위의 볕 좋은 곳에 물기를 말리기 위해 거꾸로 놓여 있습니다(블레이크와 함께 아사베트 강으로 땔나무를 구하러 갔던 11월 9일, 소로우는 일기에 이렇게 적었다. '강에 떠내려오는 작은 크기의 마개 달린 돌항아리를 발견했다. 마개를 뽑았더니 예상했던 대로 당밀과 럼주를 섞은 음료 냄새가 났다. 아마도 건초 만드는 일꾼의 항아리가 풀밭에 놓여 있다가 최근에 불어난 강물에 떠내려온 듯하다. 함께 발견한 흰색 물주전자와 더불어 집에 가져다가 꽃을 꽂아 둘 생각이다. 나는 필요한 물건들을 이런 식으로 구한다.'). 어느 누가 분명히 말해 줄 수 있을까요? 그 강이 어디로부터 흘러와 어디로 흘러가는지. 흐르는 모든 것은 더 높은 곳으로부터 오는 것일까요? 많은 것들이 인간을 풍요롭게 하는 강물에 실려 아래쪽으로 떠갑니다. 만일 당신이 활짝 깨어 하루를 온전히 살 수 있다면, 매일 매일 그럴 수만 있다면! 그러면 밤은 낮만큼 오래 머물 것입니다(소로우는 밤시간에 강을 따라 여행하는 것으로 유명했다. 그는 뱃전에 설치한 철판 위에 작은 모닥불을 피우곤 했다. 그러면 밤의 수면에 그 불꽃이 비쳤다).

　당신은 그런 식으로 당신의 빵을 굽는 데 필요한 충분한 나무를 구할 수 있다고 생각하지 않나요? 혹시 지금까지 당신은 다른 종류의 달콤한 빵, 세상의 빵나무에 이미 구워져 매달려 있는 빵을 따먹지 않았나요?

　당신이 이곳에 와서 도와주었더라면 좋았을 뻔했습니다. 지난 11월 27일 노를 저어 아사베트 강을 거슬러오르다가 물속

깊이 가라앉아 있는 커다란 소나무 원목을 발견했습니다. 나는 힘겹게 그 나무를 보트에 실었습니다. 그것을 가지고 집까지 부드럽게 떠내려오면서, 문득 왜 이 원목이 내 눈에 띈 걸까, 하는 생각을 했습니다. 그건 바로 겨울에 보트를 굴릴 바퀴가 되기 위해서였습니다. 나는 원목 끝부분을 톱질해 두꺼운 굴림대 두 개를 잘라냈습니다. 그리고 구멍을 뚫어 바퀴를 만들었습니다. 거기에다 지난 여름 강에서 주운 들보를 달아 굴대를 만들고, 그 위에 보트를 얹어 굴러가게 했습니다.

메리 에머슨 아주머니(매우 영적인 인물이었던, 에머슨의 고모)가 여기에 있습니다. 그녀는 지금 여든 남짓한 나이지만 콩코드에서 가장 젊습니다. 그녀는 진심에서 우러나오는 생각을 가장 잘 이해하는 사람이자, 다른 사람의 내면을 알기 위해 애쓰는 사람입니다. 게다가 재치 넘치는 분입니다. 그녀가 어렸을 때 사람들이 그녀를 보고 꼭 애늙은이 같다고 했다는군요. 그때 이후로 전혀 나이를 먹지 않았다고 합니다. 당신이 그녀를 만나게 되길 바랍니다.

내 책들은 11월 30일이 돼서야 도착했습니다. 그동안 강에 떠내려오는 널빤지들을 주워 미리 만들어 둔 책꽂이에 그 책들을 정리해 두었습니다. 아직 새 책들을 깊이 들여다보지는 않았습니다. 그중 한 권은 대단히 화려한 장정이더군요. 영어, 프랑스 어, 라틴 어, 그리스 어, 그리고 산스크리트 어로 된 책들입니다. 나는 아직 신이 보낸 이 선물의 의미를 아직 잘 모르고 있습니다.

이만 작별을 고합니다. 당신에게 밝은 꿈들을 선사합니다.

헨리 데이빗 소로우

물고기 비늘처럼 정교한 월든 호수의 물결

소로우의 전기 작가 월터 하딩에 따르면 1855년 영국인 친구 촐몽델리가 크림 전쟁에 징집되어 떠나면서 우정의 표시로 동양 고전 44권을 몇 개의 상자에 담아 소로우에게 배편으로 부쳤다. 이 속에는 인도 문학과 역사 비평서들을 포함해 고대 인도의 경전들인 리그 베다, 만두카 우파니샤드, 비시누 푸라나, 마누 법전, 상키아 카리카, 바가바드 기타, 사쿤탈라, 바가비타 푸라나 등이 포함되어 있었다. 소포가 항구에 도착했다는 소식을 듣고, 소로우는 그동안 주워 모아 둔 콩코드 강에 떠내려오는 나무들로 특별한 책꽂이를 만들었다. 그리고 촐몽델리에게 즉시 감사 편지를 썼다.

'기대와 열망에 찬 눈으로 바닥에 쌓인 나의 보물들을 낱낱이 살펴보고, 인도의 사상과 시들을 대충 코로 들이마시면서, 다른 책들보다 더 눈에 띄는 화려한 장정의 책들을 앞으로 꺼내 펼쳐 보곤 했습니다……. 미리 만들어 둔 책꽂이에 책들을 정리해 꽂은 뒤 밤늦게야 잠자리에 들면서, 이 모든 일이 다 꿈만 같았습니다. 실제로 내가 오랫동안 꿈꾸어 오던 일이 실현된 것입니다. 아침에 눈을 떠서도 책꽂이에 꽂힌 화사한 책등들을 들여다보기 전까지는 현실이란 확신이 들지 않았습니다.'

소로우는 그 답례로 에머슨의 시집과 〈월든〉, 월트 휘트먼 시집 〈풀잎〉 초판본 등을 촐몽델리에게 보냈다. 그리고 친구 릭케슨에게 이 '왕실의 선물'에 대해 자랑하는 편지를 쓰면서 '갓난아이가 탄생했다는 소식을 알리듯 감격적으로 이 얘기를 전한다'고 썼다.

소로우는 동양 사상에 대해 깊은 관심을 갖고 있었고, 꾸준히 그 번역본들을 수집했다. 그런 종류의 서적에 관한 한 그가 당시의 미국에서 최고의 도서관을 갖고 있었다고 할 정도였다. 오늘날에는 그런 책들이 홍수를 이루고 있지만, 영어로 출판된 불교나 힌두교 문헌들이 매우 드물었던 그 시대를 감안하면 동양 사상에 대한 그의 애정은 실로 큰 것이었다. 그는 동양의 철학과 비교해 볼 때 현대 유럽은 아무것도 낳은 것이 없다고 말할 정도였다. 〈바가바드 기타〉에 담긴 광활한 철학과 비교하면 심지어 셰익스피어는 때로 미숙하고 다만 세속적인 것으로 보일 뿐이라고.

"아침에 나는 〈바가바드 기타〉의 어마어마한 우주 생성 철학 속에 나의 지성을 목욕시킨다. 그것이 씌어진 이후로 수많은 신들의 세계가 지나갔지만 그 책에 비교해 볼 때 현대의 문학은 시시하고 보잘 것없는 것에 불과하다. 나는 읽던 책을 내려놓고 샘으로 물을 길러 간다. 보라, 거기에서 나는 베다 경전을 읽으면서 갠지스 강가 자신의 사원에 앉아 있거나 빵부스러기와 물병만을 가지고 나무 밑에서 살고 있는, 브라흐마 신과 비시누 신과 인드라 신의 사제인 어느 바라문 승려의 종을 만난다. 나는 자신의 주인을 위해 물을 길러 온 그 종과 만나고, 우리의 물동이는 같은 샘 안에서 숙명적으로 부딪친다. 순수한 월든 호수의 물이 갠지스 강의 성스런 물과 섞이는 것이다."

소로우는 자신의 일기나 저서에 동양 고전들을 자주 인용하곤 했다. 심지어 그는 기독교의 성경처럼 동양 경전들에도 '성경'이라는 명칭을 붙여야 한다고 주장했다. 동양 경전의 가치와 우월성에 대한 그의 견해는 당시로서는 매우 혁신적인 것이었다. 한번은 그를 찾은 한 손님이 '성경'을 공부하고 있다고 말하자 소로우는 곧바로 질문을 던졌다.

"성경이라면, 어느 성경을 말씀하시는 건가요?"

그리고 이제 그만 고전 작품들을 잊자고 주장하는 이들에게는 다음과 같이 말했다.

"우리가 고전에 관심을 기울이고 그것을 충분히 이해할 수 있는 정도의 지성을 갖추게 될 때, 그때 가서 고전을 잊어도 늦지 않다. 베다 경전들, 조로아스터 교의 경전들이 기독교의 성경과 어우러져 바티칸 궁전 같은 곳을 채울 때, 인간은 비로소 천국에 오를 희망을 갖게 될 것이다."

이런 다양하고 깊이 있는 독서 체험은 그의 글들에 그대로 녹아들었으며, 현재 콩코드 도서관에 소로우의 자료들이 보관되어 있다. 이렇듯 소로우는 특정한 종교에 얽매임 없이 기독교뿐만 아니라 불교, 힌두교, 유교, 도교, 회교 등의 여러 가지 종교에 관심을 갖고 그 경전들을 공부해 자신의 저서에 인용하며 범신론적 입장을 보였다.

그는 말했다.

"나는 기독교와 비기독교를 구별하는 행위의 쓸모없고 불공정하고 철없는 편견과 무지를 개탄한다. 나는 브라흐마 신과 크리쉬나 신과 부처의 위대한 혼을 하느님만큼이나 좋아한다."

소로우의 이런 직설적 발언들은 콩코드 교회의 교적에서 그의 이름이 삭제되게 만들었다.

소로우가 죽음을 눈앞에 두고 있을 때 그를 찾아온 이모가 그에게 물었다.

"이제 하느님과 화해했는가?"

그러자 소로우는 미소 지으며 대답했다.

"나는 한 번도 그분과 다툰 적이 없는데요."

단풍 시럽 만드는 계절
〔1856년 3월 13일, 소로우가 블레이크에게〕

당신에게 편지를 쓸 때가 된 것 같습니다. 나는 이번 겨울 내내 어떤 강연 요청도 받지 못했습니다. 덕분에 금세 풍요로워지고 있습니다. 그건 지극히 당연한 일입니다. 강연회에 오는 사람들과 나 자신의 관계란 그런 것이니까요.

내게 큰 강연 요청이 들어온다면 나는 오히려 놀라고 경계하게 될 것입니다. 고백하건대, 심지어 누군가 개인적으로 나를 만나고 싶어할 때도 나는 몹시 경계하곤 합니다. 그런 만남은 분명 서로의 이질감만 확인하게 된다는 것을 나는 경험상 알고 있으니까요. 만나지 않았다면 그런 느낌을 가질 일은 전혀 없을텐데 말입니다.

당신이 제안한 산행을 함께 갈 수 있을 만큼 나의 체력이 회복되지는 않았지만, 가벼운 산책과 집안일은 할 수 있을 정도로 좋아졌습니다. 이렇게 말하면 부끄럽지만, 어쩌면 지금도 나는 콩코드 최고의 산책가일 겁니다. 전에 우리가 함께 걷고, 대화를 나누고, 배를 타러 다니며 얼마나 즐거운 시간을 보냈는지 기억하고 있습니다. 머지않아 다시 그런 시간을 갖게 되리라 믿습니다. 나무도 좀더 줍고. 봄이 오더라도 우리의 불을 지필 땔나무를 구해야 하니까요.

당신 말처럼 우리는 서로에게 상대적이 아닌 절대적 가치를 둡니다. 칭찬에 관해서 말하자면, 별들도 나를 찬미하고, 나도 별들을 찬미합니다. 별들과 나는 서로를 칭찬하는 공동체를 이루곤 합니다. 당신과도 그렇지 않은가요?

나는 오래전부터 당신을 알아왔습니다. 당신은 칭찬이든 비난이든 어떤 이야기라도 들어줄 수 있을 만큼 강하고 진지한 사람이 아닌가요? 당신이 대화의 중심 화제가 됐을 땐 자리를 지키고 있기가 힘든가요? 그럴 때 당신은 어디로 갈 건가요? 혹시 기도하러?

나는 스스로를 칭찬하는 연습을 해왔기 때문에 칭찬이 두렵지 않습니다. 나의 공덕에 대해서는 생각해 본 적도 없고, 그것과 관련해서 내가 보상 받을 자격이 있든 없든 나는 신경쓰지 않습니다. 칭찬의 소리가 들려와도 나는 들뜨거나 부풀어오르지 않고 그것을 남의 일처럼 받아들입니다. 나의 약한 다리에 그런 칭찬이 어울리는 걸까요? 아닙니다. 질릴 때까지 마음껏 칭찬하십시오.

신문을 보고 이제 설탕을 만드는 계절이 됐음을 알았습니다. 당단풍나무와 히코리 나무에게도 때가 온 것입니다. 수액을 담을 통과 옻칠을 한 물꼭지를 준비하고, 많은 주전자들을 마련해 놓으셨겠죠?

첫서리가 내리는 이른 아침에 당단풍나무에 칼집을 내보십시오. 알다시피 여름에는 수액이 나오지 않습니다. 수액이 웬만큼 모이면 양이 얼마가 되든 그대로 끓이십시오. 언젠가 호박 한 덩이에서 조그만 각설탕 하나를 만들어 냈는데 그걸로 충분했습니다. 그만큼의 설탕을 얻지 못한다고 해서 의미가 없는 것은 아니며 단맛이 덜 한 것도 아닙니다. 오히려 그것은 더없이 달콤하게 느껴질 겁니다.

당단풍나무에서 나오는 것이 설탕밖에 없나요? 사람을 만들어 내지는 않나요? 부지런한 농부는 내가 신문을 들여다보고 있는 이 3월이 가기 전에 자랑할 만큼 많은 양의 설탕을 얻게 되지 않을까요?

농부가 설탕을 만드는 동안 나는 나의 일을 하겠습니다. 왜냐하면 달콤함이란 내 안에 존재하는 것이며, 그것이 설탕이 될 때가 올 것입니다. 잎사귀나 나무에만 당분이 있는 것은 아닙니다. 그러고 보면 나는 당단풍나무 인간이 아닐까요?

봄이 당신 안에 흐르게 한 달콤한 수액을 끓여 내십시오. 시럽 단계에서 멈추지 말고 설탕이 될 때까지 끓이십시오. 비록 설탕 한 조각이 당신이 세상에 내놓는 전부일지라도, 그것은 당신의 정원에 있는 나무에서 나온 것이 아닌 당신의 땀구멍을 자극하는 새로운 삶으로부터 얻어진 것입니다. 즐거운 마음으로 즙 위의 찌꺼기를 걷어 내고 그것이 각설탕으로 자리잡아 굳는 것을 지켜보십시오. 그날을 기념일로 만들어 축하하십시오. 농부에게처럼 신이 당신에게 호의를 가질 것입니다.

농부에게 말하십시오. 거기 당신의 수확물이 있고, 여기 내 몫이 있다고. 나의 수확물이란 설탕을 달콤하게 만들어 주는 설탕이라고. 내 말에 귀를 기울이면, 당신의 모든 짐, 당신의 전생애가 달콤해질 것이라고.

방문객들이 물을 것입니다. 블레이크는 어디 있냐고. 그는 산속 설탕 만드는 야영지에 있습니다. 세상으로 하여금 기다리게 하십시오.

그러면 평범한 사람도, 위대한 사람도 당신을 축복할 것입니다. 그런 설탕은 모든 삶의 감미료의 기본이 되기 때문입니다. 조만간 우스터에 새로 문을 열게 될 〈블레이크 상점〉에 가면 사람들은 인생의 좌우명들이 함께 포장된 설탕을 구입할 수 있을 것입니다(당시 보스턴의 어느 사탕 회사에서 인생의 좌우명이 새겨진 사탕들을 팔았다).

다가오는 해에 사람들은 당단풍나무와 사탕수수 줄기의 달콤함만을 맛보게 될까요?

아스네붐스킷 산으로 걸어서 산행을 떠나고 싶군요. 사람의 마음을 끄는 그곳의 단순한 풍경들 속에 서 있고 싶습니다. 바위 아래 눈 쌓인 곳에서 모닥불도 지피고!

외부의 황량한 자연 환경은 산책자 내면의 부유함을 의미합니다. 그런 불꽃에 언 손을 녹일 수 있는 사람은 무한한 부를 알고 있는 것입니다.

헨리 데이빗 소로우

설탕 정도는 마을의 상점에서 싸게 살 수 있었음에도 소로우는 설탕을 직접 만들곤 했다. 단풍나무 숲을 다니며 나무 둥치에 칼집을 내어 그 수액을 모으는 일부터 시작해 그것을 끓여 설탕으로 만드는 과정까지, 그것은 꽤 많은 시간을 들여야만 하는 일이었다. 실용주의자였던 소로우의 아버지는 이것이 엄청난 시간 낭비라고 여겨 그런 일은 소로우의 연구 시간을 빼앗을 뿐이라고 질책했다.

소로우는 아버지에게 대답했다.

"이것 자체가 연구이고, 이 연구에 몰두하고 있다 보니 마치 대학에 다녀온 기분이었습니다."

누군가는 소로우의 글을 읽고, 그는 자연을 인간의 언어로 옮겨놓기 위해 태어났다고 말했다. 그리고 소로우 자신은 말한다. 작가는 모두 자연의 서기라고. 자신은 글쓰는 옥수수이며 잔디이며 대기라고. 소로우의 문학의 주제와 소재는 그의 삶만큼이나 소박하고 직접적인 것에서 비롯되었다.

"주제는 아무것도 아니다. 생활이 모든 것이다. 나에게 단순하고, 값싸고, 소박한 주제를 달라. 나는 평범한 것을 기술한다. 이것이 무엇보다도 매력적이고 진정한 시의 주제이다. 나에게 무명의 생활, 빈자와 천민의 오두막집, 세상의 평범한 나날들, 메마른 들판을 달라. 좋은 시는 단순하고 자연스러워서 어째서 모든 사람이 다 시인이 되지 못하는가 의아할 정도다. 시란 건강한 말에 다름 아니다. 멋진

시 구절들을 대하노라면 내가 겪은 평범한 일들을 그저 이 시인이 보고 듣고 느낀 대로 토로한 것이구나 하는 생각이 든다."

작가가 쓰는 문장은 오랜 경험의 결과이며 속표지에서 책 마지막 장에 이르기까지 책 속에는 저자의 인품이 속속들이 배어 있다. 이것은 저자 자신도 교정할 수 없다고 소로우는 말한다.

소로우는 또 보스턴 자연사 협회의 명예회원이자 통신원이기도 했다. 그러나 그 단체에서 소로우에게 자연사 연구 분야에 국한시켜 보고서를 작성해 달라고 요청할 때마다 소로우는 번번히 거절했다. 자신의 내적 정신과 관찰 사실들을 따로 분리해 내는 것은 불가능하다고 생각했기 때문이다. 한번은 사람들이 소로우에게 새를 연구하고 싶을 때에도 정말로 새에게 총을 겨누지 않느냐고 비웃듯 묻자, 소로우는 한마디로 대답했다.

"당신들을 연구하고 싶을 때는 꼭 당신들을 쏴야만 한단 말입니까?"

자연에서 얻을 수 있는 것은 무한하지만 그것을 흡수할 수 있는 능력은 사람마다 그것을 받아들이는 자세에 따라 차이가 생긴다. 소로우는 자연의 계절마다에서 완전한 삶을 누리기를 거듭 강조했다.

"각 계절이 지나가는 대로 그 계절 속에 살라. 그 계절 속의 공기를 숨쉬고, 그 계절의 과즙을 마시며, 그 계절의 과일을 맛보라. 그리고 그 계절의 영향력 속에 자신을 완전히 내맡기라. 그것들로 하여금 당신의 유일한 마실 것이 되고 약이 되도록 하라. 모든 바람을 맞으라. 땀구멍을 열고 자연의 모든 밀물과 썰물 속에서, 자연의 모든 강과 대양 속에서 먹을 감으라. 말라리아나 전염병은 사람의 내부에서 오는 것이지 외부에서 오는 것이 아니다. 일부러 건강해지려고 애 쓰지 않을수록 병들지 않는다. 인간은 이제 겨우 몇 가지 자연식품이 건강에 좋다는 사실을 발견했을 뿐이다. 그러나 자연 자체가 우리 몸 에 좋다는 것은 아직 깨닫지 못하고 있다."

사람들은 영혼의 양식보다는 육체를 위한 자양분이나 육체의 질 병에 더 많은 비용을 들인다고 소로우는 한탄한다. 자신의 영혼 속에 흐르는 단풍나무 수액을 더욱 풍요롭게 하는 것, 외부의 감미로움은 내면의 달콤함에서 비롯된다는 것을 소로우는 역설하고 있다.

"나는 삶이 아닌 것은 살지 않으려고 했으니, 삶은 그처럼 소중 한 것이다. 그리고 정말 불가피한 경우가 아니라면 함부로 인생을 체 념하고 싶지는 않았다. 나는 삶을 깊게 살기를, 삶의 모든 골수를 빼 먹기를 원했다. 또한 강인한 전사처럼 살기를 원했으며, 삶이 아닌 것은 모두 뒤집어엎기를 원했다. 숲을 폭넓게 잘라내고 잡초들을 베 어 내어 삶을 구석구석 들여다보고자 했다. 그 결과 만일 삶이라는 것이 보잘것없는 것으로 드러난다면 있는 그대로 적나라하게 세상에 알리며, 고귀한 것으로 판명된다면 그 고귀함을 스스로 체험해 그것 에 대한 진정한 보고서를 작성하기를 원했다."

만일 우리가 낮과 밤을 기쁨으로 맞이할 수 있다면,
우리의 삶에서 꽃이나 방향초처럼 향기가 난다면,
또한 우리의 삶이 좀더 탄력이 붙고, 좀더 별처럼 빛나고,
좀더 불멸에 가까워진다면, 그것만으로도 우리는 성공한 것이다.
바로 그 순간 자연 전체가 우리에게 축하를 보낼 것이며
우리 스스로도 매 순간 자신을 축복할 이유를 갖는다. - 〈월든〉

나의 재산은 소유가 아니라 향유
[1856년 11월 19일, 12월 6일과 7일, 소로우가 블레이크에게]

낮의 밝은 빛 아래서 지금 나는 기꺼운 마음으로 당신에게 편지를 씁니다. 당신에게 있는 그대로의 내 삶을 조금이나마 보여 주고, 그럼으로써 당신을 당신의 삶 속으로 불러오려 합니다. 당신이 살지 않았던 당신의 삶 속으로. 심지어 낮의 빛 아래서도.

블레이크! 블레이크! 깨어 있나요? 이 눈부신 아침을 느끼고 있나요? 삶과 참다운 지식을 얻을 오랫동안 기다려 온 기회가, 두 번 다시 되풀이되지 않을 기회가 당신에게 주어진 것이 보이나요.

나 역시 깨어나려고 노력하는 중입니다. 땀구멍에서 선잠을 털어 내려고 합니다. 왜냐하면 나는 대체로 울타리의 나무 기둥처럼 매사를 초연하게 받아들이기 때문입니다. 그렇게 물기와 차가움을 흡수하고 서서 나를 간질이며 천천히 번져가는 이끼를 즐겁게 받아들입니다. 25년 동안 나무 기둥으로 박혀 살면서 만족할 수 있을까요? 그 기둥을 세운 농부나 그 농부에게 설교하는 사람이 되는 것보다 나은 걸까요? 그리고 죽어서 기둥의 천국으로 가는 걸까요? 그것도 나쁘지 않을 겁니다. 하지만 살아 있는 나무로 자라나고 잎과 꽃을 피우고 열매를 맺는 것도 좋을 것입니다.

나 자신의 존재와 내가 가진 것들에 고마움을 느낍니다. 매일 매일이 나의 추수 감사절입니다. 확실한 것도 없이, 단지 존재하고 있다는 느낌만으로 이렇게 충만할 수 있다는 것이 놀라울 따름입니다.

어떤 것이든 자기 자신으로부터 다양하게 분출해 내십시오. 나는 앞으로 천 년 동안 넘쳐흘러 밑바닥까지 모두 분출해 낼 준비가 돼 있습니다. 생각만 해도 얼마나 설레는 일인가요! 나의 수족은 새카맣게 타버렸고 정신도 역시 타버려서, 이제 당분간은 벌레 먹거나 썩을 염려는 없습니다. 내가 들이쉬는 숨이 내게는 감미롭습니다. 내가 가진 재산은 무한합니다. 그것을 생각하면 자꾸만 미소가 지어집니다. 내 은행 잔고는 아무리 꺼내 써도 다 쓸 수가 없습니다. 나의 재산은 소유가 아닌 향유이기 때문입니다.

당신은 요즘의 나날들을 무엇으로 채우고 있나요? 이제 또다시 겨울이 오고 있습니다. 이번 겨울은 지난겨울과 같은가요? 가난한 자들을 모두 만족시킬 수는 없을까요? 겨울에 쓸 장작들은 들여놓았나요? 그리고 또 겨울을 나기 위해 어떤 준비를 했나요? 무엇으로 벽난로에 커다란 불을 지필 것이며, 또 무엇으로 당신의 가슴에 작지만 강렬한 불을 지필 건가요? 당신에게 주어진 행복과 불행. 지난여름 뜨거운 태양의 대가와 그 비싼 수업료를 지불할 확실한 준비가 되어 있나요?

시간은 천리마보다 더 빠르게 지나가지 않던가요?(12월 6일에 씀)

지지난 주 토요일에 나는 뉴욕에서 북쪽으로 60킬로미터 떨어져 있는 어느 농장에 초대 받아 갔습니다. 그리고 그 다음 날 아침에는 월트 휘트먼(미국을 대표하는 시인. 〈풀잎〉의 저자)을 처음 만났습니다. 매우 흥미롭고 인상적인 만남이었습니다. 휘트먼은 분명 세계적으로 위대한 시인입니다. 그는 거칠지만 강인한 성격과 부드러운 인품을 지녔으며, 사람들이 그를 무척 따르는 걸 볼 수 있었습니다. 비록 겉모습은 투박하고, 독특하며, 피부는 불그스레하지만, 그는 기본적으로 기품 있는 사람입니다.

나는 여전히 그에 대해 약간 당혹스럽습니다. 그는 내게 본질적으로 뭔가 낯선 느낌을 줍니다. 나는 그의 시각에 놀랐습니다. 그는 세상을 보는 눈이 매우 넓지만, 예리하지는 않습니다. 그는 내가 자신을 잘못 이해하고 있다고 하더군요. 나 자신은 별로 잘 모르겠지만. 그는 하루 종일 마차를 타고 브로드웨이를 왔다갔다하는 걸 좋아한다고 말했습니다. 마부 옆자리에 앉아서 바퀴 구르는 소리를 들으며 때때로 제스처를 곁들이면서 커다란 목소리로 시를 읊곤 한답니다. 휘트먼은 오랫동안 신문의 편집자이며 작가였습니다. 지금은 특정한 직업이 없이

오전에는 책을 읽거나 글을 쓰고 오후에는 산책을 합니다.(11월 19일에 씀)

월트 휘트먼이 요즘 가장 내 관심을 끄는 사람입니다. 그가 내게 준 개정판 시집 〈풀잎〉을 이제 막 읽었고, 내게 있어 그 어떤 책보다 오랫동안 좋은 책으로 남아 있을 것 같습니다. 〈나 자신의 노래〉가 가장 마음에 듭니다. 이 시집에는 내 마음에 들지 않는 시들이 두세 편이 있습니다. 그것들은 단순히 관능적인 시들에 불과합니다. 그는 사랑을 전혀 찬양하지 않고, 마치 동물들이 말하는 것처럼 말합니다. 남자들은 부끄러워할 줄 모르는 동물입니다. 부끄러운 행동들을 얼굴 하나 붉히지 않고 떠벌리는 장소들은 언제나 있어 왔으며, 그런 곳에 모인 사람들과 경쟁하듯 얘기하는 것은 전혀 득이 되지 않습니다.

하지만 그 점에 있어서도 휘트먼은 내가 아는 어떤 미국인이나 현대인보다도 더 많은 진실을 말합니다. 내게는 그의 시가 힘차게 느껴집니다. 정작 읽어보면 보기보다 덜 관능적일지도 모르지만, 그런 부분들이 들어가지 말아야 한다고는 생각하지 않습니다. 사람들이 워낙 순진해서 그 글을 읽고도 아무렇지도 않을 테니까요. 다시 말해 그들은 시를 이해하지도 못할 겁니다.

여러 가지를 감안하더라도 그의 시는 내게 매우 용기 있는 자의 목소리로 들립니다. 나는 지금까지 이 땅에서 행해진 소위 설교라는 것들을 모두 합친다 해도 그의 시보다 못하리라고 생각합니다.

우리는 그의 시를 즐겨야 합니다. 그는 종종 인간 이상의 어떤 것을 보여 줍니다. 그는 뉴욕이나 브루클린에 사는 다른 족속들과는 전혀 다릅니다. 그들이 그의 시를 읽으면 몸을 떨 것이 분명합니다. 그는 진실로 훌륭하니까요.

분명 나는 종종 그에게 약간의 위압감을 느낍니다. 따뜻한 가슴과 넓은 보편성으로 그는 나를 자유로운 마음의 창가로 데려갑니다. 나는 그 창을 통해 경이로움과 만납니다. 말하자면 그는 나를 언덕 위나 평원 한가운데 세워 놓고 내게 영감을 불어넣은 뒤, 수천 개의 벽돌 안에 던져 넣습니다. 거칠고 때로는 난해하지만, 야성의 목소리를 지닌 위대한 시입니다. 미국인들의 야영 캠프에 울려 퍼지는 경종의 트럼펫 소리입니다. 내가 그에게 동양 고전을 읽어 보았느냐고 묻자, 그는 "아니오, 하지만 난 그것들에 대해 알고 싶습니다. 그것들에 대해 내게 이야기해 주십시오." 하고 대답했습니다. 그런 대답을 들으니, 그는 이미 동양의 현자나 다름없었습니다.

다른 두 사람이 같이 있어서 나는 그와 깊은 대화를 나누지 못했습니다. 내가 그에게 했던 말 중 기억나는 것은, 그를 미국을 대표하는 사람으로 여기고 나는 미국과 미국 정치에 대해 별로 관심이 없다고 말한 것입니다. 그것이 그에게는 다소 생트집으로 들렸을지도 모르겠습니다.

그를 만난 이후로, 나는 그의 책에서 어떠한 과장이나 이기심도 느낄 수가 없었습니다. 그는 충분히 자부심을 가질 만한

사람이며, 허풍이나 과장 같은 건 없다는 걸 알게 됐습니다. 위
대한 인물입니다.(12월 7일 씀)

헨리 데이빗 소로우

얼음 위 물속을 헤엄치는 독특한 모양의 벌레들

소로우와 시인 월트 휘트먼의 만남은 1857년 11월 뉴욕 브루클린에
서 이루어졌다. 미국 문학계의 두 거인의 만남은 분명 획기적인 사건
이었다. 소로우와 휘트먼은 단 한 번 만났을 뿐이었고 서로의 성격,
사상, 행동 양식에 큰 차이가 있었음에도 불구하고 서로를 극찬했다.
소로우는 휘트먼에게 솔직하게 말했다.

"당신은 내가 갖지 못한 부분을 갖고 있습니다. 내게도 부족한
면이 있습니다. 하지만 난 당신과 반대되는 생각도 갖고 있습니다."

휘트먼은 이 말을 인상적으로 기억하면서 훗날 소로우에 대해
이렇게 말했다.

"소로우, 그는 놀라운 친구다. 쉽게 파악되지 않고 종잡을 수 없
다. 하지만 천부적으로 강인함을 지닌 사람이다. 운동, 변화, 진리를
대표한다. 소로우는 초월주의자이고, 반항인이다. 그에 관한 한 가지
사실이 나로 하여금 그에게 친근함을 느끼게 한다. 그것은 절대로 굴
하지 않는 그의 정신이 그를 고독한 길로 가게 했다는 점이다."

많은 이들이 소로우가 늘 고독하게 홀로 지낸 것으로 생각하고 있지만 사실은 그렇지 않았다. 그는 월든 숲에서의 생활을 이렇게 단적으로 표현한 적이 있다.

"나의 오두막에는 의자가 세 개 있는데 하나는 고독을 위한 의자, 하나는 우정을 위한 의자, 나머지 하나는 친교를 위한 의자이다."

오히려 월든의 오두막을 은둔처로 삼고 있을 때 그는 생애 어느 시기보다도 많은 방문객들을 맞이했다. 소로우의 은거에 대한 소문이 사람들을 그의 오두막으로 이끌었고, 방문객들 중에서도 자연과 같이 건강하고 싱싱한 날 것의 삶을 사는 사람들에게 그는 많은 호기심을 보였다. 소로우의 친구 채닝은 말한다.

"강하고 질박한 서민들을 음미하는 것은 그의 커다란 즐거움 중 하나였다."

소로우는 아이들이나 철로의 인부들, 장작 패는 사람, 어부나 사냥꾼은 물론, 빈민구제소에서 온 머리가 좀 모자란 사람들처럼 그저 구경이나 하러 온 방문객들에게도 따뜻한 환영과 우정을 보여 주었다. 그러나 잡담거리나 찾는 엉터리 사회 개혁가들, 위선적인 자선가들, 다시 일을 시작하기 위해 일부러 점점 더 멀리 떨어져서 말하는데도 자기들의 방문이 끝난 줄 모르는 사람들의 경우만은 예외였다.

소로우 스스로도 그 어느 다른 곳에서보다 월든 숲의 방문객들과 더 호의적인 환경에서 만났다고 회고한다. 당시 소로우의 오두막을 방문했던 사람은 소로우가 자신의 손님들을 맞이하는 모습을 다음과 같이 묘사했다.

"그의 손님 접대 방법은 특이했고, 때와 장소에 따라 달랐다. 요리 도구들은 원시적이었고, 땅에 구멍을 파고 돌을 올려놓은 다음 불을 지피는 것으로 화덕의 역할을 대신했다. 마치 바닷가에서 대합을 구워 내듯 요리했다. 우리의 메뉴는 메기와 옥수수, 빵, 콩, 소금 등이었다."

그를 사람과의 교제를 싫어하는 염세주의자라고 생각하는 것은 은둔 생활의 단면만을 봤기 때문이다. 소로우는 사람과의 교제에 대한 가치, 그리고 한편으론 그 무의미함을 알고 있었다.

"대부분의 사람들과 마찬가지로 나도 친교를 즐기며, 진정한 열정을 지닌 사람들을 만나면 한참 동안은 찰거머리처럼 달라붙어 떨어질 줄을 모른다. 나는 타고난 은둔자는 아니다."

하지만 그는 사람을 만나는 일이 순록이나 큰사슴을 만나는 것만큼 즐겁지 않았으며, 그것은 사람과의 만남에서 발생하는 의도적인 예절, 습관적인 만남에 대한 염증에서 비롯한다. 그는 '사람들은 너무 서둘러 자연의 젖을 떼고 사회와 문화 속으로 들어간다. 그리고 오로지 인간들하고만 관계를 맺는다'고 어디선가 썼다.

소로우는 자신이 기피하는 인간관계, 싸구려 사교에 대해 이렇게 말한다.

"대체로 사람들의 사교는 너무 값싸다. 너무 자주 만나기 때문에 각자 새로운 가치를 얻을 시간적 여유가 없다. 우리는 하루 세 끼 식사 때마다 만나서, 우리 자신이라는 저 곰팡이 냄새나는 치즈를 서로에게 맛보인다. 그리고 이처럼 자주 만나는 일이 견딜 수 없게 되어 서로 치고받는 싸움이 벌어지지 않도록 소위 예의범절이라는 일정한 규칙을 정해 놓지 않으면 안 되었다. 우리는 우체국에서 만나는

가 하면 친목회에서 만나고, 매일 밤 난롯가에서 또 만난다. 우리는 너무 얽혀 살고 있어서 서로의 길을 막기도 하고 서로에게 걸려 넘어지기도 한다. 그 결과 우리는 서로에 대한 존경심을 잃어버렸다. 분명 자주 만나지 않는 것이 오히려 모든 중요하고 가슴을 터놓은 대화에 도움이 될 것이다.”

소로우는 여러 사람들 틈에 끼어 벨벳 방석에 앉느니 차라리 호박 하나를 차치해 앉을 것이라고, 호화 유람 열차를 타고 가는 내내 유독한 공기를 마시며 천국에 가느니 차라리 소달구에 올라타 신선한 공기를 마시며 땅 위를 걸을 것이라고 말한다. 또한 그는 바랐다. 아름다운 정원과 습지 중 단연코 습지에서 살기를, 위선을 떨며 격식을 차려야 하는 객실보다는 차라리 진실하고 격렬한 삶만이 있는 전쟁터에서 살기를.

편지20
고독과 무명인의 삶
〔1856년 12월 31일, 소로우가 블레이크에게〕

올해 우스터로 강연하러 가는 것은 내게 그다지 의미가 없다고 생각합니다. 불행한 일이겠지만 내가 좀더 준비가 될 때까지 기다리는 것이 좋을 듯합니다. 강연 원고가 아직 제대로 된 형태를 갖추지 못했습니다. 차라리 전에 당신의 청중들에게 강연했던 것 중에서 가장 나은 원고를 찾아 다시 읽어야 할지도 모르겠습니다.

추웠던 지난 화요일 저녁, 뉴햄프셔 주 애머스트에서 '산책 또는 야생'이라는 제목의 강연을 했고, 2월 3일에는 피츠버그에서 또 다른 강연이 있습니다. 나는 마치 강연이라는 주인에게 고용된 사람 같군요. 이것이 내가 최근에 할 수 있는 강연의 전부일 것입니다.

어중이떠중이 군중 앞에서 강연을 하는 것은 평소보다 몇 배나 더 힘이 듭니다. 그것은 나의 겸손함에도 돌이킬 수 없는 상처를 입힙니다. 나는 더없이 무감각해져 버립니다.

고독! 무명인의 삶! 가난함! 내 이웃들의 눈에 전혀 성공하지 못한 사람으로 비칠 때만큼 내 자신이 성취감을 느낄 때도 없습니다. 하룻밤 강연료로 50달러를 받습니다. 하지만 이 겨울은 또 어떻게 될까요? 5만 달러를 갖고 있다고 해서 이 세상을 살아가는 데 무슨 마음의 위안이 될 수 있을까요? 나는 내 삶의 무엇도 돈과 바꾸지 않을 것입니다.

당신은 어쩌면 이런 것들이 좋은 기회가 없어서 강연을 하지 못하는 것에 대한 변명에 불과하다고 생각할지 모릅니다. 그런지도 모르지요. 나는 마른 나뭇잎에 대해 강연할 수도 있습니다. 하지만 누가 들으려 할까요?

만일 많은 청중 앞에서 그런 강의를 한다면 그들에게는 별 도움이 되지 않을 것이고, 내게도 큰 손실입니다. 바삭거리는 나뭇잎 친구들에게 무례한 발언이었나 봅니다.

현재 나는 강연 대신 측량 작업을 하고 있습니다.

헨리 데이빗 소로우

호수의 얼음에 난 구멍 주위의 무늬가 꽃 같다

소로우는 세상이 정해 준 대로 살지 않는 반항적 기질을 가지고 있었다. 하버드 대학이 학칙을 내세워 학생들에게 검은 코트만을 입을 것을 강요하자 소로우는 학교 안에서만큼은 녹색 코트를 입었다. 그는 사람들이 비판 의식 없이 편견에 가득 찬 채 한 길로 향하는 것에 염증을 느끼며 특정한 종교와 철학에 자신의 마음을 쏟지 않았다.

소로우는 한 사람의 인생을 특징짓는 것은 천성에 대한 순종이 아니라 반항이라고 말한다. 그는 겉으로는 순종하면서 안으로는 자신만의 삶을 사는 것은 올바른 삶의 방식이 아니라고 생각했다. 사회의 목소리를 좇아 분별없이 자신의 좁은 길을 뒤로 한 채, 사람들이 많다는 이유만으로 큰 길로 향하는 사람들에게 소로우는 충고한다. 자신의 길을 가라고. 그것이 진정한 성공이라고.

"아무리 좁고 구불구불할지라도 그 길이 그대가 애정과 존경심을 갖고 있는 길이라면 그대로 그 길을 따라 걸으라. 비록 큰 길 위에 서 있는 여행자라 할지라도, 그의 눈에 보이는 길이 울타리 사이로 난 좁고 험한 길이라면, 그 길을 추구해 나가라. 사람이란 결국 자신만의 좁은 길을 가는 것이다."

소로우는 자신의 삶에서 떠맡을 유일한 책무는 어떤 상황에서든 스스로 옳다고 생각하는 일을 하는 것이라고 말했다.

"기쁨과 슬픔, 성공과 실패, 화려함과 초라함, 그리고 그 밖의 대부분의 단어들이 내게는 내 이웃 사람들이 느끼는 것과는 전혀 다른 의미를 갖는다. 이웃 사람들이 나를 불쌍하게 보고 있다는 것을 안다. 또한 내가 천하고 불운한 운명 탓에 산과 숲을 떠돌아다니고, 홀로 강을 항해한다고 생각하는 사람들도 있다는 사실을. 하지만 내가 실로 이곳에서 단 하나뿐인 이상향을 갖고 있는 한, 나의 선택에 주저함이 있을 수 없다."

한번은 소로우의 집에서 키우던 돼지가 울타리를 넘어 도망친 사건이 일어났다. 식구들과 마을 사람들까지 그 돼지를 잡아들이느라 하루를 다 써버린 뒤, 소로우는 그날의 일기에 이렇게 적었다.

"녀석의 고집이나 내 고집이나 사실은 피장파장이다. 돼지의 끈질긴 독립심에는 차라리 존경심이 느껴진다. 놈은 무엇보다 자기 자신이기를 고집하고 있다. 내가 나 자신이든 아니든 말이다. 돼지가 내 뜻에 저항한다고 해서 분별을 모르는 동물이라고 할 수는 없다. 오히려 분별력이 더 깊다고 해야 할 것이다. 그는 강한 의지를 갖고 있으며, 자신의 의견에 확신을 갖고 있다."

소로우는 자신의 독자들에게 어떠한 삶의 틀을 제시하려 하지 않았다. 그 스스로도 누군가가 살아 본 인생, 시도해 본 실험은 아무 쓸모가 없다고 말했듯이 개개의 인간들에게 존재하는 그들 나름의 삶의 방식을 인정했다. 단지 그는 말했다.

"남들과 똑같은 것을 추구하는 데 열중하지 말라. 당신 말곤 아무도 할 수 없는 것을 하라. 그 밖의 것은 과감히 버리라."

한번은 한 젊은이가 소로우를 찾아와 말했다.

"저는 얼마간의 땅을 유산으로 물려받았습니다. 이 땅을 바탕으로 당신과 같은 삶을 살고 싶습니다."

그러자 소로우는 그 젊은이에게 대답했다.

"나는 남이 내 생활양식을 그대로 따르길 바라지 않는다. 당신이 내 생활양식을 제대로 배우기도 전에 나는 또 다른 나만의 생활양식을 찾아낼지도 모른다. 또한, 나는 이 세상에 될 수 있는 한 다양한 인간들이 존재하기를 바란다. 모든 사람들은 각자가 자기 자신의 고유한 길을 조심스럽게 찾아내어 그 길을 가야 한다."

인디언 세계로의 여행

〔1857년 8월 18일, 소로우가 블레이크에게〕

당신에게는 몰두할 대상이 필요한 것 같습니다. 구체적으로 그 대상이 무엇인지는 그다지 중요하지 않습니다. 다만 마음이 진실하게 원하는 것이면 됩니다. 당신만의 중요한 방향을 잡아나가는 데 도움이 될 것입니다. 비록 목적지를 향하고 있지는 않더라도, 배가 바위와 모래톱 위를 하릴없이 표류하지 않고, 앞으로 나아가게 하는 힘이 반드시 있다는 것을 당신은 알고 있을 겁니다. 아예 그런 목적으로 항해를 하는 배도 있습니다. 예를 들면 학자와 과학자들의 거대한 함대가 그렇습니다. 그 배들은 암초에 걸리지 않기 위해 언제나 해안을 들락거리다가 결국은 적당한 항구에 도착합니다.

우리가 함께 가려고 했던 메인 주로의 여행 일정을 내가 그다지 달가워하지 않았다는 것을 당신도 알아차렸을 것입니다. 생각할수록 경솔한 계획이었습니다. 비록 당신에게 함께 가자고 하지는 않더라도 떠나기 전에 편지를 써야겠다는 생각은 하고 있었지만, 결국 갑작스레 떠나게 됐습니다. 만일 편지를 썼다면 지극히 형식적인 편지가 됐을 겁니다. 사업을 하는 것도 아닌데 말입니다.

이제 돌아와 생각해 보니, 매우 의미 있는 여행이었습니다. 무엇보다 인디언 지성인을 만난 것이 뜻깊었습니다. 함께 동행 했던 친구 역시 질퍽거리고 험한 운송로를 따라 무거운 짐을 운반하느라 상당히 고생을 했지만 여행에 대해 같은 평가를 하 더군요. 한번은 물이 무릎까지 차오르고, 우리 키보다도 높은 나무들이 쓰러져 있는 늪지를 8킬로미터나 걸어간 적도 있습니다. 친구는 자신의 짐을 한꺼번에 들고 나르는 것이 너무 버거 워 세 번이나 넘어졌습니다. 그래서 그는 산에 오를 수 없었습니다. 그중 최고는 폭우가 쏟아지는 밤이었습니다. 덕분에 모기떼로부터 한숨 돌릴 수 있었습니다. 충분히 상상이 가는 일들이지만 당신을 초대하지 않았기 때문에 이런 설명을 하는 것입니다. 돌아와서는, 나의 경계선이 확장되어 세상이 여느 때 처럼 작고 얕은 것이 아니라 어떤 부분에서는 더 크게 보인다고 스스로 우쭐해 합니다.

인디언이 살고 있는 새로운 세상으로 떠난 짧은 여행이었 습니다. 그들은 우리가 버린 땅에서 시작합니다. 인간의 새로 운 재능을 알아내는 것은 의미 있는 일이며, 우리를 감탄하게 만드는 것은 무엇이든 우리의 존재를 확장시킵니다. 인디언은 훨씬 더 신성합니다. 인디언은 숲 속에서의 삶을 멋지게 발견 해 내며, 백인에게서는 찾아볼 수 없는 지성을 지니고 있습니다. 그들을 지켜보는 동안 나의 포용력과 믿음이 커지는 걸 느껍니다. 내가 알지 못했던 경로를 통해 인간의 지성이 흐르고 있음을 발견하고 기뻤습니다. 예전에는 야만적으로 보이던 부분들도 다시 보게 되었습니다.

자신이 오랫동안 간직해 온 믿음이 변치 않았다는 것을 발견하는 것은 큰 기쁨입니다. 본질적인 것들에 있어서는 나는 마음이 바뀐 적이 없습니다. 세상의 모습은 눈앞의 풍경이 옷을 바꿔 입듯 해마다 변화하지만, 진실은 여전히 진실임을 나는 발견합니다. 그 점에 대해서는 아무리 강조해도 지나치지 않습니다. 산은 여전히 거기 있지만, 내 오랜 확신은 훨씬 더 굳건하게 그곳에 자리잡고 있습니다. 산보다 더 넓고 묵직하게 세상 위에 서 있습니다. 그 근원에서는 여전히 풍부한 물이 흘러나오고, 정상은 눈부신 전망을 펼쳐 보입니다. 언제나 변함없이 평원 위에 서 있는 산처럼, 내가 품어 온 생각들은 나의 성숙한 눈앞에, 또는 조금 멀리에 무리지어 서 있습니다. 그 산의 영원한 젖꼭지들로부터 우리는 삶의 모유를 공급 받습니다.

헨리 데이빗 소로우

월든 호수 주변에서 발견한 인디언 돌화살촉

〈메인 숲〉3장에서 자세히 설명하고 있는 18일간의 이 여행에서 소로우는 페놉스코트 족 인디언 조 폴리스 추장을 만나 깊은 감명을 받았다. 이 만남으로 인디언에 대한 존경심이 한층 깊어졌다. 43세 때는 한 해의 대부분을 인디언에 관한 책 집필에 필요한 자료를 모으는 데 바쳤지만, 건강 악화로 계획된 책은 쓰지 못했다.

동양의 경전만큼 소로우의 마음을 사로잡은 것은 아메리카 원주민이었다. 자연의 순수함과 건강함 속에서 자유롭게 살았던 인디언이야말로 소로우가 찾던 이상적인 모델이었다. 그는 예수회 선교사들과 초기 뉴잉글랜드 지방의 연대기 작가들, 그리고 다양한 출처를 통해 인디언에 대한 자료를 모았으며 그가 읽은 인디언 서적의 목록만으로도 몇 권의 노트를 채웠다.

인디언들의 터전이었던 콩코드에는 그들이 사용하던 화살촉이나 토기, 석기들이 출토되었고, 소로우는 그것들에 대한 애착이 강했다. 한번은 그의 친구가 물었다.

"도대체 자네는 인디언 화살촉을 어디서 찾아내는 건가?"

그러자 소로우는 땅바닥을 바라보며 대답했다.

"여기도 하나 있군."

소로우는 인디언의 언어와 문화를 배우기 위해 그들의 근거지였던 메인 숲을 자주 방문했으며, 인디언 친구들과 스스럼없는 우정을 쌓았다. 이 편지글에 등장하듯이 소로우는 콩코드 법관의 아들 에드워드 호어와 함께 인디언 안내자 조 폴리스를 앞세우고 메인 숲을 여행했는데, 훗날 에드워드는 이렇게 회상했다.

"소로우와 인디언이 탄 카누는 계곡의 바위와 급류들 사이에 위태롭게 떠 있었다. 그러자 인디언은 자신의 손에 있던 노를 소로우에게 맡겨 버리는 것이었다. 소로우는 민첩하고도 신중하게 노를 저었다. 인디언이 기꺼이 자신의 생명과 카누를 맡긴다는 것이 무엇을 의미하는지 아는가? 이 장면을 본 사람이라면 아무도 다시는 소로우의 용기와 인간성에 대해 의심하지 않을 것이다."

자연의 순리를 거스르지 않고, 필요한 것 이상의 욕심을 부리지 않으며, 대지에서 나는 모든 것을 나누어 쓰는 인디언들의 방식에 소로우는 깊은 관심과 애정을 가졌다. 백인 역사가들이 인디언 원주민들에 대해 본질적인 탐구 없이 낮은 평가를 내리는 것에 소로우는 서슴없이 비판을 가했다.

"역사가들은 원주민들을 불쌍하고 하찮은 존재로 묘사한다. 너무 성급하게 인간성과 문화의 결여라는 결론을 내린다. 이런 말들은 대지를 더럽히고 훼손해 온 그들 스스로에게나 어울린다. 한낱 토착 동물이라고 해도 한없이 흥미로워하면서 하물며 이 대지의 토착민들에게 어떤 관심을 갖고 있는가. 나는 알고 싶다. 그들의 삶의 방식은 어떠했는지, 어떤 규범에 따라 생활했는지, 자연과는 어떤 관계를 맺고 있는지, 그들의 예술과 풍습, 그들이 간직한 환경과 미신은 어떠했는지, 바다와 숲에 얽힌 그들만의 환상과 믿음은 무엇이었는지."

소로우는 역사가들이란 총 대신 펜을 든 침략가들이며, 그들의 펜대는 인디언들에게 겨눈 총구와 마찬가지로 잔인무도한 도구라고 지적했다.

"인디언들 세계에서 대지와 거기서 나는 모든 것들은 공기와 물처럼 모든 부족이 자유롭게 쓸 수 있는 공동의 재산이었다. 그러나 인디언들을 밀어낸 우리 사회에서는, 기껏해야 작은 뜰이나, 마을 한

가운데의 공터, 그리고 그 옆의 묘지 따위나 공동으로 나눠 쓸 뿐이다. 도로에선 좁은 길이나 다닐 권리를 갖고 있을 뿐이고, 그것마저 점차 좁아지고 있다. 우리 문명인들이 자연을 관리하는 것은 바로 이런 식이다."

소로우는 어느 날 일기에 이렇게 썼다.

"창 밖의 사람들이 땅의 소유권을 가르기 위해 부지런히 말뚝을 박는 모습을 나는 흥미롭게 지켜본다. 하느님도 땅 여기저기에 서 있는 작은 울타리들을 보고 웃고 계실 게 분명하다."

소로우는 또 자신을 인디언에 빗대며 이렇게 썼다.

"나는 푸리 족 인디언처럼 살았다. 그들은 어제와 오늘과 내일을 나타낼 때 같은 단어를 사용한다. 그래서 어제를 의미할 때는 자신의 등 뒤를 가리키고, 내일은 앞쪽을, 오늘은 머리 위를 가리켜 보인다. 마을 사람들 눈에는 나의 이런 생활이 의심할 여지 없이 완전히 게으른 생활로 비쳤다. 하지만 만일 새와 꽃들이 자기들의 기준으로 나를 판단했다면, 나는 조금도 부족함 없이 보였을 것이다."

내가 사람과 멀어진 이유는 자연과 가까워졌기 때문이다.
태양과 달, 아침과 저녁에 대한 나의 관심이
나를 문명으로부터 멀어지게 했다.
이 세상에 노을진 하늘만큼 기품 있는 그림은 없다.
노을을 보기 위해서는 그 누구와 만날 필요가 없다.
자연의 아름다움을 생생히 느끼는 바로 그 순간,
정신은 인간 사회로부터 멀어진다. - 〈일기〉

편지22
땔감 전문가가 되라
〔1857년 11월 16일, 소로우가 블레이크에게〕

당신이 다시 앞장섰군요. 내 기억이 맞다면, 내가 편지를 쓸 차례였는데 말입니다. 아마 내가 한두 번쯤 답장을 하지 않은 것 같습니다.

요즘 경제적으로 어려운 시기를 보내며 다들 난리입니다. 하지만 정치인들을 비롯해 사회 전체가 사태를 잘못 해석하고 있다고 나는 생각합니다. 물론 상투적인 연설을 하는 몇몇 정치인들은 올바른 견해를 갖고 있는 척합니다. 개인적으로나 사회적으로나 모두에게 해당하는 이 난국은 우리에게 세상이 순리대로 돌아가게 되어 있다는 사실을 떠올리게 한다는 점에서는 좋은 일이겠지요. 만일 대부분의 상인들과 은행이 무너지지 않았더라면, 세상의 오랜 법칙들에 대한 나의 신념이 무너졌을 것입니다. 그런 사업을 하는 사람의 96퍼센트가 반드시 도산하게 되어 있다는 보고는 참으로 유쾌한 통계 결과가 아닐 수 없습니다. 마치 봄날의 버드나무 향처럼 기분 좋게 만드는 사실입니다. 만일 수만 명이 일자리를 잃는다면, 그것은 그들이 제대로 고용되지 않았었음을 의미합니다. 그들은 왜 그것을 눈치 채지 못할까요? 부지런한 것만으로는 충분하지 않습니다. 개미 들처럼. 당신은 무엇을 위해 부지런합니까?

많은 사업가들과 회사들은 초월주의와 높은 차원의 법칙을 언제나 비웃어 왔습니다. 마치 자신들은 확실하고, 안전하고, 영원한 무엇인가에 닻을 내리고 있는 양 '당신들의 말은 모두 뜬구름 잡는 소리'라고 외쳐 댔습니다. 세속적인 상식과 오만 함, 현실적인 수완을 뽐내며, 무엇보다도 견고하고 안전한 기 반을 갖춘 것으로 여겨지던 기관이 바로 은행입니다. 이제는 바로 그 은행들이 바람에 흔들리는 갈대에 지나지 않다는 것이 밝혀졌습니다. 간신히 그중 하나가 약속을 지켰을 뿐입니다. 이 세상의 어느 시대든 40년만 살면 가장 유능하다고 믿어지던 정부가 가장 무능해지고, 은행들도 도산하는 광경을 지켜보게 될 것입니다. 이상적이라고 여겨지던 공동체들도 모두 실패했 습니다.

하지만 여전히 평정을 잃지 않으며 유익하고 변치 않는 것 이 있습니다. 어려운 시기는 무엇보다도 우리에게 무엇이 진정 한 약속이며 안전한 은행은 어디인가를 가르쳐 줍니다. 얼마 전 나는 어느 상인에 대해 칭찬하는 얘기를 들었습니다. 그는 자신의 재산을 거의 털어 빚의 일부를 갚고—사실 나 자신은 이 사람보다 훨씬 더 여러 번 그렇게 했습니다—하숙집으로 들어갔다는 것입니다. 그래서 어쨌다는 거죠? 그가 좋은 하숙 집을 얻고 또 하숙비도 낼 수 있길 바랍니다. 아무나 그런 일을 하지는 못합니다. 하지만 내 생각에는 하숙하는 것보다 자신의 집에서 스스로 끓여 먹는 것이 더 경제적입니다. 너무 큰 집을 갖고 있지만 않다면.

사람들은 때때로 '돈은 견고하다'라고 말합니다. 그것은 다른 어떤 의미도 아니고, 단지 돈이 먹을 수 없게 만들어져 있다는 뜻에 불과합니다. 이 새로운 세상에 한 남자가 살고 있습니다. 그는 오두막에 살면서 옥수수와 토마토밭을 일구고, 한켠에는 양의 우리를 갖고 있습니다. 그가 돈은 견고하다 말한다고 상상해 보십시오. 부싯돌이 차라리 더 견고합니다. 그 안에는 합금이 들어 있지 않으니까요. 그가 음식을 구하고, 장작을 패 비가 오면 안에 들여놓고, 필요한 옷가지들을 만드는 것과 돈이 견고한 것이 무슨 상관일까요. 얼마 전 여객선과 함께 가라앉은 사람들은 돈이 무겁다는 사실을 충분히 깨달았을 겁니다(1857년 9월, 노스캐롤라이나 해안에서 증기선 한 척이 허리케인에 휩쓸려 난파되었고, 승객과 승무원 425명이 사망했다. 승객들 대부분은 캘리포니아의 금광 지대에서 돌아오는 중이었고, 많은 이들이 허리에 금으로 가득한 벨트를 차고 있었다. 또한 배 안에는 당시 화폐로 160만 달러어치의 금괴 21톤이 실려 있었다. 이 배는 1987년 수심 2천5백 미터 바다 밑에서 발견되었으며, 2년 뒤 원격 조종되는 로봇을 이용해 금괴들이 건져 올려졌다. 라이프 지는 역사상 발견된 가장 많은 양의 보물이라고 썼다).

돈이 자신을 대단히 풍요롭게 만드는 듯이, 부를 자랑하는 사람들을 생각해 보십시오. 그건 마치 망망대해 한가운데서 황금이 가득 든 가방을 등에 지고 '나는 십만 달러의 가치가 있는 사람이오.' 하고 외치면서 허우적거리는 것과 같습니다. 나는 사람들이 마른 땅 위에서 그렇게, 아니 훨씬 더 절망적으로 허우적거리는 것을 봅니다. 전자의 경우에는 물속에 가라앉기 전에 가방을 벗어던지겠지만, 후자의 경우 그들은 그것과 함께 가라앉을 것이 분명하니까요. 나는 그들이 두꺼운 외투를 입고 허우적거리며, 집세를 받고, 세금을 걷고, 갈증을 더할 뿐인 독한 맥주를 마셔 대며 점점 물속으로 잠기다가 결국 바닥까지 가라앉는 것을 봅니다. 이쯤 해두죠.

존 러스킨(영국의 화가, 과학자, 시인, 환경론자, 철학자였으며 당대의 유명한 미술 비평가였다)의 책을 읽어 본 적 있나요? 아직 안 읽었다면 그의 〈현대 미술가〉 2권과 3권—2장과 3장이 아님—을 한번 보십시오. 나는 지금 4권을 읽고 있으며, 최근에 그의 다른 책들도 거의 다 읽었습니다. 다듬어지지 않고 편협함이 없지 않지만, 훌륭하고 흥미로운 면이 있습니다. 책에서 말하고 있는 주제들은 무한함, 아름다움, 상상, 자연에 대한 사랑 등입니다. 각각의 주제가 아주 생동감 있게 표현되어 있습니다. 이런 주제들이 문학이 아니라 주로 회화를 통해 표현되었다는 것에 나는 무척 놀랐습니다. 〈건축의 일곱 개의 램프〉 역시 좋은 소재를 다루고 있습니다. 하지만 내 생각에 나와 내 안의 야만인이 읽기에는 예술적인 부분을 너무 많이 다루고 있습니다. 우리는 일반적인 사실과 사물에 대한 것을 더 많이 알고 싶습니다. 우리의 집은 아직도 오두막이니까요.

지난번 홀로 산에 오르고 난 후 당신은 분명 영혼의 풍요로움을 느꼈을 것입니다. 많은 사람들이 교회에 들어설 때 느끼는 경외감을 나는 산 정상에서 느낍니다. 저 아래 어디쯤에 내가 사는 집과 정원을 품고 있는 거대한 대지를 내려다보고 있노라면 마치 눈앞에서 여러 해가 한꺼번에 흘러가는 것 같습니다. 당신 자신과 물질과의 관계, 또 자신의 영혼과 육체와의 관계를 알고 싶으면 산에 올라야 합니다. 그 집에 사는 것은 당신의 육체이지 당신의 영혼이 아니기 때문입니다. 당신의 육체는 그곳에서 만들어졌으며, 그곳에서 다시 흙으로 돌아가게 될 것입니다. 하지만 당신의 영혼은 필연적으로 그곳을 떠날 수밖에 없습니다.

내가 나의 손가락을 어떻게 놀리는지 보십시오! 손가락은 정말 재미있는 친구들입니다. 이것들은 어디서 왔나요? 신기한 일입니다. 이 손가락들을 마음대로 다루고 있는 주체, 나는 누구인가요? 이 손가락들은 무엇인가요? 그리고 이 작은 산봉우리들은 무엇인가요? 내게는 그것들이 나의 열 손가락들과 같습니다. 나는 내 몸의 사촌들을 보러 그곳에 올라갑니다. 그 산들에게도 손가락, 발가락, 내장 등이 있습니다. 나는 그것들에게 관심이 있으며, 그것들 사이의 모든 관계에 관심이 있습니다.

당신에게 한 가지 주제를 제안하겠습니다. 산을 오르는 일이 당신에게 어떤 의미를 주었는지 자세히 적어 보십시오. 당신의 모든 중요한 경험들을 빠짐없이 적을 때까지 다시 또다시 쓰십시오. 당신이 다녀온 산행에 대해 멋진 의미를 부여하십시오. 인간은 언제나 산을 올라가니까요. 처음부터 정확하게 적을 수 있다고 생각하지 마십시오. 몇 번이고 고치다가 손을 놓고 충분히 쉰 후 뭔가 확실한 영감이 떠오르는 순간, 그때의 감동을 되새기며 스스로에게 이야기를 들려주십시오. 글을 길게 쓸 필요는 없지만, 그 글을 짧게 만들기 위해서는 긴 시간이 필요합니다.

산 정상에 오르는 데 그리 오랜 시간이 걸리지는 않았다고 당신은 생각할 것입니다. 그렇다면 당신은 진정으로 산 정상에 올랐다고 말할 수 있을까요? 당신이 워싱턴 산의 정상에 다녀왔다면, 거기서 무엇을 보았나요? 당신도 알다시피 이런 질문은 진정한 경험을 입증하는 방법입니다. 그곳에 올라가 잠시 바람을 맞고 내려오는 것은 중요한 게 아닙니다. 정작 산에 있는 동안 우리는 별로 산을 오르지 않습니다. 그저 집에서와 마찬가지로 점심을 먹거나 할 뿐입니다. 우리가 진정으로 산 정상에 오르는 것은 집에 도착한 후의 일입니다. 산이 무슨 말을 하던가? 산이 어떻게 하던가?

나는 동쪽 저 멀리에 언제나 산을 두고 있습니다. 자나깨나 상상 속에서 그 산에 오릅니다. 산기슭이 한두 마을에 넓게 걸쳐져 있습니다. 마을들은 그 산을 알지 못합니다. 산도 그 마을들을 알지 못합니다. 내가 산을 오를 때는 나도 알지 못합니다. 와추셋 산의 능선처럼 나는 마음속에 그 산의 윤곽을 분명히 그려볼 수 있습니다. 조금도 과장이 아닙니다. 나는 지금 전혀 꾸밈없이 말하는 것입니다. 발걸음이 가볍고 진지할 때 나는 그곳에 오릅니다. 그 산의 존재를 알거나 자주 오르는 마을 사람은 한 명도 보지 못했습니다. 나는 말을 타는 대신 계속해서 산을 오릅니다.

워싱턴 산에서 사슴머리 호수를 봤다는 건 아무래도 당신이 착각한 것 같습니다. 사슴머리 호수는 200킬로미터는 떨어져 있고, 대서양보다 거의 두 배 정도 먼 곳에 있습니다. 때문에 그곳에서 그 호수가 보일런지 의심스럽습니다. 움바고그 호수(뉴햄프셔 주와 메인 주 경계선에 있는 호수)가 아니었을까요.

레인홀트 솔거(스위스로 망명했다가 미국으로 이주한 프로이센 공화국 출신의 학자) 박사가 지난 몇 달 동안 오후 5시에 학자들에게 이 마을 예배당에서 지리학 강의를 해오고 있습니다. 에머슨과 올코트가 그 강의를 듣고 왔습니다. 에머슨이 어느 날 내게 솔거 박사의 강의를 들으러 갔었냐고 묻기에 나는 깜짝 놀랐습니다. 밖에 있을 수 있는 시간에, 뭐하러 예배당 지하실에 앉아 있겠습니까? 그런 생각은 해보지도 않았습니다. 태양이 무엇 때문에 존재하죠? 그 박사가 태양을 좋아하지 않는지는 잘 모르겠지만, 나는 좋아합니다. 올빼미와 쥐들에게나 강의하라고 하십시오. 그런 시간에 나를 실내에 잡아 둘 수 있는 사람은 정말 훌륭한 강사입니다.

요즘 재미있는 일이 없습니까? 그렇다면 생계비 버는 놀이를 하십시오. 그만한 놀이는 세상에 없었습니다. 대신 적당히 하고 땀이 흐르도록 하지는 마십시오. 그리고 나는 오페라에 반대하는 계획을 갖고 있습니다. 하지만 비밀이니 아무에게도 말하지 마십시오. 오페라! 비명과 함께 사라져라, 젠장.

　　이제 당신은 땔감—이 달에 할 일이지요— 전문가가 되어야 할 시간입니다. 장작을 모으는 방식이 그 장작에 온기를 불어넣는다는 사실을 잊지 마십시오. 수동적인 방법으로 따뜻함을 구하지 마십시오. 그렇게 얻어진 따뜻함은 위태로운 것입니다. 내면의 적극적인 따뜻함은 맹렬한 아궁이를 견딜 수 있는 법입니다. 살아 있는 인간의 심장이 고기를 요리하는 열을 견뎌 내는 것처럼.

헨리 데이빗 소로우

길에서 주운 물고기 잡는 데 쓰던 인디언 바구니

소로우는 1854년 11월 뉴욕에 갔다가 오페라를 관람했으나 별로 감흥을 받지 못했다. 이 편지를 쓰기 2주일 전인 1858년 10월 29일 일기에 소로우는 이렇게 적었다.

　　"누가 가장 유익한 벗인가? 월귤나무 열매를 따모으고 장작을 줍는 사람인가, 아니면 늘 오페라나 보러 다니는 사람인가? 밭을 일구고 울타리를 고칠 때나 약초를 뜯으러 다닐 때면 나는 그런 일들이 인간의 지각에 즐거움을 주는 진정한 길임을 발견한다. 내 존재는 새로운 뿌리를 뻗고 더 강하게 중심을 움켜잡는다. 이것이야말로 행복의 단단한 호도 열매를 깨는 진정한 방법이다."

소로우는 산을 무척 사랑해 친구들과 콩코드 마을 북서쪽의 모나드녹 산, 뉴햄프셔 화이트 산맥 등을 오르내렸다. 그는 야성적인, 뛰어난 공간 감각으로 아무리 험한 지역에서도 길을 찾아냈고, 강인한 체력으로 민첩하게 산속에서 움직였다. 이 편지글에서처럼 소로우는 산 정상에 서 있으면 사람들이 교회에서 느끼는 것과 같은 경외감을 느낀다고 말한다. 그에게 있어 자연은 하나의 종교처럼 성스러우며 삶의 활력을 주는 중요한 존재였다. 그는 일요일 교회의 종소리가 아니라, 저녁나절 들리는 소의 울음소리, 소나무 잎새가 바람에 부딪히는 소리 속에서 우주의 화음을 듣고 자연의 무한한 질서에 감탄했다.

"지금 이 순간 안식일의 종소리가 저 멀리 골짜기에서 부서지고 있다. 종소리는 경탄을 자아낼 만큼 겸손하고 따뜻하다. 세상 곳곳에 퍼지는 이런 위선의 메아리는 교리 문답이나 종교 서적과 그다지 다를 바 없다. 그러나 무스케타퀴드 강의 종다리와 딱새의 울음소리는 다르다. 나는 귀뚜라미가 아침이 온 줄도 모르고 아직 깊은 밤이기나 한 듯 조용한 확신과 희망으로 울어 대는 이른 새벽이 좋다. 이때는 귀뚜라미 울음소리도 이슬에 젖어 신선하다. 귀뚜라미가 부르는 대지의 노래! 이는 기독교가 생겨나기 전부터 있었다. 삶이 부르는 마지막 노래를 듣는 기분으로 자연의 소리에 경건히 귀 기울이라."

캐나다 몬트리올의 노트르담 교회를 보고 난 뒤 그는 적었다.

"콩코드에는 노트르담 교회가 필요치 않다. 우리의 숲이 훨씬 더 웅대하고 신성한 교회이기 때문이다."

한편, 소로우는 자신이 마실 물을 긷기 위해 5킬로미터나 떨어진 곳으로 걸어가곤 했다. 이것을 의아하게 생각하는 사람들에게 던지는 그의 대답은 간단했다. 단지 자신이 원하기 때문이라고.

"나는 식탁에서 받침이 달린 유리잔으로 물을 마시는 것보다 호수에서 내 손으로 뜬 맑은 물을 마시는 것이 좋다. 나는 내가 직접 구운 빵, 내가 직접 지은 옷, 내가 직접 세운 오두막, 내가 직접 주워 모은 땔나무가 가장 좋다."

때로 월든의 오두막으로 와 물을 청하는 사람들에게 소로우는 말없이 그릇 하나를 빌려 주었다. 마실 물은 호수에 충분히 있었다.

소로우는 인간의 손을 타면 모든 것은 더러워진다고 말하며 문명을 기피했다. 그는 인위적인 것, 가식적인 것, 사치스러운 것에 대해 신랄한 비판을 가했다.

"물에 빠진 사람을 구한 다음에는 묵묵히 구두끈을 매라. 변질된 선행에서 풍기는 악취처럼 고약한 냄새는 없다. 그것은 인간의 썩은 고기요, 신의 썩은 고기다. 만일 어떤 사람이 내게 착한 일을 베풀겠다는 의도를 가지고 내 집으로 오고 있다면 나는 전력을 다해 달아날 것이다. 마치 질식할 정도로 입과 코와 귀를 먼지로 채우는 저 아라비아 사막의 메마르고 뜨거운 바람을 피하듯이."

편지23
침묵만이 들을 가치가 있다
〔1859년 1월 1일, 소로우가 블레이크에게〕

나는 최근 '홀로 있음'이라고 불리는 멋진 사회로 복귀했습니다. 그 안에서 가끔씩 친구들을 만나면서 바깥 세상 역시 사람들이 살아가고 있다는 사실을 떠올릴 수 있는 곳 말입니다. 내가 나 자신에게 가장 좋은 친구가 되어 줄 때면, 그리고 끊임없이 혼자서 무언가를 할 때면 마치 내가 그런 습관에 얽매여 있는 것처럼 바라보는 친구들도 있습니다. 그런 친구들은 사회를 위해서 나를 기꺼이 빈민구제소에 밀어넣을 겁니다. 그들은 내 말을 조금도 믿지 않습니다. 그들은 보스턴에 있는 '파커 하우스(당시 보스턴 지역의 작가와 지식인들이 회합을 갖던 하비 파커의 호텔 겸 식당)'라는 클럽을 무기로 갖고 있습니다. 그리고 나를 연한, 아니면 잘게 저며진 고기로 만들어 먹기 좋게 하려는지, 그 무기로 나를 후려치곤 합니다.

한번은 채닝이 내게 편지를 써서 자신의 곤봉을 심하게 휘두른 적이 있습니다. 아마도 다른 누군가가 부추겼겠죠. 그는 내 편지글을 읽고 아주 진지하게 내가 '정치에 빠져 버렸다'며

유감스러워 했습니다. 그리고 자신이 너무 솔직해서 미안하지만 '밖에 나다닐 때 조심하시지!'라고 말하더군요. 그런 식으로 하고 싶은 말을 다 하고 나와의 관계를 끊었습니다. 그것은 마치 그가 나무늘보에게 말하는 것과 같습니다. 나무 밑에서 느릿느릿 어슬렁대는 나무늘보를 향해 뜬금없이 '춤추는 걸 조심하시지!' 하고 소리치는 것이나 마찬가지입니다.

의사들은 모두 내가 사회 결핍증으로 고통받고 있다고 의견 일치를 보았습니다. 나는 그 같은 경우가 절대로 아닙니다. 첫째, 나는 내가 고통받고 있다고는 전혀 알지 못했습니다. 둘째, 어떤 아일랜드 사람이 말했듯, 내가 걸린 병은 사회에 대한 소화 불량증이라고 생각했습니다.

한번은 나도 파커 하우스에 간 적이 있습니다. 클럽 안은 담배 연기로 가득해서 잘 보이지도 않는 데다가 대리석 바닥에 놓인 의자에 걸터앉은 사람들이 훈제실에 놓여진 베이컨 고기처럼 빽빽이 들어차 있었습니다. 온통 담배 연기에, 점잖은 유머 같은 건 조금도 없었습니다.

보스턴을 방문했을 때 유일하게 마음에 들었던 장소는 바로 피츠버그 역에 있는 남성 전용 대기실이었습니다. 시외로 나가는 열차를 기다리며 두 시간씩 그곳에 있기도 했습니다. 파커 하우스에 비하면 그곳은 천국이었습니다. 비흡연 구역인 데다가 아주 외딴 곳이니까요. 그곳을 우리들의 넓고 훌륭한 클럽으로 만든다면 그 안에는 나처럼 '어딘가로 떠나는 자'의 얼굴을 한 사람들이 앉아 있겠죠.

아직 완성되진 않았지만 내가 쓴 최근 글에 '가을의 빛깔들'이라는 제목을 붙였습니다. 강연에서 사람들에게 읽어 줄 만한 글이 될지는 모르겠지만.

당신은 방황을 끝내고 마침내 고독이 달콤하게 느껴지는 장소를 발견했나요?

요즘은 어느 산으로 야영을 가나요? 나는 지난번 산에서 좋은 시간을 보내긴 했지만 고백하건대, 그 여행은 내게 어떤 결실도 가져다주지 못했습니다. 그럴 줄 알고 있었지만. 여정이 단순하지도 않고, 그렇다고 충분히 모험에 차 있지도 않았기 때문입니다.

굳은 의지를 갖고 두 발로 이곳저곳 다니십시오. 상상 속에서 더 많이 여행해야 합니다.

산을 움직이려면 자신의 집에서도 여행자처럼 사십시오. 날마다 그렇게 할 수 있다면 그것은 헛된 일이 되지 않을 것입니다. 산책길에 주운 마른 나뭇잎이 바로 우리가 여행에서 찾고자 했던 그 무엇이 아니었나요. 여행이 그렇게 멀리 있는 것이던가요. 자신이 속한 곳이 아닌 다른 어딘가에 이상적인 나라가 있다고 믿는 사람은 얼마나 어리석은가요.

우리의 몸은 평평한 거리 위를 걷고 있지만, 우리 자신은 언제나 골짜기에 머문다고 나는 생각합니다. 우리의 영혼은 바위투성이의 험난한 골짜기에서 낮은 땅을 바라보고 있습니다. 독수리들은 언제나 그런 곳에 둥지를 틀죠.

당신의 멋진 평지 도시들은 언제나 그곳에 있나요? 금과

은으로 포장된 길 위로 여섯 대의 마차가 나란히 지나가지만 인간의 진정한 집은 골짜기에 있습니다. 그곳에 도착하기 전에 지칠 위험은 없습니다.

헨리 데이빗 소로우

지난밤이나 어제 나절에 새겨진 선명한 수달 발자국

"내가 만일 불이 난 것처럼 지금 교회의 종을 치기라도 하면 콩코드 주변의 농장에서 일하는 모든 남자들, 오늘 아침까지만 해도 여러 가지 일로 바쁘다고 변명하던 남자들은 물론 아이들과 여자들까지도 만사를 제쳐 두고 몰려올 것이다. 그러나 진실을 말하자면, 불을 끄려는 것보다는 불구경을 하려는 목적이 더 크다고 할 수 있다."

소로우의 이런 짓궂고 냉소적인 지적은 세상일에 대한 사람들의 요란한 관심과 호기심을 가리키는 것이다. 휴식과 침묵 속에서라야 더 잘살 수 있다고 생각하는 소로우는 자기 내면에서 이는 바람과 소리보다 세상의 소문과 사건에만 날카로운 반응을 보이는 사람들의 태도에 머리를 흔든다.

"나는 신문에서 기억해 둘 만한 뉴스를 읽은 적이 없다. 어떤 사람이 강도를 당했다든가, 살해를 당했다든가, 사고로 죽었다든가, 어떤 집이 불에 타고, 어떤 배가 침몰하고, 어떤 증기선이 폭발했다든

가, 어떤 소가 기차에 치이고, 어떤 미친 개가 죽임을 당했다든가, 겨
울에 메뚜기떼가 나타났다든가 하는 신문에 실린 소식들은 두 번 읽
을 가치가 없다. 한 번이면 충분하다. 이 뉴스라는 것들은 12개월 전
이나 또는 12년 전에도 쓸 수 있는 똑같은 내용일 뿐이다."

　　침묵만이 들을 가치가 있다고 생각하는 소로우는 신문을 읽지
말라고 거듭 말한다. 그 시간에 자신의 생각에 잠길 기회를 만들라
고. '왜 그처럼 빨리 극장으로, 강의실로 사라져 버리는가? 잠시만
자신의 시간을 갖는다면 색다른 풍경을 볼 수 있을 텐데.' 이런 소로
우의 안타까움은 아침에 일어나자마자 커피를 마시며 자연스럽게 신
문을 집어드는 한 일반적인 남자에 대한 묘사로 나타난다.

　　"그가 읽는 뉴스는 와치토 강변에서 어떤 사람이 싸우다가 눈이
뽑혔다는 소식인데, 그 자신이 이 세상이라는 어둡고 깊이를 알 수
없는 거대한 동굴에 살고 있으며 자신도 퇴화되어서 흔적밖에 남지
않은 눈 하나만을 갖고 있다는 사실을 꿈에도 알지 못하고 있다."

　　이 지구 표면에서 일어나는 그 많은 소동에 휩싸인다면 사람들
은 태평히 앉아 손톱조차 깎지 못할 것이다. 하루는 소로우가 뱀에게
잡아 먹히기 직전의 두꺼비를 구해 준 적이 있다. 뱀이 제 입보다 세
배나 넓게 턱을 벌리고 두꺼비를 삼킬 태세였고, 소로우가 나타나자
뱀은 급히 두꺼비를 버리고 달아났다. 소로우가 놀란 건 그 두꺼비의
자세였다. 두꺼비는 비명을 지르거나 졸도할 정도로 놀라지도 않았
다. 그는 소로우가 명상을 방해라도 했다는 듯이 무심하고 한가롭게
걸어갈 뿐이었다. 소로우는 생각했다. 건강한 무관심은 얼마나 놀라
운 것인가에 대해.

야생이 숨쉬는 곳,
그곳에서 인간의 영혼은 성장하고, 시인들은 자란다.
삶은 날 것이다. 가장 야생적인 삶이 가장 생생한 삶이다.
그것은 인간에 의해 길들여지지 않으며, 오히려 인간을 새롭게 한다.
진정 독립적인 인간들이란 길들여지지도 않으며
사회에 의해서 결코 파괴되지 않는 야생의 인간들이다. – 〈일기〉

인간에게는 슬퍼할 권한이 없다
[1859년 1월 19일, 소로우가 블레이크에게]

함께 스케이트를 타러 가는 것에 대해 좀더 일찍 답장을 했어야 하는데 이렇게 늦었습니다. 당신의 편지를 받기 1주일 전에는 스케이트 타기에 좋은 기회가 있었지만 지금은 없습니다. 강연 요청은 즐거운 마음으로 수락하겠습니다. 지금 당장은 언제라고 말하기 힘들지만 곧 연락드리죠. 길어야 1주일에서 열흘이면 될 겁니다. 그리고 당신이 이런 저런 준비를 할 수 있도록 1주일의 시간을 드리겠습니다. 강의 주제로는 '인간에게 이익이 되는 것'보다는 다른 것을 준비해 가겠습니다.

꽤 오래 전부터 나의 부친이 몹시 건강이 안 좋습니다. 그래서 내가 더더욱 집에 있어야 합니다. 우스터에 가는 일을 생각하는 잠깐 사이에도 내 마음속엔 이런 의무감이 떠오릅니다. 나는 당신이 터커만 골짜기(워싱턴 산의 남쪽 능선)에서 겪은 모험 이야기를 너무도 듣고 싶습니다. 우스터에 가면 들려주시리라 믿습니다. 콜몽델리(소로우에게 동양 고전들을 보내 주었던 영국인 친구)가 캐나다와 버지니아에서 돌아와 이곳에 머물고 있습니다. 봄이 오면 유럽으로 갈 계획이라더군요. 그러고 나면 더이상은 방황하지 않겠답니다. 나는 하루하루 아버지의 죽음을 앞두고 삽니다. 그러므로 지금으로선 집을 떠날 수가 없습니다. 열흘 안에 다시 편지하겠습니다(소로우의 아버지는 2월 3일 세상을 떠났고, 따라서 소로우는 2월 22일에야 약속한 〈가을의 빛깔들〉 강연을 우스터에서 할 수 있었다).

헨리 데이빗 소로우

사람들이 관심 갖지 않는 늙은 매의 독특한 꽁지깃

1842년 소로우의 형 존이 면도하던 중 왼손 약손가락 끝을 베이고 그 상처가 덧나 돌연 파상풍으로 사망했다. 너무도 급작스럽고 고통스러운 죽음이었다. 소로우는 심한 우울증으로 한 달 남짓 병상에 누워 지냈다. 어린 시절부터 늘 모든 것을 함께해 왔던 형은 소로우에게 커다란 마음의 안식처와 같은 존재였다. 그는 형의 밝고 당당한 모습에서 삶의 활기와 자신감을 얻곤 했었다. 아마추어 박물학자였던 형은 소로우를 데리고 콩코드 주변의 숲과 들을 쏘다녔다. 그런 어린 시절을 회상하면서 소로우는 적고 있다.

"내가 자람에 따라 자연도 자라났다. 자연은 나와 함께 성장했다. 삶은 황홀했다. 어린 시절의 나는 기운이 넘쳤고, 나의 몸은 이루

형언할 수 없는 만족감에 젖어 있었다. 육체의 피로와 회복이 다 달콤했다."

번잡스러운 교제를 멀리했던 소로우에게 형은 가장 사랑하는 친구였으며 충실한 일상의 동반자였다. 형을 위해 사랑하는 여인까지 포기한 소로우였다. 형의 죽음이 몰고 온 마음의 상처가 너무도 깊어 형이 죽고 12년이 지난 후에도 한 친구가 그때의 상황을 이야기하자 거의 실신 지경에 이를 정도였다. 형의 사후에 출간된 자신의 첫번째 저서 〈콩코드 강과 메리맥 강에서의 일주일〉이 형과 더불어 한 여행의 기록임에도 불구하고 존 소로우의 이름은 단 한 차례도 등장하지 않았다. 그는 남은 여생 동안 형의 죽음에 대해 다시 듣는 것조차 못 견뎌했다. 그들 두 형제를 잘 알고 지내던 한 사람은 말했다.

"형이 슬프고 불행하게 죽은 뒤 그에게는 믿고 사랑할 만한 친구가 이 세상에 아무도 없는 것 같았다. 그는 만사에 대해 무관심해 보였다. 때로는 '자기 자신을 증오하고 있구나' 하는 생각이 들 때도 있었다."

소로우는 형의 죽음 이후에도 누나 헬렌과 오랫동안 지병에 시달려 온 아버지의 죽음에 이르기까지 가족을 잃는 슬픔을 연이어 겪어야 했다. 그 자신도 계속되는 감기로 인해 목을 보호하기 위해 턱수염을 길게 길러야 했다. 소로우가 누군가에게 보낸 편지에는 이렇게 적혀 있다.

"나는 이런 일들이 슬프다기보다는 낯선 일들이라는 것을 깨달았다. 내게 슬퍼할 권한이 있는가? 오직 자연에게만 슬퍼할 권한이 있다. 이 세상에서 죄 없는 것은 자연뿐이니까."

소로우는 죽음으로도 멀어질 수 없는 사람이 있다는 것을 깨달으며 슬픔을 견뎌 냈다. 자연과 문학, 위대한 사색의 숲은 그를 위로했으며, 슬픔이 오히려 그로 하여금 자연에 대한 치밀한 연구와 초월주의적인 사고를 더 발전시켜 나갈 수 있게 했다.

그는 말한다.

"우리의 생각은 늘 죽은 자들과 함께한다. 죽었어도 잊혀지지 않는 그런 사람들이 있다. 우리는 그들의 하늘로 올라간다. 아니, 그들이 우리의 세계로 내려온다. 반대로 어떤 이들은 죽고 나면 영영 잊혀진다. 형제자매라 하더라도 영영 기억 속에서 잊혀지고 마는 것이다. 죽은 뒤에야 비로소 생존의 참모습을 드러내어 더 가깝게 우리에게 다가오는 이가 있는가 하면 아예 우리를 떠나 영영 잊혀지는 이도 있다. 그러나 이 세상에서는 죽음으로 인해 서로 갈라지기는커녕 오히려 더 가까워지는 친구들도 적지 않다."

우주를 담고도 투명한 마음
[1859년 9월 26일, 소로우가 블레이크에게]

지금 당신에게 편지를 쓸 분위기인지는 잘 모르겠습니다. 지난 여러 달, 여러 해 동안 가족을 부양하기 위해 넌더리 나는 일들에 참여하면서 나 자신이 너무 지나치게 사업가처럼 되어 버린 것 같기 때문입니다. 이것이 바로 내가 아드메투스 왕을 섬기는 방법입니다(희랍 신화에서 아폴로 신은 천상계에서 추방되어 9년 동안 아드메투스 왕의 양떼를 돌보는 신세가 되었다). 망할 놈의 것! 가족과의 인연만 아니라면, 난 늑대들이 왕의 가축들로 실컷 배를 채우게 내버려두었을 겁니다. 게다가 하루가 멀다 하고 그저 그런 사람들을 상대해야만 합니다. 다른 왕의 목동들 말입니다. 그들은 양을 세는 것 외에는 아무런 얘깃거리도 없고, 술에 취해 울타리 아래 드러누워 있는 것이 고작입니다.

당신은 곡식을 어떻게 빻고 있습니까? 졸졸 흐르는 시냇물이 방아를 돌리는 동안 둑 위에 누워 꿈꾸고 있을 것이 아니라, 당신의 두 손으로 손잡이를 꽉 잡고 방아를 돌려야 합니다. 시냇물에 의지할 순 없습니다. 초라하고 나약한 것들이니까요!

방치된 세상에 의존해선 안 됩니다. 당신이 기름칠을 하고 막대기로 자극해야 합니다. 말하자면, 당신은 두 개의 농장을 동시에 이끌어 가야만 합니다. 땅에 있는 농장, 그리고 당신 마음속 농장을.

세상에서 무기를 갖고 하는 전쟁은 아이들 장난에 불과합니다. 그것에 비해 생각의 군대를 지키기 위해 도처에서 벌이는 싸움은 얼마나 대단한가요. 겉보기에 사람들은 안전한 방안에 멀쩡히 들어앉아 있는 듯 보이지만 실은 절망하고 있는지도 모릅니다. 결국 그들은 속이 텅 비고 푸석푸석한 사과와 다를 바 없음이 드러날 것입니다. 당신은 용감하고 잘 훈련된 생각의 군대를 이끌고 목표를 향해 곧바로 나아가야 합니다. 건강한 생각의 군사가 아닌 허리에 칼만 찬 가련한 친구들을 생각해 보십시오. 그들의 뇌는 텅 비어서 걸어다니거나 말을 할 때에도 딸랑거리는 소리가 납니다.

가족이나 국가를 유지하는 것은 쉽습니다. 하지만 당신의 의식 속에서 탄생한 이 아이들―차라리 그들을 당신의 환영을 받을 거라고 믿는 손님들이라고 합시다―을 지켜 내기란 아주 어려운 일입니다. 그들은 아주 많은 것을 요구합니다. 가족과 국가를 지키는 일에만 열중하고 자신의 독창적인 사고 능력을 잃거나, 만만한 일만 하는 사람은 인생에 실패할 수밖에 없습니다. 생각의 불꽃을 유지하십시오. 그러면 모든 것이 잘 될 것입니다.

당신은 비용을 지불하거나 누군가를 약탈하지 않고도 세상

전체를 가질 수 있습니다. 당신은 당신의 생각 속에서만 패배하거나, 승리합니다. 당신이 올바른 생각을 갖는다면 하늘이 무너지고 땅이 꺼지는 소리도 당신에게는 행진곡이 될 것입니다. 그때는 아무도 당신의 적수가 되지 못합니다. 당신은 적에 대해 생각조차 하지 않을 것입니다. 칼들의 날은 무뎌지고, 어떤 총도 당신을 뚫지 못합니다.

당신은 마음속에 세상을 녹일 수 있는 용액을 간직해야 합니다. 그 용액은 우주가 그 안에 담겨도 다 녹여 낼 것이고, 그럼에도 언제나 투명한 상태를 유지할 것입니다.

케이프 코드에 갈 때 당신은 길을 잘못 든 것 같습니다. 내 생각에 당신은 바닷가와 둑 위를 계속해서 걸어가야만 했습니다. 그 육지 끝까지, 모래가 아무리 부드럽다 해도. 그렇게 바다의 문이 열릴 때까지 계속 문을 두드려야만 했습니다. 폭풍 속에 홀로일 때 더 좋습니다. 밤에는 어디에 몸을 누이고 낮에는 어떻게 허기를 채울 것인지 알지 못한 채로 말입니다(소로우는 자신의 글 〈케이프 코드〉 끝 부분에 적었다. '10월이 되면 케이프 코드는 날씨가 견딜 수 없이 차가워지고 풍경은 가을 색깔로 갈아입는다. 만일 이 무렵 그곳에 머물면서 폭풍이라도 만나게 된다면, 내 생각에는, 그때가 이 해안을 방문하기에 가장 좋은 때이다'). 그리고 프로빈스타운 뒤편 모래사장에서 하루를 보냈어야 했습니다. 거기 있는 언덕에 올라 거센 바람을 맞았어야 했습니다. 하지만 당신에게 그 여행이 실제보다 나은 것으로 기억되길 바랍니다.

나는 올 한 해 동안 내내 집에만 갇혀 있었습니다. 하지만 예상했던 것보다 둔해지진 않을 것 같습니다. 한번은 대규모로 강바닥 탐사 작업을 벌이기도 했고, 돌아오는 10월 9일에는 강연을 하기로 했습니다(보스턴 음악당에서 열린 이 강연에서 소로우는 〈원칙 없는 삶〉을 주제로 이야기했으며, 이 원고는 사후에 출간되었다).

에머슨은 지난 두세 달 동안 아주 심하게 발을 절었습니다. 발목을 삐었는데 아직도 낫지 않았습니다. 참 안된 일입니다.

이만 줄입니다.

헨리 데이빗 소로우

쑥만 뜯어먹는 흰멧새 무리들을 발견하다

소로우는 하루하루를 새롭게 하지 않는 사람은 인생에 있어서 이미 절망한 사람이며 어두워져 가는 내리막길을 걷는 사람이라고 말한다. 그는 이렇게 비유하곤 했다.

"하루의 질을 높이는 것이야말로 가장 고귀한 예술이다."

그리고 그는 〈월든〉에서 '과거와 미래라는 두 영원이 만나는 지금 이 순간에 서서 나는 시간의 눈금을 개선하려고 한다'라고 말하고 있다.

"아침은 나 자신이 깨어나는 시간이다. 내 안에 여명이 있다. 잠의 기운을 털어내기 위해 애쓰는 것은 성실한 자기 개선의 노력이다.

시간을 헛되이 보내지 않는다면 자신의 하루 일과에 대해 제대로 이야기하지 못할 이유가 없다. 수백만의 사람들이 하루의 노동을 위해 잠에서 깨어난다. 하지만 정신적인 일을 위해 온전히 깨어나는 사람은 백만 명 중 한 명뿐이다. 시적이고 신성한 삶을 위해 깨어 있는 사람은 일억 명 가운데 한 명이다. 깨어 있음은 곧 살아 있음이다. 나는 이제껏 온전히 깨어 있는 사람을 만난 적이 없다."

소로우에게 아침이란 삶으로의 초대장과 같았다. 그는 중국 탕왕의 욕조에 새겨진 말에 전적으로 공감했다.

'날마다 그대 자신을 완전히 새롭게 하라.

날이면 날마다 새롭게 하고, 영원히 새롭게 하라.'

이에 덧붙여 소로우는 충고한다.

"그대의 눈을 안으로 돌려 보라. 그러면 그대의 마음속에 여지껏 발견하지 못했던 천 개의 지역을 찾아내리라. 그곳을 답사하라. 그리고 자기 자신이라는 우주학의 전문가가 되라."

인간은 끊임없이 자기 자신을 일깨우고, 깨어 있는 상태를 유지해야 한다. 기계적으로 그렇게 하는 것이 아니라, 가장 깊이 잠든 순간에도 빛에 대한 무한한 기대를 품고 깨어 있어야 한다.

"문을 열고 저 양양한 바다의 노래를 듣지 못하는 자, 자신 앞에 놓인 수레바퀴를 돌리지 못하는 자, 귀가 있음에도 듣지 못하는 자, 외부세계를 비난만 해온 자. 이들은 온전하지 못한 자들이다. 모든 감각이 온전히 깨어 있으면 어둠과 우울함이 존재할 수 없고, 어떤 폭풍도 바람의 노랫소리로 들린다."

소로우는 이렇게 충고한다.

"마음을 흐트러뜨리지 말라. 복잡하게 생각하지 말라. 약속은 되도록 적게 하라. 정신을 자유롭게 하고 존재를 우주 속에 두라. 그러면 당신이 언제 어느 곳에 있든지 귀뚜라미의 계절에는 귀뚜라미의 울음소리가 귓전을 울릴 것이다. 그 소리를 얼마나 잘 알아듣는가에 따라 당신의 정신이 얼마나 고요하고 건강한지 알 수 있다."

친구 채닝은 소로우를 이렇게 회상했다.

"이 자연의 아이에게는 끝없는 호기심, 계속되는 신선함, 활기찬 경이보다 더 즐거운 일은 없어 보였다."

편지26
탐험되지 않은 땅
[1860년 5월 20일, 소로우가 블레이크에게]

당신에게 진 빚을 갚기 위해 노력해야겠습니다. 지난번 얘기를 하다 만 부분에서 편지를 시작하겠습니다.

나는 우리 인간이 언제나 똑같다고 생각합니다. 우리가 가진 기회들과 자연 그 자체는 늘 변화하는데도 말입니다. 인류를 보십시오. 두 명의 인간 사이에는 크게 다른 점이 없습니다. 비슷한 크기에 비슷한 폭과 몸무게를 갖고 있습니다. 하지만 동쪽 사람에게 삶은 권태, 지루함, 먼지와 잿더미에 불과합니다. 그리고 그는 머릿속에 가득한 걱정거리들—마치 몸속 내장 기관들이 서로 부딪치는 것 같은—을 술로 잊으려 합니다. 하지만 서쪽 야생 지대에서 동시대를 사는 사람에게 삶은 모든 고귀한 노력의 장이며, 낙원이고, 훌륭한 전사들이 살아가는 곳입니다. 동쪽 사람은 자신이 해야 할 일들이 천 가지나 된다고 불평합니다. 하지만 자신에게 주어진 일과—비록 그것들이 천 가지라고 할지라도—그 자신의 삶이 하나라는 사실을 그는 깨닫지 못합니다.

세상의 남자들과 소년들은 모든 종류의 일을 배우고 있습니다. 다만 자기 자신이 되는 법을 제외하고는. 그들은 집 짓는 법을 배우지만, 구멍 속 두더지처럼 집 안에서 만족하며 살아가지는 못합니다. 집을 지을 적당한 터가 없다면, 그리고 그곳에서 살 수 없다면 집이 무슨 소용이겠습니까? 먼저 집을 세울 터를 잘 고르십시오. 만일 사람이 자기 자신에 대해 믿음을 갖고, 자신으로부터 멋진 것들을 기대하고 있다면, 당신이 그를 어디에 데려다 놓든지, 그에게 무엇을 보여 주든지―물론 당신은 그를 어디에도 데려다 놓을 수 없고, 그에게 아무것도 보여줄 수 없겠지만―이상할 것이 없습니다. 그는 어디에 있든 당당할 것입니다. 그는 건강하고 늘 배가 고픈 사람입니다. 딱딱한 빵껍질을 먹어도 그는 달콤하다고 말할 것입니다.

자포자기한 사람은 지옥에 살고 있는 것이나 다름없습니다. 그는 가장 맛있는 과일을 먹어도 구역질을 할 정도로 병들어 있습니다.

잠자든 깨어 있든, 달려가든 걸어가든, 현미경을 사용하든 망원경을 사용하든, 혹은 맨눈으로 보든, 인간은 결코 아무것도 발견하거나, 따라잡거나, 뒤에 남길 수 없습니다. 오직 자기 자신밖에는. 그가 무엇을 말하든 또는 어떤 행동을 하든 그는 결국 자기 자신을 전달할 뿐입니다. 만일 그가 사랑에 빠졌다면 그는 사랑을 할 것이고, 천국에 있다면 즐거워할 것이고, 지옥에 있다면 고통스러워할 것입니다. 그가 어디에 있는가를 말해 주는 것은 그의 마음입니다.

인간이 만들어 내는 가장 중요하고 유일한 것은 그의 마음, 또는 운명입니다. 그런 사실을 스스로 깨닫지 못한다 해도, 또한 굳이 '내 자신의 운명은 이곳에서 만들고 수선함—당신 것은 제외'라고 커다랗게 간판을 써붙이지 않아도 그는 그 분야의 전문가입니다. 그는 하루 24시간 그 일을 하고 마무리를 합니다. 다른 일은 소홀히 하거나 망쳐 버리더라도, 그 일을 소홀히 하는 사람은 없습니다. 많은 사람들이 신발 만드는 일 따위를 본업으로 하는 척하면서 자신들이 힘들게 일하고 있다고 착각합니다.

어떤 것을 향해 손을 뻗거나 열망하는 것은 본능적인 것입니다. 그런 본능을 바탕으로 자연의 모든 것은 서로를 구성하고 협력합니다. 세상은 그렇게 필연적으로 연결되어 있습니다. 따라서 본능은 헛된 것이 아닙니다. 하지만 나태함과 절실함 역시 본능의 일부분입니다. 열정적이고, 부지런하고, 행복하게 사는 것은 용기를 필요로 합니다. 그리고 전쟁터에서 싸울 준비를 하려면 절실한 동기가 필요합니다. 그렇지 않으면 당신은 자신의 삶을 싸구려로 취급하는 것이 됩니다.

만일 당신이 이 삶을 그저 늙은 종교인들처럼 가식적으로 살려고 한다면, 다시 말해 가뭄에 씨를 뿌리는 것처럼, 바람 빠진 풍선처럼 그렇게 알맹이 없이 삶을 이끌어가려고 한다면, 당신의 모든 기쁨과 평온함은 쓴웃음과 참고 견디는 일로 전락해 버릴 것입니다. 사실 당신은 아틀라스처럼 세상을 당신 어깨에 짊어지고 그것과 함께 나아가야만 합니다. 당신의 꿈을 위해서 그렇게 해야 하고, 그 꿈에 당신이 얼마나 마음을 바쳤는가에 따라 결과가 주어질 것입니다. 이따금 등과 어깨가 뻐근할 수도 있겠지만, 그럴 땐 그것을 고쳐 들거나 이리저리 돌려서 자세를 바꿀 수도 있습니다. 겁쟁이는 고통스러워하지만, 영웅은 그것을 즐깁니다. 그렇게 한나절 걷고 난 뒤, 빈 공간에 어깨의 짐을 던져두고 앉아서 점심을 먹으십시오. 예기치 않게 어떤 불멸의 깨달음이 당신을 찾아올 것입니다. 당신이 앉아 있는 강둑은 향기로운 꽃들로 넘쳐나고, 빈 공간에 던져진 당신의 세상에는 한 마리의 윤기 나는 사슴이 경쾌하게 뛰어다닐 것입니다.

우리가 아직 시도하지 않은 일들 외에 '탐험되지 않은 땅' 이 어디인가요? 모험 정신을 가진 자에게는 모든 곳 — 런던, 뉴욕, 우스터 또는 자기 집 앞마당 — 이 '탐험되지 않은 땅'입니다. 하지만 나태하고 패배한 영혼에게는 심지어 북극성조차도 별 볼일 없는 장소일 것입니다. 설령 그곳에 간다 해도 그들은 늘 그래 왔던 것처럼 그저 자고 싶고 쉬고 싶고 포기하고 싶을 것입니다. 알려진 지역과 알려지지 않은 지역의 차이가 거기에 있습니다.

늘 다니던 길을 습관처럼 다시 밟는 것이 무슨 의미가 있을까요? 당신의 발길로 닳은 안정되고 익숙한 길에는 독사가 도사리고 있습니다. 모든 길을 낯설고 새로운 곳으로 만들어야 합니다. 그것이 바로 당신이 밥을 먹고 옷을 입는 이유입니다. 옷을 수선해서 입는 이유가 무엇인가요? 그 옷을 입고 당신의 길을 수선하지 않는다면.

우리, 노래를 부릅시다.

헨리 데이빗 소로우

오늘 밤, 아이들 몇 명이 호수에 떠가는 막대기에 붙은
특이한 물고기 알들을 내게 가져오다

매사추세츠 주 콩코드에서 헨리 데이빗 소로우는 이웃들에게는 실패
자였다. 그들 눈에 이 하버드 대학 졸업생은 삶을 마냥 빈둥거리며
소비하고 있었다. 목적 없이 숲을 방랑하는 것처럼 보였으며, 아버지
의 연필 공장 일을 돕거나 약간의 측량 일을 하는 것이 고작이었다.

첫번째 저서 〈콩코드 강과 메리맥 강에서의 일주일〉은 1천 부를
인쇄해 219권이 팔렸으며, 나머지는 다락방의 단열재로 사용되었다.
소로우는 측량 일을 해서 번 돈으로 출판 비용을 갚는 데만 7년이 걸
렸다. 두번째 저서 〈월든〉은 1854년 출간 당시 총 7권이 팔렸는데,
대부분은 그의 어머니가 산 것이었다. 심지어 가장 가까운 친구이자
스승인 에머슨조차도 소로우가 빗나가서 방황하고 있다고 생각했다.

일거리도 많지 않은 잡역부에 불과하던 소로우가 오늘날 에머슨
의 명성을 능가하며 미국 문학의 가장 중요한 인물로 자리잡고, 수많
은 정신적 지도자와 환경론자들에게 존경받게 된 것은, 그의 삶이 방
황하는 자의 공허한 외침이 아니었음을 증명한다. 그의 모든 삶은 자

신이 원하는 방식으로 살아가려는 정교한 노력이었다. 세상이 물질적 성공이라는 하나의 목적을 향하고 있는 동안, 소로우는 아주 다른 곳을 향해 있었고, 그의 글들은 동시대인들의 조롱을 뛰어넘어 스스로 영원성을 획득했다.

소로우 평전을 써서 세상에 소로우를 알리는 일에 크게 기여한 헨리 솔트는 인도의 마하트마 간디에게 편지를 보내 소로우에게 어떤 영향을 받았는지 물었다. 간디는 〈월든〉〈시민의 불복종〉을 읽었으며, 자신의 저서에 소로우의 글을 일부 싣기도 했다고 답했다. 그는 소로우에게 깊은 감명을 받았으며, 영국으로부터 인도를 독립시키기 위한 운동의 핵심으로 시민의 불복종 개념을 택했다.

마틴 루터 킹 목사는 시내 버스의 흑인에 대한 차별적 대우에 저항하기 위해 버스 승차 거부 운동을 펼치면서 소로우의 불복종 개념을 사용했다. 넬슨 만델라 역시 남아프리카 공화국의 인종 차별 반대 운동을 이끌면서 소로우의 이념을 근본으로 삼았다. 베트남 전쟁의 반대자들은 비폭력 시위를 위해, 1970년대 이후에는 핵무기 및 핵기지 반대 시위자들이 그의 비폭력 시민 운동을 이용했다. 소로우는 미국에서 자연보호 운동을 시작한 사람들의 '영적인 선조'이다.

오늘날 소로우의 위치는 확실하다. 대표작 〈월든〉은 수많은 이들에게 '어떻게 삶을 살아야 하는가'라는 의문을 던져 주었으며, 영국 시인 예이츠는 한때 자신도 〈월든〉을 읽고 이니스프리 섬에서 소로우와 같은 생활을 해보려는 꿈을 가졌었다고 말했다. 톨스토이는 "왜 당신 미국인들은 돈 많은 사람들이나 정치인들 말만 듣고 소로우가 하는 말에는 귀를 기울이지 않는 거죠?" 하고 물었다.

소로우의 글은 자신의 삶을 단순화하고 자연에 가까워지도록 노력하려는 많은 사람들을 자극했다. 예를 들어, 애니 딜라드는 버지니아 서부의 틴커 샛강에 있는 작은 오두막에서 1년을 살았다. 그녀는 자신의 경험을 〈틴커 샛강의 순례자〉라는 책으로 써서 1975년 퓰리처 상을 받았다. 책의 첫 장에서 그녀는 소로우의 '정신의 기상학적 일기'에 영향을 받았음을 고백했다. 미국 작가 엘윈 브룩스 화이트는 만일 대학들이 현명하다면 졸업생 한 사람 한 사람에게 졸업장과 더불어 아니, 졸업장 대신 〈월든〉 한 권씩을 주어야 한다고 말했다. 그는 〈월든〉 출간 백주년을 기리는 글에서 이렇게 썼다.

"그것은 우리의 유명한 괴짜들의 저서 중에서 가장 기이한 것일지 모른다. 많은 이들은 그것이 설교라고 생각하고, 또 많은 이들은 그것을 사회의 재배치라고 여긴다. 어떤 이들은 자연 사랑의 실천이라고 생각한다. 나는 그것이 이런 모든 것이 아니라고 생각한다. 그것은 다만 인간의 가치 상실에 반대하는 하나의 엄숙한 경고이다."

소로우가 살아 있는 동안 대부분의 사람들은 그를 야망과 목표가 부족한 대단히 기이한 사람으로 취급했다. 그러나 소로우는 이들의 조롱에 기죽지 않았다. 산문 〈원칙 없는 삶〉에서 소로우는 사회의 요구에 맞서 인간의 개인적 가치를 주장할 필요를 역설하고 있다.

"어떤 사람이 숲을 좋아해 매일 반나절씩 걷는다면, 그는 게으름뱅이로 간주되는 위험에 처한다. 하지만 그가 하루 종일 투기꾼으로 시간을 보내며 숲을 베어 내고 해가 지기 전에 땅을 밀어 버린다면, 부지런하고 활동적인 시민으로 존경받을 것이다. 마치 마을이 숲을 베어 내는 것 이외에는 숲에 대한 아무런 관심이 없는 것처럼."

생이 아무리 남루하다 해도 그것을 똑바로 맞이해서 살아가라.
그것을 피하거나 욕하지 말라. 가난하더라도 자신의 생활을 사랑하라.
그렇게 하면 가난한 집에서도 즐겁고 마음 설레는
멋진 시간들을 가질 수 있다.
햇빛은 부자의 저택에서와 마찬가지로 가난한 집의 창가에도 비친다.
봄이 오면 그 문 앞의 눈도 역시 녹는다. – 〈월든〉 맺음말

산, 폭풍우, 그리고 별들
〔1860년 11월 4일, 소로우가 블레이크에게〕

당신의 여행 이야기를 들을 수 있어서 좋았습니다. 그 월요일 날, 당신이 모나드녹 산을 지나칠 법한 시각에 나는 우리(소로우와 친구 채닝) 쪽에서 약 1킬로미터 떨어진 곳에서 산을 오르고 있는 한 무리의 사람들을 향해 망원경을 돌려 당신을 찾아보았습니다. 말하자면 당신이 나를 만나러 온 만큼 나도 당신 가까이 다가갔었던 겁니다. 만일 당신이 이곳에 왔다면 우리는 틀림없이 좋은 시간을 보냈을 것입니다. 내가 이미 전나무로 지붕을 덮은 두 채의 훌륭한 움막을 마련해 놓았기 때문입니다. 움막이지만 그 안에서 허리를 펴고 일어설 수도 있을 뿐 아니라, 모든 면에서 제대로 된 집입니다. 두 움막이 서로 1킬로미터 정도 떨어져 있어서 우리와 함께 묵지 않는다면 당신은 그 중 한 집에서 숙박을 할 수도 있었을 것입니다.

　우리의 산행은 시작이 아주 좋았습니다. 지난 토요일에 폭풍이 불었던 것을 기억하실지 모르겠군요. 우리가 그 빗속에 산을 오른 것입니다. 우리는 비에 흠뻑 젖었고, 오후가 반이나 지났는데도 사방이 구름에 둘러싸여 있어서 어디가 야영하기에 적합한 장소인지 살펴볼 수 있는 상황이 전혀 아니었습니다. 그래서 나는 한때 우리가 야영을 했던, 기억에도 선명한 커다란 돌판이 깔린 야영지를 향해 나아갔습니다. 그곳에서 우리는 바위 아래 배낭을 내려놓은 뒤 튼튼한 손도끼로 간이 움막을 짓기 시작했습니다. 채닝은 자신이 본 것 중 가장 멋진 움막이라고 하더군요. 그는 밖에서 야영을 해본 적이 한 번도 없었으니 당연히 좋아 보였을 겁니다.

움막을 다 지었을 때는 날이 이미 어두워져 있었고, 우리는 마치 물독에 빠진 사람들처럼 흠뻑 젖어 있었습니다. 우리는 움막의 문 앞, 두 해 전 우리가 야영을 했던 바로 그 자리에 모닥불을 지폈습니다. 이전 야영지의 잔여물들까지 전부 태우는 데는 꽤 오랜 시간이 걸렸습니다. 우리는 불 앞에 서서, 고기를 굽듯이 몸을 천천히 돌렸고, 몇 시간 뒤에는 물기가 바싹 말랐습니다. 그리고 나서야 마침내 잠자리에 들 수 있었습니다.

맑은 날씨에 산에 올라—맑은 날씨든 악천후든 어떤 것에도 감사할 줄 모른 채—어떤 모험도 하지 않는 것보다 훨씬 좋았습니다. 언제나처럼 평범하고 무미건조한 잠자리나 따뜻함도 느끼지 못한 채 그저 그런 불가에서 잠드는 것보다 한결 좋았습니다. 자정 무렵에 나타난 별들을 바라보며 우리는 깊이 감사했습니다. 이 계절에는 별들이 뒤로 물러나 있는 것처럼 보입니다. 우리는 그날 하루를 산 전체와 온전히 함께했습니다. 그날은 산정상에 자신의 이름을 새기거나 산딸기를 주우러

온 사람이 아무도 없었습니다. 산의 정령은 우리가 콩코드에서 출발하는 것을 보고 이렇게 말했습니다. 여기 우리의 두 손님이 오고 있군. 그들을 맞이할 준비를 하자. 거센 폭풍우여, 일어나라, 배낭을 지고 올라오는 이 주말 등산객들을 집으로 돌려보낼 수 있도록. 그들은 어쩌면 다른 날을 기약할지도 모른다. 산의 진정한 환영회로 이들을 맞이하자. 두꺼운 구름들을 제단에 올려라. 이들로 하여금 전나무로 만든 지붕의 가치와 죽은 전나무 그루터기가 피워 내는 불꽃의 가치를 알게 하자.

우리의 등장에 풀과 나무들은 다 같이 기쁨의 눈물을 뚝뚝 흘렸습니다. 불은 자신이 할 수 있는 모든 것을 했고, 우리의 감사 인사를 받았습니다. 맑은 날씨에서 불이 할 수 있는 일이 무엇이었겠습니까? 전나무 지붕은 우리의 축복을 나눠 가졌습니다. 다음날 아침에 일어나 바라본 이끼에 뒤덮인 젖은 바위들은 두 번 다시 볼 수 없는 그런 광경이었습니다.

우리와 산은 좋은 시간을 함께 보냈습니다. 젖어 있었기에 마를 수도 있었으니 얼마나 기쁜 일입니까! 우리가 얼기설기 만든 집을 새로운 보금자리로 느끼게 해준 폭풍우를 만난 것이 얼마나 기쁜 일입니까! 그날의 경험은 사실상 큰 행운이었습니다. 왜냐하면 산에 머무는 동안 우리는 천둥을 동반한 소나기를 내내 맞지는 않았기 때문입니다. 아마도 산의 주인은 우리가 다시 오고 싶게 만들기 위해 이런 일을 준비해 두었던 듯합니다.

우리의 두번째 움막은 훨씬 견고했습니다. 한쪽 면이 바위로 되어 있어 내구성이 뛰어났고 바닥도 마찬가지였습니다. 그리고 내가 직접 만든 지붕은 말이 올라가도 괜찮을 만큼 튼튼했습니다. 지붕에 판자를 대기 위해 내가 그 위에 서 있어도 끄떡없었습니다.

지난번 화이트 마운틴에 올라갔을 때, 나는 그곳에서 여행을 망치는 몇 가지 불쾌한 것들을 발견했습니다. 그중에서도 산에 지어진 건물들이 대표적입니다. 도시인들이 산에 대해 갖는 주된 매력은 아마도 그 산이 가진 야생성과 도시와는 전혀 다른 특색에 있다고 나는 생각했었습니다. 그런데 사람들은 그곳을 최대한 도시와 유사하게 만들었습니다. 대저택의 방마다 불을 환하게 켜고, 그 안에 있는 커다란 홀에서는 밴드 음악에 맞춰 사람들이 춤을 춘다고 합니다. 그러나 나에게는 빗속에서 지은 전나무 움막을 주십시오.

콩코드에 사는 어떤 나이든 농부가 말하길, 한번은 자기가 모나드녹 산꼭대기에 올라가 춤을 추었다고 하더군요. 어떻게 그런 일이 일어났을까요? 그리고 왜? 젊은 남녀 몇 명과 어울려 바이올린 연주자까지 대동하고서 커다란 널판지를 들고 산 정상에 올라 바닥에 무대를 만들고, 그 위에서 바이올린 연주에 맞춰 춤을 추었다는 것입니다. 그 이야기를 들으니 아주 높은 뾰족 탑 꼭대기에 달린 종 위에 똑바로 서서 만세를 불렀던 친구가 생각나더군요. 그는 무엇 때문에 그곳에서 정치인들을 위해 만세를 부른 걸까요? 야심으로 가득한 사람들이 절정에 이르렀을 때 그렇게 만세를 부르곤 하지요. 그들은 얄팍한 분위기 속에서 경박하게 굴기 일쑤입니다. 우리의 평안과 그들 자신의 안전을 위해 자제할 필요가 있음에도 불구하고, 그들은 자신을 억제하지 못합니다. 그들은 분위기의 강한 압력을 받아 무기력하게 증발해 버립니다. 위로 올라갈수록 그들은 점점 더 가쁜 숨을 내쉬고, 그때마다 몇 명은 제정신을 잃습니다. 꼭대기에 오르면 그들은 아예 골이 텅 비어서 바람에 따라 마구 흔들립니다.

그곳에서 몇 날 밤을 자고 난 뒤 채닝은 새삼 자신이 야외에서 누워 자고 있다는 사실을 깨닫고는, 거기서 자신의 다리를 조금씩 물어뜯을 수 있는 가장 큰 짐승이 무엇인지를 물었습니다. 그는 그날 밤 내내 예전 같이 편안히 잠을 이루지 못한 것처럼 보였습니다. 나는 그에게 산에서 한 주를 지내자고 했었습니다. 우리는 5일 밤을 보냈고, 엿새째가 되자 채닝은 나에게 회사 출근으로 따지면 6일이 곧 한 주에 해당한다고 말하더군요. 나는 그가 야영을 끝내고 싶어한다는 것을 알 수 있었습니다. 채닝도 나만큼이나 자신이 그렇게 말한 의도를 잘 알고 있었습니다.

파세트의 아들들(그 당시 산기슭에 토지를 소유하고 전원 주택을 짓고 있던 조셉 파세트의 여섯 명의 아들들)은 우리가 폭풍의 요정들처럼 단호하고 조용히 비 속을 오르는 것을 보고 있었답니다. 나중에 엿듣게 된 이야기이지만, 그들은 산을 오르던 우리가 누구였는지 끝내 알지 못했다는군요. 우리가 그곳에 머무는 동안 적어도 500명의 사람들이 산을 다녀갔습니다. 그러나 어느 누구도 우리의 야영지를 발견하지는 못했습니다. 우리는 여자 셋과 남자 둘이 담요를 깔고 산꼭대기에서 밤을 보내는 것을 보았습니다. 우리는 그들의 말소리를 들을 수 있었지만, 그들은 근처에 다른 야영객이 자신들보다 먼저 와 있다는 것을 전혀 알지 못했습니다. 우리는 그들이 억울해 하지 않도록 모르는 척 내버려두었습니다. 결과적으로는 그들이 신문에 자신들의 여행기를 싣도록 내버려둔 셈이 되었습니다.

30개의 각목을 쌓아 놓고 사람이 지나는 길목에서 뚝딱거리며 새로운 성을 짓고 있는 파세트 가족들과, 관광객을 끌기 위해 철도 회사가 세운 4층짜리 호텔을 피해 우리는 우리만의 지름길을 통과해 그 낙원의 언덕을 내려왔습니다.

그렇습니다. 정직하고 단순한 관계 위에서 사람들을 만나는 것, 거절을 당해 보는 것, 당신이 그랬듯이 발의 통증으로 고생하는 것, 아, 그리고 역시 당신이 겪어 보았을 가슴의 통증으로 고생하는 것, 이 모든 것은 가치 있는 것들입니다.

안타까운 것은 우리의 젊은 왕자(영국 황실로서는 최초로 미국을 방문한 당시 18세의 앨버트 에드워드 왕자)가 소박하고 진실하게, 그리고 스스럼없이 자신을 대해 주는 진정한 여행을 경험할 기회가 없었다는 점입니다. 그는 시골의 가정집에 초대 받아 따뜻한 대접을 받을 수도 있었습니다. 그러면 빵과 우유가 차려진 식탁 앞에 깨끗한 턱받이를 두르고 앉아 있었겠죠. 너벅선(얕은 물에서 사용되는, 긴 삿대로 강바닥을 밀어 앞으로 나아가는 바닥이 평평한 배)과 낚싯대 얘기도 듣고, 자작나무 줄기를 그네 삼아 타고 놀거나, 두더지를 파낼 수도 있었을 겁니다. 그렇게 즐거운 하루를 보낸 뒤, 소년들과 함께 잠자리에 들었겠죠. 그랬다면 대통령과 부통령 후보자를 소개 받는 일은 절대 없었을 겁니다. 물론 이런 여행이 그에겐 그 어느 것보다 훨씬 더 인상적이고 가치 있는 경험이 되었을 것입니다.

눈으로 뒤덮인 워싱턴 산의 정상은 와추셋에서 볼 때 분명 대단히 흥미로운 광경이겠지요. 그토록 가까이, 또는 멀리 보이는 저 건강한 겨울산! 허약한 심장을 갖고 오래 살지도 못하는 감상적인 온혈 동물인 우리들, 소위 도덕적 미덕이라 일컬어지는 존재들에 비해 저 겨울산은 얼마나 멋진가요.

자신의 행위를 의식하지 않는 순수한 선의를 가져야 합니다. 오직 신만이 그것의 의미를 발견하고 또 의미를 부여하는 그런 선. 당신의 정의는 완벽하지 않습니다. 눈 덮인 산정상만큼 좋거나 위대하지 않다면, 내게는 도덕적인 어떤 것도 가치가 없습니다. 어떻게 인간 뱃속의 3미터의 창자가 그 위대함을 따를 수 있겠습니까?

자연은 선함의 결정체입니다. 당신은 약속의 땅을 들여다보았습니다. 어떤 것이든 아름다움은 거리를 두고, 평온하고, 고요하게 바라볼수록 더욱 순수하고, 더 오래 지속됩니다. 불로써 우리 자신을 덥히기보다는 얼음으로 자신을 덥히는 것이 더 낫습니다.

헨리 데이빗 소로우

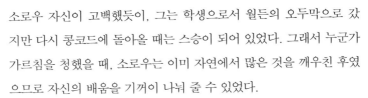

소로우 자신이 고백했듯이, 그는 학생으로서 월든의 오두막으로 갔
지만 다시 콩코드에 돌아올 때는 스승이 되어 있었다. 그래서 누군가
가르침을 청했을 때, 소로우는 이미 자연에서 많은 것을 깨우친 후였
으므로 자신의 배움을 기꺼이 나눠 줄 수 있었다.

1848년 3월, 펜을 들어 매사추세츠의 가난한 토지 측량사이자
자연주의 작가에게 편지를 쓴 사람은, 세속적인 삶에 환멸을 느끼고
영적으로 굶주린 해리슨 그레이 오티스 블레이크였다. 그는 하버드
신학 대학 졸업자로서 소로우와 함께 하버드 대학을 다녔으나 두 사
람은 단지 얼굴만 아는 사이였다. 그러다가 대학 졸업 후 10년이 지
나 블레이크가 예전의 스승 에머슨을 방문했을 때 에머슨에 의해 정
식으로 소로우를 소개 받았다. 그 자리에서 두 사람은 천문학에 대한
얘기를 나누던 중, 소로우가 문명 사회를 떠나 숲으로 들어가서 지낼
계획이라고 말하는 것을 듣고 블레이크는 큰 감명을 받았다. 그 하나
의 씨앗이 흙 속에 심겨졌고, 3, 4년 사이에 그의 내면에서 싹을 틔우
고 자라났다. 블레이크는 더 깊고 더 영적인 만족을 주는 삶의 경험
들을 찾고자 했으나, 사회적 통념들의 얕은 물속에 발을 담그고 있는
자신을 발견했다. 그는 주제넘을지라도 용기 있게, '더 진실하고 더
순수한 삶'의 방법을 묻는 간절한 편지를 소로우에게 부쳤다.

"지금 이 시간 내게 말씀해 주시기 바랍니다……. 내가 나 자신

을 진리 위에 세워 둘 수 있을까요? 나의 욕망들을 최소화시킨 채로……. 그러면 삶은 무한히 풍요로워질 것입니다. 그러나, 슬프게도, 나는 가장자리에서 떨고 있습니다."

소로우에게 있어 삶의 진정한 의미가 영적인 측면에 있다고 이해한 블레이크는 소로우의 발자국을 따라 걸으려 노력했고, 소로우의 대답으로부터 질문을 재구성해 그 다음 편지를 썼다. 13년에 걸친 소로우의 편지들은 그의 순례의 과정을 엿볼 수 있는 보고서 역할을 한다. 그래서 생의 더 깊은 의미를 구하는 자로서 그가 어떤 시각들을 지녔는가를 간결하게 보여 준다.

"나는 나 자신을 축하한 일은 없으나 내가 가진 신념과 영감을 존중한다. 지상의 법들은 발, 즉 열등한 인간을 위한 것이고, 천상의 법들은 머리, 즉 고귀한 인간을 위한 것이다. 부지런한 것만으로는 충분하지 않다. 개미들처럼. 당신은 무엇을 위해 부지런한가?"

그러나 모든 것이 심각한 것은 아니다. 소로우의 유머가 그의 글들 속에 계속해서 빛난다.

"의사들은 모두 내가 사회 결핍증으로 고통받고 있다고 의견 일치를 보았다. 나는 그 같은 경우가 절대로 아니다. 첫째, 나는 내가 고통받고 있다고는 전혀 알지 못했다. 둘째, 어떤 아일랜드 사람이 말했듯이, 내가 걸린 게 사회에 대한 소화불량증이라고 생각했다."

이 편지들에는 그동안 다른 저서들을 통해서는 우리에게 익숙하지 않았던 소로우의 따뜻함이 펼쳐진다. 서신 왕래가 진행됨에 따라 소로우는 진심으로 블레이크에게 감사한다. 여러 해가 지나고 그들의 관계가 깊어질수록 편지들이 소로우에게 얼마나 많은 의미가 되는지, 1853년 소로우는 블레이크에게 말하고 있다.

"나는 당신에게 많은 빚을 지고 있다. 당신은 언제나 변함없이 나의 좋은 면을, 아니 그보다는 나의 진정한 중심을 바라봐 주기 때문이다……. 그리고 나는 다른 글에서 '나에게 살아갈 기회를 달라'고 말한 적이 있다."

사실 블레이크가 소로우에게 첫번째 편지를 썼을 때, 소로우는 무명의 사람에 불과했다. 그의 처녀작 〈콩코드 강과 메리맥 강에서의 일주일〉은 편지가 오가기 시작한 이듬해에나 출간이 되었으며, 〈월든〉은 그로부터 5년 뒤에 출판이 되었다. 이것으로 미루어 블레이크 자신이 매우 대담하고 통찰력을 가진 사람이었음을 알 수 있다. 그는 소로우와 이 기념비적인 13년간의 관계를 유지하는 동안 무명인에 불과했던 소로우가 점차로 천재 작가로 변모해 나갈 것임을 인지하고 있었던 것이다.

1859년 블레이크는 편지들을 엮어 '주석과 해설을 달아 출판하려는' 생각을 한 친구에게 말했다. 하지만 그 생각은 아쉽게도 실행에 옮겨지지 못했다. 이 미완성 과업은 2004년, 소로우 연구가이며 〈야생 과일 Wild Fruits〉의 발굴자이기도 한 브래들리 P. 딘에 의해 이루어졌다. 딘은 여기저기 흩어져 있는 소로우의 방대한 서간문들로부터 블레이크에게 보낸 편지들을 가려 뽑아, 소로우의 내면에 자리잡고 있던 영성과 종교적인 추구가 드러나도록 한 벌의 완성된 옷을 세상에 선보였다. 이러한 그의 헌신은 소로우와 그의 작업을 이해하는 데 큰 도움이 되고 있다.

소로우는 영적인 체험이 너무도 개인적인 일이어서 대중 연설에는 적합하지 않다고 말한 적이 있으며, 저서들을 통해서만 그것들에 대해 간접 화법으로 말했을 뿐이다. 모든 사람은 각자가 신과의 개인적인 약속을 실천해야만 한다고 그는 믿었으며, 가식적으로 행동하는 것, 특히 영적인 믿음에 대해 허식을 부리는 것을 경계했다. 그러나 이 편지들에는 소로우의 영적인 사상들이 정면에 그리고 중심에 자리잡고 있다. 블레이크가 소로우에게 영적인 스승을 대하듯 다가갔기 때문이다.

"필요하다면 신조차도 홀로 내버려두라. 나는 만일 그를 더 사랑한다면 그와 서로를 존중할 수 있는 거리를 두어야 한다고 생각한다. 신을 발견하는 것은, 내가 그를 만나러 가고 있을 때가 아니라, 단지 그를 홀로 남겨 두고 돌아설 때이다."

블레이크와 더불어 소로우의 이 편지들을 받는 사려 깊은 독자들은 정신의 자극을 받고 생의 영감으로 채워질 것이다. 그리고 변화될 것이다. 어떻게 정의 내릴지라도 이 편지들은 지혜의 서간문인 것이다.

"추운 날씨에 몸을 녹일 장작 몇 개를 구하는 것이 무슨 소용일까요? 그것과 동시에 당신의 영혼을 따뜻하게 하기 위한 신성한 불을 지필 수 없다면."

블레이크는 소로우와의 긴 우정을 회고하며 말했다.

"우리의 서신 교환은 13년이 넘도록 이어졌으며, 때로는 서로의 집으로 찾아가 함께 시간을 보내기도 했다. 대개는 그가 강연 일정에 맞춰 내가 사는 우스터로 오거나, 아니면 다른 지방으로 가는 길에 들르곤 했다.

우리의 만남 중 기록할 만한 가치가 있다고 여겨지는 사건은 거의, 아니 전혀 없다고 해도 좋을 것이다. 우리가 나눈 대화는 주로 그의 편지와 저서의 연장이었다. 돌이켜 볼 때 소로우와 나의 관계는 거의 사사로운 감정이 섞이지 않은 관계였다. 이런 사실은 '우리가 가진 생각이 우리의 삶의 가장 중요한 사건이다. 그 밖의 다른 것들은 단지 우리가 이곳에 머무는 동안 불어가는 바람이 쓰는 일기에 불과할 뿐'이라고 한 그의 말을 입증하는 좋은 예가 될 것이다.

소로우의 개인적인 모습은 그의 정신과 별개로 놓고 보면 그다지 깊은 인상을 주진 않았다. 그렇다고 그의 용모와 정신이 어울리지 않았던 것은 전혀 아니다. 우리는 함께 있을 때에도 개인적인 얘기는 거의 하지 않았다. 그는 말과 행동이 더없이 진지했고, 언제나 변함없이 삶의 본질적인 부분을 향해 있었다. 그래서 그는 어느 누구보다도 강렬한 단 하나의 이상으로 내게 각인되었다.

사람들은 대개 다정함이나 개인적인 친밀감을 중요시한다. 물론 사람들간의 관계에서 그런 것들이 중요한 역할을 하는 것은 사실이다. 하지만 살아 있을 때의 소로우와 내 기억 속에 여전히 살아 있는 소로우에게, 그리고 삶의 가장 본질적이고 가치 있는 것들에 대해 그가 남긴 뛰어난 글들 속에 그런 부분들이 없다고 해서 나는 전혀 아쉽게 여기지는 않는다.

때로 나는 그의 편지들을 다시 읽어보곤 한다. 몇 번을 읽어도 싫증나지 않는 그의 글들을 읽고 있으면, 전에 몰랐던 새로운 의미를 발견하기도 하고, 전보다 더 강력한 가르침을 얻기도 한다. 따라서 어떤 의미에서 그 편지들은 아직 개봉되지 않았고, 내게 도착하지 못했으며, 어쩌면 내가 세상을 떠나기 전까지는 완전히 도착하지 않을지도 모른다. 그 편지들은 그 안에 담긴 진정한 가르침을 온전히 이해할 수 있는 사람에게 부쳐진 것이므로."

현재 소로우가 쓴 328편의 편지가 전해진다. 여러 증거들은 그가 훨씬 더 많은 편지들을 썼음을 암시한다. 남아 있는 그의 첫번째 편지는, 1836년 7월 5일 쓴 것으로, 하버드 대학 4학년 때 병으로 인해 한 학기를 다니지 못한 소로우가 동급생 헨리 보스에게 자기와 함께 기숙사의 방을 쓰자고 초대하는 내용을 담고 있다. 그리고 마지막 편지는 1862년 4월 2일, 소로우가 죽기 한 달 전쯤에 씌어진 것으로, 누이동생 소피아가 대필했다. 이 편지에서 소로우는 티크노 앤 필즈 출판사에 〈야생 사과 Wild Apples〉의 출판을 의뢰하고, 〈콩코드 강과 메리맥 강에서의 일주일〉의 책들을 돌려줄 것을 촉구하고 있다.

소로우가 남긴 가장 값진 유산은 이들 편지와 함께 그가 쓴 일기다. 직접 만든 나무 상자 안에 가지런히 담겨져 있던 39권의 노트에는 그의 일기가 빼곡히 적혀 있었다. 이 유품은 여동생 소피아에게 맡겨졌다가, 그녀마저 세상을 떠나자 보관 책임을 블레이크가 맡았다. 그리고 훗날 일기 전권이 책으로 출간되었다.

마지막 편지, 마지막 여행
[1861년 5월 3일, 소로우가 블레이크에게]

당신이 이곳에 들렀을 때와 별로 다를 것 없이 나는 여전히 건강이 좋지 않습니다. 지금 이런 상태로라면 기관지가 다 낫기도 전에 다시 날이 추워질 것 같습니다. 의사는 내게 모든 것을 정리하고 서인도 제도나 다른 지역으로 요양을 떠나야 한다고 말합니다. 그곳이 어디든 상관없다는 것입니다. 하지만 후덥지근한 여름 날씨를 생각하면 서인도 제도로 가고 싶지는 않습니다. 또한 시간이나 비용으로 볼 때 남부 유럽으로 가지도 않을 것입니다. 그래서 결국 세인트폴 같은 곳에 가서 미네소타의 공기를 쐬는 것이 가장 좋겠다는 결론을 내렸습니다. 그저 여행을 떠날 수 있을 정도로만 회복되기를 기다릴 뿐입니다. 일주일이나 열흘 내로 출발할 수 있기를 바라고 있습니다.

오지의 바람을 맞으면 금방 건강이 좋아질지도 모릅니다. 아닐 수도 있겠지요. 어쨌든 나는 너무도 쇠약해져서 몸에 무리가 가지 않도록 여행 계획을 잘 세워야만 합니다. 필요하면 여행 중에 수시로 멈춰서 휴식을 취해야겠지요. 시카고를 통과

하는 기차표를 끊을까 생각 중입니다. 가는 동안에 자유롭게 멈출 수 있으니까요. 우선 나이아가라 폭포에 들를 생각입니다. 그곳에서 며칠쯤 민박을 할 수도 있겠죠. 그리고는 디트로이트에서 하루 정도 묵고, 시카고에서는 건강을 위해 최대한 오래 머물 겁니다.

시카고에 머물면서 어느 지점에서 미시시피 강을 건너고, 어디에서 세인트폴까지 배를 탈지 결정할 겁니다. 마음에 드는 민박집을 몇 군데 찾아 거기서 시간을 보낼 수 있을 거라 믿습니다.

여행은 석 달 정도를 예상하고 있습니다. 돌아올 때는 아마도 매키나우나 몬트리올 같은 다른 행로로 여행하고 싶습니다.

물론 함께 갈 동반자를 찾는 것에 대해서도 생각해 보았습니다. 하지만 그다지 진지하게 생각한 것은 아닙니다. 왜냐하면 나는 어느 누구에게도 여행의 동반자가 될 자격이 없기 때문입니다. 지극히 개인적이고 괴로운 나의 건강 문제 때문에 누군가에 대해 여기서 멈추고, 저리로 가고, 쉬고, 또 쉬고, 그런 식으로 불편하게 만들 권리는 없으니까요.

그럼에도 불구하고, 나는 이제 나의 의도를 당신에게 알리기로 방금 결정했습니다. 나는 당신이 이 여행의 일부 또는 전체에 함께하고 싶어할 가능성이 거의 없고, 동시에 이 여행이 당신의 건강에 도움을 줄 만한 가능성 역시 거의 없으리라고 생각합니다.

하지만 만일 이런 계획이 당신에게 끌린다면 부디 알려 주

십시오. 모든 형식과 인사를 생략한 채 서둘러 이 편지를 부칩
니다.

헨리 데이빗 소로우

날이 풀려 서서히 녹는 얼음 가장자리 물결무늬들

마지막에 쓴 이 절박한 편지에 적힌 대로 44세 되던 1861년 5월 11
일, 소로우는 건강이 급격히 악화되어 요양차 미네소타를 향해 떠났
다. 블레이크 대신 그 무렵 콩코드로 이사 온 젊은 박물학자 호레이
스 만이 동행했다. 도중에 나이아가라 폭포, 디트로이트, 시카고, 세
인트폴을 들렀으며, 미네소타 강을 따라 배를 타고 400킬로미터 가
량을 올라가 레드우드에서 인디언 의식을 보았다. 하지만 건강이 더
악화되었다.

7월 4일 다시 콩코드로 돌아온 소로우는 9월말 마지막으로 월든
호수를 둘러보고, 11월 3일 마지막 일기를 썼다. 이듬해 3월 4일 그
는 출판사에 편지를 보내 〈월든〉 250부를 다시 찍어 줄 것과, 제목에
서 '또는 숲 속의 생활'이라는 문구를 삭제할 것을 부탁했다. 그로부
터 두 달 뒤 자신의 집에서 세상을 떠났다.

소로우의 건강이 걷잡을 수 없을 정도로 악화된 것은 1860년 12
월 매서운 추위가 몰아치던 날, 숲 속 나무 등걸의 나이테를 세다가

심한 독감에 걸리면서였다. 그것이 폐병으로까지 악화되어 소로우는 2년 동안 고통스런 투병의 시간을 보내야만 했다. 그러나 가족과 친구들의 걱정 속에서도 그 스스로는 오히려 태연함을 잃지 않았고, 평상시와 다름없이 자신의 할일을 해나갔다. 마지막 남은 생애 몇 달 동안 메인 주의 숲을 방문했던 기록들을 토대로 글을 썼으며, 여느 때처럼 들판을 산책했다.

일생 동안 소로우가 일관되게 지켜온 삶의 원칙은 어떤 상황에서도 흔들림 없이 본연의 삶에 충실하는 것이었다. 그의 삶의 원칙은 죽음이 다가와도 흔들림이 없었고, 특유의 유머와 신랄함을 잃지 않았다. 소로우를 방문한 한 종교인이 내세에 대해 설명하자 그는 간단히 대답했다.

"한 번에 한 세상."

어느 날 그는 숲을 걷다가 친구에게 이렇게 말했다.

"내가 죽고 나면 내 가슴에 묻혀 있던 참나무가 돋아난 걸 보게 될 거야."

소로우는 〈존 브라운 대위를 위한 탄원〉에서 말했다.

"우리는 죽는 법을 완전히 잊었다. 하지만 그럼에도 불구하고 당신은 죽을 것이다. 살아 있을 때 당신의 일을 하고, 그것을 끝내라. 시작하는 법을 안다면 당신은 끝날 때도 알게 될 것이다."

자신의 죽음 앞에 슬퍼하며 위로하는 자에게 소로우는 의연히 말했다.

"나는 어릴 적에 이미 죽는다는 것을 알았으므로 지금 죽는다고 해서 새삼 실망하지는 않습니다. 죽음은 나와 마찬가지로 누구에게

나 가까이 있습니다."

　인두세 거부 때문에 소로우가 감옥에 갇혔을 당시 간수로 있었던 샘 스테이플스는 임종을 앞둔 소로우를 방문하고 나서 에머슨에게 말했다.

　"이렇게 만족스럽고 평화롭게 죽음을 맞이하는 사람을 나는 본 적이 없습니다."

　어느 날 소로우는 거실의 침상에 누워 창 밖을 바라보고 있었다. 비록 창 밖을 바라보는 즐거움도 곧 끝나가고 있었지만, 그는 친구 채닝에게 말했다.

　"이제는 바깥을 볼 수가 없겠지. 비가 오는 날이면 밖에 나가 벽에 쪼그리고 기대 앉아 우리 자신을 위대한 철학자인 양 생각하곤 하던 그때가 생각나는군."

　소로우는 어느 글에선가 썼다. 새로 떨어진 바삭바삭한 낙엽들을 밟고 걷는 일은 얼마나 즐거운가. 그것들은 얼마나 아름답게 자신들의 무덤으로 향해 가는가! 얼마나 부드럽게 자신들을 떨어뜨려 흙으로 돌아가는가!

　마지막 죽는 날까지도 원고 쓸 준비를 갖춰 달라고 누이동생 소피아에게 부탁했던 소로우는 1862년 5월 6일 '큰사슴'과 '인디언'이라는 말을 남기고 콩코드의 묘지 슬리퍼 할로우(잠이 오는 골짜기)에 잠들었다. 에머슨이 추도사를 읽었으며, 루이자 메이 올코트의 아버지가 소로우의 시 〈인생 그대로〉를 낭독했다. 사람들은 "구석구석 소로우의 발길이 닿지 않은 곳이 없는 콩코드 마을이야말로 그의 진정한 기념비이다."라며 소로우의 죽음을 애도했다. 그 공동 묘지에는 현재 랄프 왈도 에머슨, 나다니엘 호손, 루이자 메이 올코트가 나란히 묻혀 있다.

소로우는 말했다. 자신의 가장 뛰어난 재능은 욕심을 부리지 않는 것이라고. 작고 야트막한 돌로 된 그의 묘비에는 이름과 사망한 날짜 이외에는 어떤 글도 새겨지지 않았다.

"내가 가진 가장 뛰어난 재능은 욕심을 부리지 않는다는 것이다. 나는 기쁜 마음으로 땅을 껴안을 수 있다. 그 안에 묻히더라도 역시 즐거울 것이다. 그곳에서 나는 그동안 한 번도 표현하지는 않았지만 내가 자신들을 사랑한다는 것을 알고 있을 사람들에 대해 생각할 것이다."

참고문헌

Life of Henry David Thoreau, Henry Salt, University of Illinois Press, 2000

Walden, Henry David Thoreau, Shambhala Publications, Inc., 2004

Walden, Henry David Thoreau, Dover Publications, 1995

Walden, Henry David Thoreau, Houghton Mifflin, 1995

Civil Disobedience and Other Essays, Henry David Thoreau, Dover Publications, 1993

Civil Disobedience, Solitude and Life Without Principle, Henry David Thoreau, Prometheus Books, 1998

A Week on the Concord and Merrimack Rivers, Henry David Thoreau, AMS Press, 1982

A Week on the Concord and Merrimack Rivers, Henry David Thoreau, Princeton University Press, 2004

The Journal of Henry D. Thoreau: In Fourteen Volumes Bound as Two, Dover Publications, 1982

The Maine Woods, Henry David Thoreau, Princeton University Press, 1983

Faith in a Seed: The Dispersion of Seeds and Other Late Natural History Writings, Henry David Thoreau, Island Press, 1993

Wild Fruits: Thoreau's Rediscovered Last Manuscript, Henry David Thoreau, W.W. Norton & Company, 2001

The Illuminated Walden In The Footsteps Of Thoreau, Friedman & Fairfax Book, 2002

Walden Pond, by Bonnie McGrath(photographs), Commonwealth Editions, 2001

The Heart of Thoreau's Journals, Edited by Odell Shepard, Dover Publications, 1961

Nature/Walking, Ralph Waldo Emerson & Henry David Thoreau, Beacon Press Boston, 1991

Thoreau's Walden, Tim Smith, Arcadia Publishing, 2002

Henry Thoreau : A Life of the Mind, Robert D. Richardson Jr., University of California Press, 1986

The Essays of Henry D. Thoreau, selected and edited by Lewis Hyde, North Point Press, 2002

Meditations Of Henry David Thoreau, compiled and edited by Chris Highland, WILDERNESS Press, 2002

Simplify, Simplify, Henry David Thoreau, Edited by K. P. Van Anglen, Columbia University Press, 1996

〈헨리 데이빗 소로우〉 헨리 솔트, 윤규상 옮김, 양문, 2001

〈월든〉 헨리 데이빗 소로우, 강승영 옮김, 이레, 2004

〈월든〉 헨리 데이빗 소로우, 양병석 옮김, 범우사, 2000

〈월든〉 헨리 데이빗 소로우, 한기찬 옮김, 소담출판사, 2002

〈시민의 불복종〉 헨리 데이빗 소로우, 강승영 옮김, 이레, 1999

〈소로우의 일기〉 헨리 데이빗 소로우, 윤규상 옮김, 도솔, 2002

〈소로우의 노래〉 헨리 데이빗 소로우, 강은교 옮김, 이레, 1999

〈자연과 더불어 사는 즐거움〉 헨리 데이빗 소로우, 김은주 옮김, 기원전, 2003

〈숲속의 생활〉 헨리 데이빗 소로우, 양병탁 옮김, 서문당, 1996

〈씨앗의 희망〉 헨리 데이빗 소로우, 이한중 옮김, 갈라파고스, 2004

소로우와 인도 사상
월든 호수로 흘러드는 갠지스 강

강연숙

소로우는 자신을 요가 수행자, 범신론자, 신비주의자, 초월주의자, 그리고 자연 철학자로 묘사했다. 그의 대표작 〈월든〉은 자기 발견, 자기 수행 그리고 자아로부터의 자유에 관한 책이다. 힌두적인 안목을 지니고 이 책을 읽으면 〈바가바드 기타〉의 사상이 모든 부분에 걸쳐 스며들어 있음을 알 수 있다. 첫번째 저서 〈콩코드 강과 메리맥 강에서의 일주일〉에서 소로우는 〈바가바드 기타〉와 〈마누 법전〉을 인용하고 주석도 덧붙이고 있다. 또한 일기의 많은 부분에서 힌두 경전들을 읽고 난 후의 인상을 기록하고 있어서 요가 사상이 반영되었음을 알 수 있다.

스스로를 신비주의자, 초월주의자라고 생각한 소로우가 인도 사상에 흥미를 갖게 된 것은 자연스런 일이었다. 그가 인도 경전들을 접하게 된 것은 여러 기회가 있지만, 그중에서도 에머슨과 하버드 대학 도서관과의 인연이 크다. 하버드 대학의 졸업생으로서 소로우는 1849년 9월 17일 당시의 총장 자레드

스파크스에게, 문학을 직업으로 하는 자신에게 책은 중요한 도구이지만 살 돈이 없으니 졸업생의 자격으로 하버드 대학 도서관에서 도서를 대출해서 볼 수 있도록 허락해 달라는 내용의 편지를 쓴다. 총장은 이 편지 밑에 '1년'이라고 연필로 써서 1년 단위로 책을 빌려 줄 것을 허락한다. 총장의 허락에 따라 그는 1년에 3번이나 4번, 많게는 8번까지 하버드 대학 도서관에서 책을 빌려다가 상당한 양의 독서를 한다. 그가 도서관에서 빌렸던 책은 목록으로 작성되어 있는데, 거기에는 인도 철학서가 많이 포함되어 있음을 알 수 있다.

에머슨은 이미 앞서서 총장의 허락을 받고 하버드 대학 도서관에서 책을 빌려다 보고 있었다. 에머슨은 당시에 유명 인사가 되어 있었고, 그의 집은 소로우의 집과 같은 콩코드에 있었다. 소로우는 에머슨을 스승이며 친구로 생각했고, 에머슨은 소로우를 아들로 생각하며 친밀한 관계를 유지했다. 하버드 대학에서뿐만 아니라 에머슨이 추천해 주는 책과 그의 서재에서 소로우는 동양 경전의 세계에 발을 들여놓게 된다. 대학을 다니면서 쓴 소로우의 수필과 공책, 최초의 일기 등으로 미루어 보면 에머슨의 집에 살러가기 전부터 동양 문학과 경전에 관심이 있었음을 확인할 수 있다. 여러 해 동안 그는 손에 닿는 거의 모든 힌두 경전들을 읽었으며, 책이 영어로 되어 있지 않고 불어나 독어로 된 것은 번역까지 하면서 읽었다.

소로우는 1841년 5월 31일 일기에서 〈마누 법전〉을 읽고 난 후의 감흥을 "그 제목은 마치 힌두스탄의 평야를 방해 받지 않고 스쳐 가는 광대한 소리로 나에게 다가온다."라고 적고 있다. 그는 또 마누의 법은 우리 모두의 법이며, 정신적으로 깨어나기 전 상태의 지혜로운 소리, 즉 '태양이 떠오르기 전의 시간과 같은 책'이라며 깊은 감명을 받았음을 고백하고 있다.

〈바가바드 기타〉는 1845년경에 콩코드에서 잘 알려지게 되었고, 소로우는 특히 다른 초월주의자들보다도 더 깊은 관심을 가졌다. 다른 초월주의자들은 힌두 경전에서 주로 사색적이고 이론적인 것에 관심을 보인 반면, 소로우만은 힌두 철학이 제시하는 삶을 실제로 살려고 했다. 다른 초월주의자들은 심원한 힌두 경전의 글로 표현된 것을 취미 삼아 조금 관심을 가진 반면, 소로우는 힌두 철학과 문학에서 제시하는 그 말을 단지 삶의 철학으로서가 아니라 행동으로, 생활 방식으로 삼으려고 시도했고 현실에 적용시켰다.

소로우는 1845년 월든 호수로 가서 살 무렵 〈바가바드 기타〉를 접하게 되었고, 그곳에서 아침마다 이 책을 읽었다. 계속되는 10년 동안 〈비시누 푸라나〉, 〈우파니샤드〉를 일부 번역한 것과 〈상키아 카리카〉 등을 읽게 된다. 영어로 번역된 것 외에도 프랑스 어로 번역된 〈하리반사〉(힌두 신 크리쉬나에 대한 기원후 5세기의 서사시)를 소로우는 일부분 번역하기도 했다. 〈마누 법전〉은 고독 속에서 명상에 잠기고 물질적, 정신적으로 청정한 삶을 위한 그의 노력에 많은 영향을 주었다.

〈콩코드 강과 메리맥 강에서의 일주일〉에서 힌두 경전을 인용한 부분은 47개이다. 그중 32부분이 〈바가바드 기타〉에 대한 것이고, 8부분이 〈마누 법전〉에 대한 것이다. 이 책에서 소로우는 독자들에게 힌두 이론을 호소력 있게 소개하려는 듯 주석과 많은 인용문을 〈바가바드 기타〉에서 취한 반면, 〈월든〉에서는 비유적이고 암시적으로 힌두 이론이 작품 전체에 스며들어 있다. 〈월든〉에는 힌두교 경전 내용에 대한 언급이 33곳이 있다. 인용문은 적지만 〈콩코드 강과 메리맥 강에서의 일주일〉과 〈월든〉, 이 두 책 사이의 5년 기간에 힌두교에 대한 이해가 그의 사상에 자연스럽게 녹아들어서 작품 전체에 힌두 사상에 대한 흐름이 깃들어 있다고 해도 무리가 아닐 것이다. 따라서 힌두적인 사상을 가진 사람은 〈월든〉에 있는 수많은 문구나, 심지어 힌두 경전과 문학에 대한 특별한 언급이 없는 곳에서도 힌두적인 속성을 느낄 수 있다.

일기에도 많은 부분에서 힌두 경전에 대해 쓰고 있다.

힌두 경전에서는 인간의 개념이 대단히 무한하고 숭고하다. 인간의 운명에 대한 더 고귀한 개념을 힌두 경전 말고는 어느 곳에서도 찾을 수가 없다. 인간은 마침내 '신'인 브라흐마 자체에 흡수된다. 어떤 곳에서도 창조에 대한 이보다 더 위대한 개념은 없다. 그것은 꿈처럼 평화롭다. 세상이 소멸되는 것도 마찬가지다. 창조는 아침과 저녁 같은 그러한 시작이고 끝이다. 왜냐하면 신이 창조하는 방법은 폭력적이지 않다는 것을 그들은 배웠기 때문이다. 창조는 새벽이 되기 전에 귀뚜라미의 희미한 울음소리로 알려지는 것과 같은 그러한 깨어남이다.

소로우는 또 다른 일기에서 빌 휠러라는 인물을 그리스도나 인도의 어느 철학자처럼 스스로를 낮추고 고행의 길을 가는 이로 소개하면서 그에게 깊은 애정을 표현한다. 그가 움막 뒤 작은 숲에서 몹시 부패되어 죽은 채로 발견되어 사람들이 그를 입관시킨 것을 애석해 하며 그냥 놔두었으면 "어쩌면 그는 완전히 썩어 없어질 때까지 나무 뿌리와 함께 지내다가 브라흐마의 영혼 속으로 용해되는 바라문다운 죽음을 맞이할 수 있었을지도 모른다."라고 썼다. 이 표현에서 알 수 있듯이 빌 휠러는 물질적으로 거지처럼 가난하게 살았지만, 소로우는 그를 누구보다도 존경했고 고귀한 삶을 사는 이로 생각했다.

소로우의 성격은 항상 사색적인 사람의 그것이었다. 이런 사색적인 삶에 동양의 성인들이 수년간 사색으로 이룬 경전들은 목마른 사람이 물을 마시는 것처럼 강한 흡수력을 갖게 된 것이다. 소로우의 성격이 원래 사색적이라는 것은 요가 수행자로서의 삶을 가능하게 하는 중요한 요소이며, 그런 소로우에게 오랜 세월 동안 깊은 명상으로 이루어 놓은 힌두 철학과 문학은 자연이 그에게 말하는 소리이며, 변하지 않는 진실을 전해주는 것이다. 동양 경전들은 소로우가 추구하고 이상으로 생각하는 정신적인 삶에 가장 훌륭한 재료가 되었다.

소로우는 〈콩코드 강과 메리맥 강에서의 일주일〉에서 "은자들의 삶과 같이 우리의 모든 삶은 적어도 사막에 무한한 지

평선을 배경으로 놓여 있는 파손된 기념비나 부서져 가는 모래
언덕만큼 보기에 인상적이어야 한다."고 말하고 있다. 이것에
서 그가 은자의 삶을 지향하고 있음을 알 수 있다. 깊은 명상으
로 무한과 영원을 함께하는 은자의 삶처럼 높은 정신적인 가치
를 추구하는 삶을 우리도 살아야 한다는 것이다.

　소로우는 지극히 고독을 좋아했다는 점에 있어서 또한 요
가 수행자와 비슷하다. 소로우는 힌두 경전을 읽음으로써 참된
행복은 세상사에 열중하거나 욕구를 만족시키는 데서 오는 것
이 아니라, 명상과 고독 속에서 절제된 생활을 통해 얻어질 수
있다는 것을 깨달았다.

　〈바가바드 기타〉에서는 훌륭한 요가 수행자의 모습을 다음
과 같이 설명한다.

　　마음을 잘 통제하고 대상들에 대한 갈망을 소멸시켜서 근
　　본이 되는 자아에만 머물게 했을 때, 그때 요가를 달성했다
　　고 말한다. '바람이 없는 곳에서 불꽃이 깜박이지 않는다.'
　　근본이 되는 자아에 정신을 집중하는 수행을 잘하는 요가
　　수행자에 대한 비유가 바로 이것이다. 마음은 집중하는 훈
　　련을 해서 통제가 되면 차분히 가라앉는다. 그때에 개인 내
　　부의 빛인 소아self를 통해서 우주적인 정신인 대아Self를
　　보게 되며, 요가 수행자는 자신 안에 있는 우주적인 정신에
　　서 기쁨을 느낀다. 의지에 의해서 생긴 모든 열정을 완전히
　　버리고, 마음의 힘으로 모든 방향에서 나오는 감각을 거둬

들여서, 인내로 무장된 지혜의 도움으로 점차 평정함을 달
성하라. 일단 마음이 우주적인 정신에 머물렀을 때, 요가
수행자는 그 밖의 어떤 것도 생각하지 말아야만 한다.

요가 수행자로서의 소로우는 범신론적인 자연관을 지니고 있
다. 힌두 철학에서 우주의 모든 대상에는 신(브라흐마)의 정신이
스며 있다. 소로우는 힌두와 미국 원주민의 종교에 대한 책을
두루 읽었기 때문에, 자연 세계를 서로 관련이 있는 전체로서
바라보는 확실한 견해를 갖게 되었다. 〈검은 큰사슴은 말한다〉
에서 인디언 추장인 블랙 엘크(검은 큰사슴)가 "네 발 달린 것들,
공중의 날개 달린 것들, 그리고 초록빛을 띠는 모든 식물들과
더불어 두 발 달린 우리 인간들은 하나의 정신을 공유하고 있
다."라고 말한 것에서 인디언들의 사상도 소로우의 그것과 비
슷함을 알 수 있다.

1853년 〈푸트남〉지의 편집자가 소로우의 원고에서 이단적
인 문구들을 빼버릴 것을 주장했다. 또 다른 이는 소로우에게
편지를 써서, 우주 만물에 신성이 있다는 그 대담한 범신론 같
은 이단을 제거할 필요가 있지 않느냐고 말한다. 소로우는 이
에 답하는 편지에서 "나는 범신론자로 태어났기 때문에 정말로
그것을 어떻게 피할 수 있을지 모른다. 범신론자가 나를 지칭
하는 것이라면, 나는 범신론자의 행동을 하겠다."라고 쓰고 있
다. 소로우는 자신은 범신론자로서 태어났고 그것에 대한 감당
을 하겠으니, 연재 중인 원고를 함부로 삭제하지 말라고 했고,

결국 원고는 소로우에게 돌아온다.

소로우에게는 '자연과 일치해서 하나가 된다는 것은 자연의 정신과 하나가 됨을 의미'한다. 여기서 말하는 자연의 정신은 우주 정신인 브라흐마이다. 요가 수행자들은 자아를 청정하게 해서 개인적인 자아가 우주적인 자아와의 합일을 이루는 해탈을 궁극의 목적으로 한다. 요가 수행자는 자연의 모든 현상들에는 우주 의식이 들어 있기 때문에 함부로 해치거나 상하게 하지 않는다. 이런 견해는 당시의 유럽인들의 자연관과 차이가 있다. 서양인들의 눈에 자연은 죽어 있는 것이며 인간이 관리해야 할 대상, 지배의 대상이다. 그래서 수천 년 동안 서양 문화는 계속적으로 '지배'라는 개념에 사로잡혀 있었다.

소로우는 지배 논리로 사는 당시의 미국인들은 실체를 못 보고 환상 속에서 살고 있다고 지적한다. 그리고 그들이 정신적으로 깨달아 실체를 바로 보고 자아 내면의 빛을 통해 우주적인 의식을 느낄 수 있기를 간절히 바란다. 이런 상태일 때 자연은 그 오묘한 아름다움을 드러내고 인간이 지배해야 할 대상이 아니라 함께 공존의 삶을 유지할 브라흐마가 깃든 물질이라는 것이 범신론적인 힌두 사상을 지닌 소로우의 견해이다.

자연에 깃든 정신을 알려고 노력한다면 자연은 우주적인 정신을 드러내 보인다는 것이 소로우의 생각이다. 즉 동물이나 식물 등에도 인간과 마찬가지인 보편적인 영혼이 존재함을 믿었다. 그래서 소로우는 생물을 함부로 죽이는 것을 금했다. 자신의 순수한 자아와 자연에 깃들인 영혼은 하나라고 생각했기 때문이다. 자연과 깊은 친밀감으로 자연은 깨어 있는 그에게 시시각각으로 무한한 아름다움을 선사하고, 그는 자연 속에서 말할 수 없는 기쁨을 느낀다.

우주적인 정신은 자연 속에 있고, 만일 사람이 스스로 마음을 닦아서 정신적으로 깨어 자연 속의 정신을 알려는 준비가 되어 있으면 자연은 저절로 그 오묘한 정신이 물질로 구체화되어 나타난다. 만일 인간이 한순간 그것을 소유하거나 혼탁한 마음으로 그 속의 생물들을 죽이면 황금 알을 낳는 거위를 죽이는 것이 되며, 다시는 그 아름다움을 누릴 수가 없게 된다. 따라서 자연은 인간이 이용하기 위해 존재하는 것이 아니고, 동물이나 나무에 똑같이 영혼이 존재하며 인간은 그들과 가장 순수한 사랑의 감정으로 공존의 삶을 유지해 나가야 한다. 이런 범신론적인 견해를 소로우가 지녔던 것은 그가 힌두 경전들을 읽은 영향이라고 할 수 있다.

소로우는 "독자는 〈바가바드 기타〉 말고 어떠한 곳에서도 더 깨달음을 얻어 더 고귀하고 순수하고 드문 사상의 영역으로 인도될 수 없다."고 썼다. 고대 인도 문화의 총 집합체라고 볼 수 있고, 기원전 2000년경에 형성되었으며, 현재 18권, 10만 게송으로 구성된 〈마하바라타〉의 일부분인 〈바가바드 기타〉는 〈우파니샤드〉, 〈브라흐마 수트라〉와 더불어 힌두교의 3대 경전이라고 불릴 정도로 유명한 경전이다.

소로우는 진실된 지식, 순수 지성을 상징하는 이 힌두 경전들에서 실체가 무엇인지를 감지하며, 다른 이들도 실체를 파악

할 수 있기를 바란다. 그러나 실체를 바로 보는 데 지식은 중요한 역할을 하지만, 철학에서 꿈꾸어 온 것보다 더 많은 것이 하늘과 땅에 있다는 것을 아는 것은 훨씬 더 중요한 일이다. 그것은 태양이 비침으로써 안개가 걷히는 것과 같다. 우리가 진정으로 알기 시작하는 것은 우리의 모든 지식을 잊을 때이며, 소로우는 지식과 교양을 없애고 있다고 생각하니 기쁘다고 그의 일기에 적고 있다. 따라서 그는 아는 지식이나 그 모든 것도 결국은 초월하고 우주에 대해 더 넓은 견해를 지닐 것을 강조한다. 실체에 대한 깨달음은 자신 내부의 빛인 아트만(개체의 영혼)을 깨닫게 해주며, 궁극적으로는 브라흐마(큰 영혼)와의 합일로 이끈다.

소로우가 추구하는 지식은 그냥 많은 것을 알고 머리에 쌓아 두는 지식이 아니라 '순수 지성과 청정함을 위한 지혜'이며 실체가 무엇인지를 밝혀 주는 지식을 의미한다. 즉, 자신의 영혼(아트만)과 우주적인 영혼인 신(브라흐마)과의 관계를 밝히고 그 자신이 그런 삶을 살게 하는 지식이다.

소로우가 읽은 힌두 경전들은 그의 지성을 혼돈스럽게 하거나 혼탁하게 하는 그런 철학이 아니다. 마치 몸의 더러운 것을 깨끗이 하는 목욕처럼 독서는 그의 지성을 깨끗이 해준다. 정신적인 청정함을 위하고, 현실의 망상을 없애고, 실체를 바로 보게 하는 독서를 하는 것이다. 다시 말해 창고에 물건을 쌓듯이 머릿속에 저장하는 지식이 아니라 본 마음의 때를 닦아서 가장 순수한 인간의 모습을 보도록 도와 주는 독서이다. 몸을 깨끗이 씻겨 주는 맑은 월든 호수만큼이나 힌두 경전들은 그 물과 똑같은 깨끗함과 깊이를 지니면서 그의 지성을 깨끗이 해 준다.

그에게 있어서 순수한 월든 호수는 몸과 마음을 깨끗하게 해주는 신성한 갠지스 강물과 같은 역할을 한다. 갠지스 강물은 그 자체가 깨끗할 뿐 아니라, 그 물과 접촉하는 것은 무엇이든 정화된다. 갠지스 강물은 아침에 그 물에서 목욕하는 이들에게는 완전한 청정함을 뜻하며, 사람들은 소화기를 청정하게 하기 위한 요리와 음료로 쓰기 위해 그 물을 집으로 들고 간다. 소로우에게 있어서 월든 호수의 깨끗함은 갠지스 강물처럼 몸과 마음을 정화시키는 역할을 한다.

〈마누 법전〉을 읽으면서 소로우의 사색은 더 깊어지며, 그 속에 담긴 위대한 사상은 그 언어까지도 고귀하게 느끼게 만든다. 다음날 책에서 받은 강한 인상으로 일찍 깨어난 그는 그 향기가 자신을 감싸고, 여름날 우는 메뚜기와 귀뚜라미가 그 성스런 법전을 계속해서 낭송하고 있다는 느낌을 받는다.

지난밤 마누 법전의 숭고한 글귀에서 받은 인상 때문에 닭이 우는 시간 이전에 잠을 깼다. 그 책이 준 인상은 향기처럼, 늦게까지 땅 위에서 사라지지 않는 안개처럼 내 주위에 맴돈다. 여름날의 메뚜기와 귀뚜라미의 소리들은 신성한 법전을 계속 낭송하는 것이며, 그 소리들은 힌두 경전에 대한 주석을 뒤늦게 덧붙이는 것이다.(일기)

그에게 요가를 가르쳐 줄 특별한 스승은 없었지만 그는 성스런 경전을 읽고, 그 분위기를 느끼고, 사색하고 생활에 적용시키면서 정신적인 깨달음을 위해 노력한다. 절제와 인내를 통해 영혼에 빛이 전달되어 해탈에 이르는 요가 수행자에 대해 소로우는 말한다.

> 궁극의 자유를 갈망하는 현인은 아침저녁으로 감각적인 것을 극복하기 위해, 마음을 신성한 근본에 고정시키기 위해, 영혼의 힘으로 자신을 비시누 신이 영원히 머무는 곳을 향하게 하기 위해 인내심을 가져야 할 것이다. 그는 비록 일에 관련되지만 일로 인해 제약을 받지 않는다. 그의 영혼이 그 일들에 집착하지 않기 때문이다. 이승의 것들에 대해 집착을 한 결과 존재가 태어나기를 반복한다. 이승의 것들에 대해 무관심할 때만이 해탈이 된다.(일기)

요가 수행자들은 명상으로 욕망을 소멸시켜 청정한 정신일 때 실체를 직시할 수 있다. 이렇게 실체를 직시했을 때 영혼은 자유를 얻는다. 소로우는 뉴잉글랜드 지방의 거주자들에게 존재의 실체를 직시할 것을 간곡히 바란다. 그는 뉴잉글랜드의 거주자들이 비천한 삶을 살고 있다고 하면서, 그 이유에 대해 "우리의 시야가 사물의 표면을 꿰뚫지 못하기 때문이며, 우리는 존재하고 있는 것과 겉으로 나타나 보이는 것을 실제로 존재한다고 착각한다."라고 의견을 펼친다. 사물의 정수를 바로 보지 못하므로 뉴잉글랜드의 이웃들은 비천한 삶을 살 수밖에 없다는 것이다. 소로우는 사물의 정수를 직시하기 위해 이렇게 제안한다.

> 이제 침착하게 자리를 잡고 작업을 시작해 보자. 그리하여 모든 의견, 선입관, 전통, 망상과 겉모습이라는 이름의 진흙 구덩이 속에 발을 넣고 아래로 뚫고 나가 지구를 덮고 있는 퇴적층을 지나서, 파리, 런던, 뉴욕, 보스턴과 콩코드를 지나고, 교회, 국가, 시, 철학과 종교를 지나서 마침내 우리가 '바로 이것이야! 여기가 틀림없어!'라고 말할 수 있는 실체라는 이름의 단단한 바위 바닥에 닿을 때까지 내려가 보자. 만일 당신이 실체와 마주하고 똑바로 선다면 태양이 아랍인의 신월도처럼 그것의 양쪽에서 번쩍임을 볼 것이고, 그 날카로운 칼날이 당신의 심장과 골수를 갈라놓는 것을 느낄 것이며, 그리하여 당신은 행복감 속에서 삶을 마치게 되리라. 죽음이든 삶이든 우리는 오직 실체만을 갈구한다.(일기)

소로우는 월든 호수에서 은거하려는 목적에 대해 "거기서 경제적으로 살기 위한다던가 호화롭게 살기 위한 것이 아니고, 가장 적은 장애물이 있는 상태에서 나의 개인적인 일을 완수하기 위해서였다."라고 말함으로써 요가 수행자들이 추구하는 정신적인 깨달음을 위한 것임을 밝히고 있다. 즉, 환영을 파헤쳐 실체를 직시하려는 한 과정이었다. 소로우는 또한 왕의 아들의 일화를 인용한다.

나는 힌두교 서적에서 다음과 같은 것을 읽었다. '옛날에 어떤 왕자가 있었는데, 갓난아기 때 왕궁에서 쫓겨나 숲의 나무꾼에 의해 길러졌다. 그는 이런 상태에서 어른이 되었으며, 스스로를 같이 사는 미개 부족의 한 사람으로만 생각하고 있었다. 그런데 어느 날 왕의 대신이 그 젊은이를 발견해 신분을 알려 주었으며, 그는 자신의 신분에 대한 오해를 풀고 자신이 왕자임을 알게 되었다.' 그 힌두교 철인은 계속해서 말한다. '이와 같이 영혼도, 자신이 처해 있는 환경으로 인해 자기의 본성에 대해 오해를 한다. 그러다가 어느 거룩한 선생이 진리를 밝혀 주면 그때서야 자신이 브라흐마라는 것을 알게 된다.'(콩코드 강과 메리맥 강에서의 일주일)

자신을 미개인으로만 알고 있다가 왕의 대신을 통해 자신이 왕자라는 사실을 깨닫게 되는 것은 한 개인이 자아를 청정하게 함으로써 우주적인 자아를 깨닫는 것을 의미한다.

우리는 관습과 습관에서 벗어났을 때의 두려움과 일시적인 혼란 때문에 사물의 겉을 뚫고 진실의 문을 두드리려는 시도조차 하지 않는다. 그렇게 해서 일상적으로 반복되는 삶은 하등 동물인 개미처럼 사는 것과 다를 바가 없다. 실체를 바로 보지 못하고 환상 속에서 우리는 개미처럼 본능적인 삶을 비참하게 살고 있는 것이다. 실체를 파악하지 못하는 사과 농장 주인은 아름다운 사과 향기에는 관심도 없고, 사과가 얼마나 많이 열렸으며 경제적 가치가 얼마나 되는지로 경작을 평가하지만, 시인은 가장 가치 있는 부분을 향유한다고 소로우는 말한다.

> 나는 흔히 시인이 어느 농장의 가장 값진 부분을 즐기고 물러나는 것을 보는데, 이때 무뚝뚝한 농부는 그가 그저 야생 사과 몇 개만을 따갔으려니 하고 생각하는 것이다. 그 농부는 시인이 자신의 농장을 눈에 보이지 않는 가장 훌륭한 울타리인 운율 속에 옮겨 놓고, 거기에 가둔 채로 젖을 짜고 찌꺼기를 걷어낸 다음 크림은 전부 떠갔으며 자기에게는 찌꺼기 우유만을 남겨 놓았다는 것을 몇 해를 두고도 알지 못하는 것이다.(월든)

사과 농장 주인은 오직 몇 개의 사과를 얻기 위한 물질적인 가치를 추구해 개미처럼 반복되는 삶을 계속적으로 비참하게 살아가야 하는 반면, 시인은 가장 귀한 부분을 취하며 실체를 직시해서 고귀한 삶을 살아간다는 것이다. 시인의 정신적인 풍요로움을 표현하기 위해 사용된 우유의 이미지는 힌두 문학에 자주 등장한다.

요가 수행자들은 생활을 단순하고 절제 있게 함으로써 본능과 감각에의 욕구를 줄여 정신적인 청정함을 유지하고자 한다. 단순함은 〈월든〉의 '경제'장의 대표적인 주제이며, 단순한 삶은 힘을 한 곳에 모으고 인식의 통로를 청정하게 하기를 바라는 그 자신의 엄격하고 금욕적인 고행이다. 생활을 검소하고 단순하게 하려는 것 자체가 정신적으로 깨어나려는 수행의 한 과정인 것이다. 정신적으로 깨어 있고자 하는 그에게 물질적으로 단순한 삶은 정신이 감각의 지배를 받지 않고 감각을 통제해 정신적인 힘을 집중하고 청정하게 하는 데 큰 역할을 한다. 소로우는 "단순함, 단순함, 단순함!"이라는 표현으로 생활을 단순화시킬 것을 강조한다. 생활을 단순화시킬수록 우주의 법칙은 더욱 명료해진다는 것이다. 물질적인 가난과 생활의 단순함을 통해, 기체가 차가워져 결정화된 물방울이 되듯이 자신의 삶은 더 굳건해지고 수정처럼 결정화된다고 소로우는 말한다.

소로우의 글은 생각의 깊이를 아주 단순한 말로 분명히 전달해서 투명한 월든 호수의 물빛을 띠고 있다. 그의 물질적인 생활 역시 단순함 그 자체였다. 특히 20세기 초, 대공황의 시기에 사람들은 물질적으로 궁핍한 생활을 견뎌야만 했는데, 소로우는 아주 적은 돈으로 삶에서 자신이 가장 원하는 것을 정말로 얻었고 인생을 즐겼기 때문에 사람들은 그의 삶에서 위안을 얻었다. 이런 소로우의 단순한 삶은 요가 수행자의 삶을 추구하는 그에게 편하고 자연스런 것이다.

소로우는 나무를 파서 만든 수저로 "쌀로 지은 저녁 식사"를 맛있게 먹었다. 아주 적은 것으로도 인간은 행복과 마음의 고요함을 찾을 수 있다. "인간의 행복과 고요함을 위해 얼마나 적은 경제적인 수단이 필요한가?" 하고 소로우는 반문한다.

〈바가바드 기타〉에서 요가 수행자들은 위의 반을 음식물로 채우고, 4분의 1은 물로, 나머지 4분의 1은 공기가 드나들도록 하여야 하며, "요가는 음식을 너무 많이 먹는 이를 위한 것도 아니고 너무 적게 먹는 이를 위한 것"도 아니라고 말한다. 소로 우의 "인도 철학을 그토록 사랑한 내가 쌀을 주식으로 한다는 것은 적절한 것이었다"는 표현에서 그가 인도 철학에 애착을 가졌다는 것을 음식을 통해서도 알 수 있다. 밀가루를 사용하는 식사는 "인도식 식사보다도 돈도 더 들고 더 수고롭다."고 했다. 월든 호수에서 2년 동안 산 경험에서 그는 사람이 필요한 음식을 얻는 데는 믿을 수 없을 만큼 작은 노력이 든다는 것을 터득했다. 다른 동물들처럼 간단한 식사로도 건강과 힘을 유지할 수 있다고 믿었다. 그래서 그는 콩밭에서 캐온 쇠비름을 삶아 소금 쳐서 먹고, 신선하고 달콤한 옥수수를 쪄서 소금을 찍어 편안한 마음으로 먹었다.

그리고 그는 차, 커피와 고기를 거의 먹지 않으려고 했다. 소로우가 육식에 대해 실제적으로 반대한 이유는 "육식은 깨끗하지 않으며, 내가 잡은 고기를 깨끗이 씻어서 요리해서 먹는다 해도 사실상 먹은 것 같지 않았기 때문"이었다. 그 대신 약간의 빵과 몇 개의 감자를 먹으면 수고도 덜 들 뿐만 아니라 더 먹은 것 같다고 했다.

소로우가 고기를 먹지 않는 것은 그의 몸과 마음을 깨끗이 하기 위한 것이며, 이런 자신의 청정함을 유지하는 것은 초월에 대한 본능이다. 고기를 먹기 위해서는 살생을 해야 되며 이런 살생은 깨끗하지 못한 행위이기 때문에 자신의 몸과 마음을 통제할 수 없게 되고 자꾸만 욕망에 얽매이게 된다.

명상을 행하는 이는 모든 존재 속에서 그 자신을 보고 그 자신 속에서 모든 존재들을 본다. 따라서 모든 동물과 식물들은 신성하며 인간과 가장 가까운 관련을 맺고 있기 때문에 살아 있는 것을 해쳐서는 안 된다. 〈마누 법전〉은 "다른 동물의 살로 그 자신의 살을 늘리기를 바라는 그런 사람보다 더 많이 죄를 짓는 사람은 존재하지 않는다. 어떤 생물에게도 의도적으로 감금하거나 죽이는 고통을 가하지 않고 모든 감각 있는 생물들의 이로움을 추구하는 이는 끝없는 축복을 누린다."고 했다. 소로우는 자신이 육식이나 차, 커피 등을 하지 않는 것에 대해 다음과 같이 말하고 있다.

이 시대의 많은 다른 사람들과 달리 나는 여러 해 동안 육식, 차, 커피 등을 거의 하지 않았다. 그런 음식들은 나의 상상력에 맞지 않았기 때문이다. 육식에 대한 거부는 경험의 결과가 아니라 본능이다. 여러 면에서 검소한 생활을 하고 검소한 식사를 하는 것이 더 아름다운 것으로 보인다. 나는 육식, 차, 커피 등을 하지 않았지만 즐겁게 살았다. 자신의 고귀한 능력, 시적인 능력을 최고의 상태로 유지하려고 하는 사람은 육식을 특히 삼가고 어떤 종류의 음식이든 많이 먹는 것을 피해야만 한다는 사실을 나는 믿는다.
육식을 그만둔 결과로 체력이 떨어진다 할지라도 그 때문에 낙심할 필요는 없다. 왜냐하면 그것은 더욱 높은 원칙에 부합된 삶을 사는 것이니까. 만일 우리의 낮과 밤이 기쁨으로 맞이할 수 있는 그런 것이라면, 우리의 삶이 꽃이나 방향초처럼 향기가 난다면, 또 우리의 삶이 보다 탄력적이 되고, 보다 별처럼 빛나고, 보다 불멸에 가까운 것이 된다면 우리는 크게 성공한 것이다. 그때 자연 전체가 우리를 축하할 것이다.(일기)

라자 요가의 네번째 단계 중에 프라나야나의 단계가 있다. 이것은 호흡으로 신체와 정신을 통제하는 요가의 방법으로, 들이쉬는 호흡과 내쉬는 호흡을 길게 해서 의식을 깨어 있도록 유지하는 방법이다. 하지만 집들이 밀집해 있고 차 소리가 시끄러운 도시에서는 그것이 어렵고, 자연 속에서 자연스럽게 살 때 그것이 더 잘 이루어져 청정한 의식의 통로가 열린다. 그래서 요가 수행자들은 조용한 숲에서 명상에 잠기는 것이다. 소로우는 덧없는 화려한 집을 짓지 말고 아름다운 삶을 집 밖 자연에서 실천해야 한다고 말한다. 더 크고 화려한 집보다는 비록 한 칸의 통나무집에서나마 오히려 더 청정한 의식을 지닐수 있다는, 요가 수행자의 태도를 지니고 있음을 알 수 있다.

　소로우는 단순한 삶을 실천하기 위해 많은 것을 버리고 살았으며, 그렇게 산 사람은 드물 것이라고 에머슨은 평가한다. 그는 어떤 전문적인 직업에 길들여 있지도 않았고, 결혼도 안하고 혼자 살았으며, 교회에 다니지도 않았고, 결코 투표도 하지 않았으며, 주에 세금을 내는 것도 거부했다. 고기를 먹지도 술을 마시지도 않았으며, 담배를 피울 줄도 몰랐고, 자연 속에서 생활했음에도 불구하고 덫이나 총을 전혀 사용하지 않았다. 확실히 소로우는 사색과 자연의 학생이 되기를 스스로가 택했다. 다시 말해 더없이 절제된 삶을 살았다. 소로우를 요가 수행자로 볼 수 있는 한 가지 이유는 세속적인 것에 대한 절제를 통해 명상에 필수적인 내적인 평화와 고요함을 유지하며, 힌두 경전의 가르침을 실행에 옮겼기 때문이다.

그는 세련된 파티에 초대 받는 것을 거절했으며 가장 간단히 동료를 만나기를 원했다. 세련됨을 가장함으로써 서로의 대화에 방해가 되는 그런 사람들보다도 자연을 닮은 착한 인디언을 만나기를 더 좋아했다. 그는 자신의 저녁을 가장 비용을 적게 들여 차리는 것을 자랑한다. 물질적으로 가장 적은 것을 가지고 살았지만 그는 정신적으로는 더없이 풍요로운 삶을 살았다. 소로우는 필요한 것을 가장 적게 해서 자신이 그것들을 직접 경작하거나 만들어서 충족시켰으며, 그렇게 함으로써 풍요로워지는 길을 선택했다. 여행할 때도 수백 킬로미터를 걸어서 다녔고 단지 마을들을 지나는 긴 여행에서만 기차를 이용했으며, 여관을 피해 더 싸고 그에게 맞는 더 많은 정보를 얻을 수 있는 농부나 어부의 집에서 돈을 내고 숙박했다.

소로우가 물질적으로 절제된 단순한 삶을 유지하는 것은, 육체의 욕망을 억제해 정신적으로 청정한 삶을 살려는 라자 요가 수행을 의미한다. 절제하는 삶은 라자 요가의 가장 기본적인 계율로 더 높은 정신적인 수양을 위해 반드시 필요한 것이다. 외적인 수행은 의식을 가장 맑게 깨어 있는 상태로 유지함으로써 자아를 고요히 성찰하게 하고, 근원적이고 우주적인 정신과의 합일로 이끄는 과정이다.

집과 먹고 입는 것을 최소로 간단히 했으므로 오감의 욕구를 최대로 줄일 수 있었다. 그래서 감각적인 욕구에 매달리지 않고 정신적인 청정함을 유지할 수 있는 기본적인 수행을 할 수 있었다. 정신적으로 깨어나기 위해 소로우는 명상을 한다. 새벽 시간에 목욕하고 침묵과 고독 속에서 명상에 잠긴다. 소로우가 명상을 하는 것은 내면을 가장 청정하게 함으로써 자아 내부의 신성을 인식하기 위한 노력이다. 소로우는 "인간 내부에 있는 신성에 대해 얘기해 보자."라고 〈월든〉의 앞부분에서 말한다.

소로우는 일기에서 자신에게 무슨 일이 생기더라도 다른 이들의 청정함을 존경하는 마음을 결코 저버리지 않을 것이라고 하면서, 어머니에 대한 기억을 보존하듯이 자신 또한 청정함을 보존하겠다고 썼다. 청정함을 보존한다는 것은 인간성의 고귀한 한 부분을 조심스레 지키는 것이며, 인간에게 내재된 신성으로 향하는 길이기 때문에 그에게는 중요한 것이다. 그런데 "인간 본성의 가장 섬세하고 훌륭한 부분은 과일에 있는 과분과 같이 가장 조심스럽게 다뤄야 보존될 수 있지만, 우리들은 우리 자신이나 서로를 이렇게 부드럽게 다루지 않는다."고 그는 표현한다.

소로우는 주로 콩코드의 자연 속에서 조용히 명상을 하거나 힌두 경전들을 읽으면서 생활했다. 그는 오랜 세월 동안 사색해 온 요가 수행자들의 지혜에 놀라움을 표시하며, 자신도 내부로 깊이 들어가 명상에 잠겨 우주적인 의식을 느끼려고 노력한다. 자아를 청정하게 하는 것은 깨어나려는 노력이며, 우리는 늘 깨어 있으려고 해야 한다고 소로우는 역설한다.

수백만의 사람들이 육체적인 노동을 하기에 충분할 만큼 깨어 있다. 하지만 백만 명 중 한 사람만이 정신적으로 깨어 있다. 그리고 1억 명 중 한 명만이 시적인 또는 신성한 삶을 살 만큼 깨어 있다. 깨어 있다는 것은 살아 있다는 것을 의미한다. 나는 완전히 깨어 있는 사람을 아직까지 만나본 적이 없다. 어떻게 그런 사람의 얼굴을 똑바로 들여다볼 수가 있겠는가?(일기)

〈바가바드 기타〉는 "이곳 저곳 수천 명의 사람들 중에서 오직 한 사람만이 완성을 위해 노력한다. 그리고 완성을 위해 노력하고 성공하는 사람들 중에서 오직 한 사람만이 진실로 나(크리쉬나)를 안다."고 말한다. 신 크리쉬나로 나타나는 최상의 신 브라흐마는 전 우주의 근원이며, 궁극적인 목적이다. 완전히 깨어 있다는 것은 청정하게 된 자아를 통해 최상의 브라흐마를 안다는 것을 뜻한다. 개인적인 영혼이 최상의 영혼과 결합해 하나가 되려면, 그 자신이 감각을 통제해 절제된 삶과 명상으로 브라흐마의 힘을 자각할 준비가 되어 있을 때라야 가능하다. 소로우는 고행과 명상으로 자아를 순수하게 해서 실체를 직시하려고 했다. 사색적인 소로우는 힌두 경전에 큰 관심을 가졌고, 그 경전들의 영향으로 자연스럽게 요가 수행자들처럼 명상을 했다.

명상을 하려면 고독해야 하고 침묵해야 한다. 소로우는 고독에 이미 익숙해 있었다. 그가 맨 처음 쓴 일기는 20살 때인 1837년 10월 22일이다. 그 일기의 제목은 고독이며, "홀로 있기 위해 현재에서 자유로워지고 나 자신을 피하는 것이 필요하다는 것을 안다."로 시작한다. 고독은 그에게 사색을 위한 "무한한 풍요로움과 향기와 영원함"을 주는 어떤 것이다. 이런 사색을 하는 그에게 고독은 매우 유익한 것이며, 고독은 사람과 사람 사이에 있는 거리나 공간으로 측정되는 것이 아니다.

나는 대부분의 시간을 혼자 지내는 것이 몸과 마음에 좋다고 생각한다. 아무리 좋은 사람이라도 같이 있으면 곧 싫증이 나고 주위가 산만해진다. 나는 고독만큼이나 친해지기 쉬운 벗을 아직 찾아내지 못하고 있다. 우리는 방 안에 홀로 있을 때보다 밖에 나가 사람들 사이를 돌아다닐 때 대개는 더 고독하다. 사색하는 사람은 어디에 있든지 항상 혼자다. 고독은 한 사람과 그의 동료들 사이에 가로놓인 거리의 길이로 측정되는 것이 아니다. 하버드 대학의 혼잡한 교실에서도 정말 공부에 몰두해 있는 학생은 사막의 수도승만

큼이나 홀로인 것이다.(일기)

홀로 사색하는 그에게 고독은 정신적인 깨달음의 시간이다. 일기에 "고독에서 가장 많이 자란다."고 썼듯이 소로우는 고독 속에서 내면으로 깊이 들어가 마음의 청정함을 위한 수행을 한다. 고독 속에서 그는 안으로 비단결 같이 고운 막을 짜는 애벌레처럼 더 높은 사회에 적합한 더 완전한 피조물로 다시 태어나기 위해 준비했다고 말한다.

더불어 침묵 또한 명상하는 이에겐 자연스러운 것이다. 소로우는 일기에서 "가장 진실한 사회는 항상 고독에 더 가까이 접근하고, 가장 훌륭한 연설은 마침내 침묵으로 빠져든다. 침묵은 영혼 그 자체와 친하게 만든다. 만일 영혼이 그 자신의 무한성과 한 순간이라도 접촉하면 그때 그곳에는 침묵이 있다."라고 쓰고 있다. 또한 "침묵만이 들을 가치가 있으며, 침묵은 나를 전율케 하는 음악이고, 침묵을 들을 수 있는 밤, 나는 말로 할 수 없는 말을 듣는다."라는 구절도 읽을 수 있다. 심오한 침묵의 뜻을 밝히는 것은 불가능하다고 소로우는 말한다.

내가 침묵의 뜻을 분명히 하려는 노력은 헛된 것이었다. 침묵은 영어로 해석될 수가 없다. 6천 년 동안 인간은 침묵을 해석해 왔다. 각 경우마다 의미 파악에 최선을 다했지만 침묵은 아직도 닫혀서 이해되지 않는 책의 내용과 같다. 어떤 사람은 한 동안은 자신 있게 매달릴지도 모른다. 처음에는 침묵을 해석하는 것이 자기 손에 달려 있다고 생각하지만 지쳐 버린다. 끝내는 그 또한 침묵해야만 한다.(일기)

침묵을 해석하려는 사람은 침묵의 광대한 깊이와 크나큰 힘을 실감하게 된다. 소로우의 침묵은 자아 내부로 깊이 들어가 우주적인 정신인 신성함을 의식하려는 노력이다. 소로우는 고독과 침묵 속에서 내적으로 신을 체험하기를 간절히 원했다는 점에서 요가 수행자라고 할 수 있다. 침묵 속에 홀로 앉아 내면으로 깊이 들어가 자신을 청정하게 하는 대부분의 요가 수행자들이 추구하는 것처럼, 그는 내부의 소리를 들으면서 자신의 영혼을 깨닫고자 했다.

강연숙은 제주 출생으로, 부산대학교 영문학과를 졸업했으며, 미국 브라운 대학교 영문학과에서 미국 문학 및 철학을 공부했다. 현재 제주대학교 영문학과 강사이며, 주요 논문으로 〈원칙 없는 삶 – 초월적인 삶을 위한 소로우의 생계 철학〉, 〈소로우와 요가 – 모크샤를 위한 철학적 지식의 길〉이 있다. 여기에 실린 글은 그의 대표적인 논문 〈월든과 요가 – 초월적인 자아를 위한 세레나데〉의 일부분이다.

구도자에게 보낸 편지

초판 1쇄 발행 2005년 3월 10일
초판 8쇄 발행 2023년 10월 17일

지은이 헨리 데이빗 소로우
옮긴이 류시화

펴낸이 정중모
펴낸곳 오래된미래

출판등록 1980년 5월 19일(제406-2000-000204호)
주소 경기도 파주시 회동길 152
전화 031-955-0700
팩스 031-955-0661
홈페이지 www.yolimwon.com
이메일 editor@yolimwon.com
인스타그램 @yolimwon

ISBN 89-955014-8-0 03840

□ '오래된미래'는 도서출판 열림원의 자회사입니다.